佳代のキッチン

ラストツアー

原宏一
Hara Kouichi

祥伝社

佳代のキッチン　ラストツアー

目次

装幀　重原隆
装画　ヒロミチイト

第一話
漁火《いさりび》とダルバート

船便《ふなびん》で届いたスパイス、ターメリックの業務用パックを陳列棚に並べていると、マスク姿の女性のお客さんから声をかけられた。

「ホウレン草のサグカレーを作るんですけど、クミン、パプリカ、ターメリック、カイエンペッパーのほかに何を入れたらいいでしょうか？」

どうやら、ここ数年増えているカレー女子らしい。佳代《かよ》は仕事の手をとめて答えた。

「カルダモンとかシナモンとかですけど、ただ、インドではサグカレーにターメリックは入れないんですよ。ターメリックの色素で、ホウレン草の色が悪くなるし、青菜のえぐ味とターメリックの味が喧嘩《けんか》しちゃうんです」

「あ、そうなんですか」

「茄子《なす》カレーも同じ理由でターメリックは使いません。逆にジャガイモカレーにはクミン、ヨーグルト入りチキンカレーならカルダモン、みたいに相性のいい組み合わせもあるし」

つい知ったかぶりをして言い添えると、

「へえ、スパイスって奥が深いんですねえ」

カレー女子が感心している。

　でも実は、ほんの七か月前まで佳代もそういうお客の一人だった。洋風料理にはスパイスを使ってきたが、本格カレーは掘り下げてこなかった。その佳代が、いまや都内有数の南アジア食材スーパーの店先で講釈《こうしゃく》を垂《た》れているのだから、不思議な気持ちになる。

　軽のワンボックスカーを改造した厨房車《ちゅうぼうしゃ》に『いかようにも調理します』という木札を下げ、お客さんが持参した食材でどんな料理でも作る。それが佳代の本来の商売だ。調理代は四人前まで一品五百円。二品以上は一品につき三百円増し。五人前以上も割増料金になるが、調味料類は佳代持ち。ほかに自慢の〝魚介めし〟も売りながら全国各地を移動し続け、行く先々で、たくさんの人たちと出会ってきた。

「けど、そんなんで生活できるの？」

　お客さんからはよく心配されるが、心配ご無用。そもそも女一人で厨房車に寝泊まりしているから、車の維持費以外に住居費はかからない。あとは毎日、大好きな晩酌《ばんしゃく》をしながら、おいしいものが食べられれば何の不満もないし、これで十分やっていける。

　根が風来坊《ふうらいぼう》体質だけに、今日は東北、明日は北陸と、ふらりふらり漂《ただよ》いながら、料理を通じてさまざまな人たちと触れ合う日々は、どんな贅沢《ぜいたく》にも代えがたい。

　ところが今年の春、事態が一変した。世界を席巻《せっけん》した新型コロナウイルスの蔓延《まんえん》で緊急事態宣言が発出《はっしゅつ》され、移動調理屋ができなくなったのだ。不特定多数の客が持ち込む食材を調理して売る商売は感染の恐れがある、と客足が遠のいてしまった。しかも佳代の厨房車には東京のナンバーがついている。地方を走っただけでとやかく言われるから、ふらりふらり漂うどころではなくなった。

仕方なく東京に舞い戻ってくると、

「姉ちゃん、またうちに来いよ」

唯一の身内、弟の和馬《かずま》が気遣ってくれた。

経済新聞の記者をやっている和馬は、共働きの妻、日向子《ひなこ》さんと西荻窪《にしおぎくぼ》のマンションで暮らしている。数年前も二か月ほど居候《いそうろう》させてもらったが、今回もコロナが収まるまで同居しろよ、と和馬のほうから誘ってくれた。

五歳下の和馬にとって佳代は、母親同然の存在だ。実の両親は和馬が小四の頃に姿を眩《くら》ました。当時、中学卒業間近だった佳代は高校進学を断念。バイトの傍《かたわ》ら母親さながらに和馬を育てて大学まで進学させた。その恩に報《むく》いようと、社会人になった和馬は、事あるごとに後ろ楯になってくれている。

そんな弟心に甘えて再び居候をはじめたのだが、やがて和馬夫婦がともに在宅勤務になった。こうなると〝育ての姉〟とはいえ肩身が狭い。せめて昼間は外出しようと、インド、ネパール、パキスタンなど南アジアのスパイスを学ぼうと決めて東京の多国籍タウン、大久保《おおくぼ》で見つけた南アジア食材スーパー『ナラヤン』に通いはじめた。

だが、いざ学びはじめてみると本場のスパイスは奥が深かった。連日、店員さんを質問攻めにしていたら、

「よかったら、うちでバイトしませんか？」

ネパール人店主のナラヤンさんから声をかけられた。世の中全体がコロナ禍《か》で巣ごもりしている影響で、飲食店の売上げは激減しているが、逆に食材店は、家庭の内食需要《じゅよう》の高まりから大忙しなのだという。

願ってもない、と佳代は翌日から売場に入り、今度はスパイス輸入業者を質問攻めにする日々がはじまった。

「最近の姉ちゃん、スパイス臭《くせ》えなあ」

和馬から苦笑されるほど、のめり込んだ。おかげで南アジア各国のカレーの違いも、すらすら説明できるまでになったが、気がつけば居候生活も半年以上。コロナ禍が長引いているとはいえ、さすがに気が引けてきた。

政府も旅行キャンペーンをはじめたし、そろそろ本業に戻ろう。そう決意して、馴染《なじ》みの整備工場に厨房車を診《み》てもらったところ、

「日本の軽トラは優秀で、三十年近く乗ってる人もいるぐらいだから、まだまだいけるよ」

と丁寧《ていねい》に整備してくれた。厨房設備も佳代自身が改装して、旅立つ頃合いを見計《みはか》らっているところ、ある朝、携帯電話が震えた。

〝昌子《まさこ》のキッチン〟と着信表示されている。

「お久しぶり！　家坂《いえさか》さん、お元気でした？」

家坂昌子さん。以前は島根県松江《まつえ》市の湧之水《わきのみず》温泉にある『水名亭《すいめいてい》』の仲居頭《なかいがしら》だったが、たま

たま出会った佳代の調理屋に魅《み》せられ、温泉街で働く女性のために〝佳代のキッチン松江支店〟を開業した。

それが契機となって〝調理屋支店基金〟が誕生し、全国各地に支店が生まれてきた。ただ支店といっても、経営的な繋がりもフランチャイズ的な上納金もなし。地域に役立つ調理屋であれば形態は問わない、というスタンスだから、佳代は相談されない限り関与はしていない。支店のみんなもそう心得ているため、家坂さんと話すのも久しぶりのことだ。

「佳代ちゃんこそ元気だった？　そっちもコロナで大変でしょう」

「まあ仕方なく調理屋は休業してましたけど、おかげでスパイス通《つう》になっちゃいました」

大久保でバイトしていた話をした。

「へえ、すごいわね。あたしも休業して水名亭を手伝ってるの。宿泊客が激減したから、にわか仕出し弁当屋になって乗り切りたいんだ、って正志《まさし》社長から頼まれて」

もともと水名亭は、佳代の両親が世話になったスミばあちゃんが創業した温泉宿だ。調理屋支店基金もばあちゃんが立ち上げたのだが、病魔で他界してからは、息子の正志社長が両方とも承継した。以来、佳代が見初《みそ》めた支店希望者に資金援助してくれているのだが、これもコロナのせいで休止している。

「もう、どこもかしこも死活問題ですよね」

「そうよねえ。だって函館《はこだて》の『自由海亭《じゆうかいてい》』も店を閉めちゃったんでしょう？」

「は？」

初耳だった。自由海亭は、佳代のキッチン名物の魚介めしに深い縁がある食堂だ。

「あら知らなかった？　あたしも松江魚市場の仲買《なかがい》さんから漁師づての話を聞いて、驚いて佳代ちゃんに電話したんだけど」

「じゃあマジで閉店したんですか！」

思わず声を上げてしまった。

佳代が初めて自由海亭を訪れたのは、いまから十年近く前、姿を眩ました両親を捜《さが》して函館に辿《たど》り着いたときだった。

当時、和馬を社会に送りだした佳代は、二十代半ばにして、両親を捜そう、と思い立って調理屋をはじめた。移動しつつ日銭を稼げる商売なら日本全国を捜索できる、と東京を皮切りに横須賀《よこすか》、京都、松江と、多くの人たちに出会いながら二人の足跡を追った。

そして最後の地、北海道のニセコへ向かう途中、青函《せいかん》フェリーの船室でトラック運転手の釜《かま》谷《たに》さんに出会った。わけありげな佳代を気遣って自由海亭の朝食に誘ってくれたのだが、そこで食べたのが魚介めしだった。

調理していたのは、小太りのおばちゃん店主、タエさんだった。しかも、たまたま佳代の両親の古い写真を見せたところ、

「このご夫婦、うちの店の救世主なのよ」

思わぬ逸話が飛びだした。

さらに遡《さかのぼ》ること十年前、夫を亡くしたタエさんは一人息子を抱えて苦悩していた。夫婦経営だった自由海亭が、このままでは潰《つぶ》れる。まさに崖っぷちに立っているとき、佳代の両親のワゴン車が自由市場の近くにやってきて、夫婦が考案した魚介めしを売りはじめた。

シンガポールの海南鶏飯《ハイナンチーファン》と日本の鯛《たい》めしを融合させた魚介めしは、魚介をブイヤベースのように煮上げた煮汁で米を炊いて添える無国籍料理だ。魚介には辛子味噌《からしみそ》をつけて食べるのだが、その癖になる味に魅せられたタエさんは、母と子が生きていくためにレシピを教えてください、と佳代の両親に泣きついた。

事情を聞いた両親は、我々はまた移動する予定だから、と快諾してくれたそうで、

「あなたのご両親のおかげで、あたしと息子は今日まで生きてこられたの」

タエさんは目を潤ませて、佳代にレシピを伝授してくれたのだった。

以来、佳代は魚介めしを作り続けてきた。その後も両親は行方不明のままだが、この料理は二人の形見だと心得て、家坂さんをはじめ支店をまかせた人たちにも伝えてきた。

こうして両親との懸け橋になってくれた恩人だというのに、タエさんにもご無沙汰《ぶさた》していた。家坂さんから聞いて慌《あわ》てて電話したものの繋がらず、自由市場の管理事務所にも電話すると、自由海亭は一か月半前の九月初めに閉店したという。事情は教えてくれなかったが、コロナ禍にやられたのかもしれない。今回ばかりは連絡していれば何か応援できたかも、と思うと、能天気にスパイスに入れ揚げていた自分を呪いたくなる。

函館へ行こう。遅ればせながらタエさんを捜して力になろう。

「あたし、旅立つね。長いこと、ありがとう」

いまもテレワークが続いている和馬と日向子さんに礼を告げ、佳代は久しぶりに髪をお団子《だんご》にまとめて、整備改装を終えた厨房車に乗り込んだ。

十月下旬の朝六時。白々と明けはじめた秋空のもと西荻窪を出発し、東北自動車道で一路北上した。さらに青森市から野辺地《のへじ》に入り、はまなすラインを辿って本州最北端の町、青森県大間《おおま》からフェリーで函館港へ渡り、宵闇《よいやみ》に包まれた午後八時過ぎ、自由市場前に到着した。

休憩を入れながらとはいえ、東京を発《た》って十四時間余り。すでに市場は閉じているから、近隣のスーパーで函館の地酒とソーセージと野菜を買ってきて、近くのコインパーキングに厨房車を駐《と》めた。

まだ十月だというのに気温は十℃以下。あと十日もすれば初雪が降るという土地柄だ。体を温めてから寝ようと、地酒に燗《かん》をつけ、ソーセージと野菜をポトフ鍋に仕立て、ハンモックと寝袋を引っ張りだした。

以前は床にマットレスを敷いていたが、今回の改装でハンモックが吊れるようにした。夏場はタオルケット、冬場は北国用に装備している耐寒マイナス十五℃の登山用寝袋を敷いて、ゆらゆらと寝られるようにしたら、これが心地いい。晩酌も寝そべってやろうと考えたのだが、長距離移動の疲れは半端《はんぱ》ない。気がついたときには寝落ちしていた。

ふと目覚めると、翌朝の七時半だった。ハンモックの寝袋から抜けだした佳代は大きな伸びをした。体の節々がぎしぎし痛むが、こうしてはいられない。そそくさと身繕《みづくろ》いして急いで自由市場へ向かった。

午前八時の開場と同時に、マスクを着けて市場に入った。鮮魚店、青果店、乾物屋などが並ぶ中、仕入れにきた料理人たちを押し退《の》けて飲食店コーナーへ急いだ。もしかしたら休業しているだけで、タエさんが笑顔で迎えてくれるかもしれない。淡い期待を抱《いだ》いて自由海亭の前まできて、あ、と足をとめた。

やはり閉店していた。入口はベニヤ板で封鎖され、看板も外され、しんと静まり返っている。タエさんはどうしたんだろう。別の仕事でもはじめたんだろうか。ぼんやり考えながら店の前に佇《たたず》んでいると、

「何か用かい?」

声をかけられた。振り返ると、手作りっぽい布マスクを着けた前掛け姿のおばさんがいた。

「あの、タエさんに会いにきたんですけど」

「あんたは?」

「佳代といいます。昔、お世話になりまして」

「どっから来たの?」

「東京です。タエさんの店が閉店したって聞いて、昨日、車で駆けつけたんです」

「あらら、東京から車でかい。あたしの娘も東京にいるんだけど、そりゃ大変だったねえ」

おばさんは背後にある青果店の人らしく、そういうことなら、と声を落とした。

「タエちゃん、亡くなったのよ」

「え？」

「苦労が祟《たた》ったんだと思うけど、クモ膜下《まくか》」

言いかけたところに、おい、これくれや、と声がかかった。青果店のお客さんだった。

「すぐ戻るから」

おばさんはそう言い残して、お客さんのもとへ駆けていった。


三十分後、佳代は厨房車を駆って函館市街の外れにある入船《いりふね》漁港へ向かった。

接客を終えたおばさんから、タエさんが生前、二十代の一人息子と暮らしていた家が、漁港に近い入舟町にあると聞いたからだ。

「まあ人間なんて儚《はかな》いもんだわよね。あの日もタエちゃん、いつも通り食堂を切り盛りしてたのに、夕方になって家に帰った途端、ぱたっと倒れて、それっきりだったの」

発見したのは夜遅く帰宅した海星《かいせい》という息子で、翌朝の自由海亭前は、常連たちが溢《あふ》れ返って大騒ぎになったという。

「でも仕方ないわよ。母親の突然死に海星は呆然としちゃって、救急車を呼んだり警察の検視に立ち会ったりで店まで頭が回らなかったらしいの。しかもコロナのせいで、葬儀は身内だけってお達しだったでしょ。父親はとっくに他界してたし、身内もほぼいないから彼一人で見送ったわけ。もう胸が詰まっちゃって」

おばさんは目元を拭《ぬぐ》った。

佳代の両親は、ニセコを最後に足取りが途絶《とだ》えてしまった。以後、両親は北の大地に召されたと自分に言い聞かせ、さすらいの調理屋稼業を続けてきたのだが、ただ、佳代には和馬という唯一の肉親がいた。和馬の存在が心の大きな支えになったし、いまも彼との他愛ない会話が心の穴を埋めてくれている。

そう考えると、一人きりになった海星くんは、いまどうしているんだろう。急に心配になった。一面識もないとはいえ、恩人の一人息子に会ってみようと思い立った佳代は、自由市場前の海峡通を函館市電の軌道沿いに南西へ向かった。函館のシンボル、函館山を望みつつ、途中、西へ曲がって道道457号函館漁港線に入り、そのまま海辺まで走っていくと、十分ほどで津軽《つがる》海峡のイカ釣り漁船の母港、入船漁港に到着した。

まずは船着き場へ行った。防波堤に囲まれた入江には、何十もの集魚灯を吊り下げたイカ釣り漁船が舳先《へさき》を並べている。夕刻までには津軽海峡に出漁し、地元では真イカと呼ばれるスルメイカを夜を徹して釣る。その眩《まばゆ》い集魚灯が〝漁火《いさりび》〟として函館の夜を彩ってくれるそうだが、いまは静かに休息している。

埠頭の駐車場に厨房車を駐め、防波堤まで歩いていくと、函館湾を青函フェリーが航行している。昨日はあれで海を渡ってきたんだ。手庇《てびさし》をかざしてしばし見惚《みと》れてから、佳代は踵《きびす》を返し、入舟町の路地を目指した。

その家はすぐ見つかった。潮風にさらされて赤錆《あかさ》びた、トタン屋根の木造平屋。北海道ならではの大型灯油タンクが置かれた家の前に、イカ形の表札がついていると聞いていた。

「ごめんください」

木製のドアをノックして呼びかけた。締め切られた家の奥からテレビゲームの音が漏れ聞こえてくるが、返事はない。

「ごめんください！」

もう一度、ドアを叩《たた》いて声を張った。

家の中からガサゴソ物音が聞こえたかと思うと、ドアが開き、髪も髭《ひげ》もぼさぼさのガタイのいい男が姿を現した。二十代とは思えないその風体《ふうてい》に驚いて、恐る恐る尋《たず》ねた。

「海星くん、ですか？」

「はあ」

とろんとした目で佳代を見ている。まだ午前中だというのに酔っ払っているのか、やけに頰《ほお》が赤らんでいる。

「昔、タエさんにお世話になった佳代といいます。はじめまして」

ぺこりと挨拶《あいさつ》し、タエさんと出会った経緯を話しはじめると、ドアの奥から生ゴミの腐臭が漂ってきた。

え、と家の中を覗《のぞ》き込むと、六畳ほどの座敷に大量のゴミがぶちまけられている。コンビニ弁当の食べがら、残飯《ざんぱん》を詰めたレジ袋、ビールや酎ハイの空き缶、潰れたペットボトルなどなど、雑多なゴミが畳を覆い尽くしている。

「帰ってくれっかな」

佳代の視線に気づいた海星が呂律《ろれつ》の回らない口調で呟《つぶや》いて、ドアを閉めようとする。慌てて佳代はドアを摑《つか》んで、たたみかけた。

「突然、ごめんなさい。昨日、東京から駆けつけたんだけど、タエさんが亡くなったって聞いてびっくりしちゃって」

ぜひお墓参りを、と頭を下げた。

「帰ってくれっかな」

再度、拒《こば》まれた。いきなり踏み込みすぎたのかもしれない。

「タエさんは、あたしの失踪した両親と交流があったの。あたしにとってタエさんは、両親との懸け橋だったの」

両親の失踪も含めて打ち明け、お願いします、と食い下がったものの、

「帰ってくれ！」

海星は苛《いら》ついた声で言い放つなり、右の拳《こぶし》をドガッとドアに叩きつけた。


ゴミまみれの亡きタエさんの家を後にした佳代は、奥歯を嚙《か》み締めた。

正直、当惑していた。拳を飛ばされたことにはびっくりしたが、怖さというより、訝《いぶか》しさのほうが勝《まさ》っていた。

木造家屋やアパートが並ぶ入舟町の路地。とりあえず厨房車に戻ろう、と歩きだして路地の先の角を曲がると、ガラガラッと引き戸を開ける音がした。

見ると、曲がり角の向こうの小さな水産加工場から、マスクに割烹着姿《かっぽうぎ》の老婆が現れた。畳一畳ほどもある長方形の干し網を何枚も抱えている。どうやら干物を作るらしく、加工場の前庭に一枚一枚並べている。

「すみません、タエさんをご存じですか？」

思いきって声をかけると、は？　と老婆が作業の手をとめた。

「東京から訪ねてきたんですけど、亡くなったと聞いて家に行ったら」

「海星に何かされたんかい？」

先回りして問い返された。

「ていうか、門前払いされちゃいまして」

拳を叩きつけられたことは伏せて、せめてお墓参りだけでもと思って、と言い添えると、

「どなた？」

怪訝《けげん》そうにまた問う。

「失礼しました。魚介めしが縁でタエさんのお世話になった、佳代と言います」

出会いの経緯を話した途端、

「あらま、タエちゃんの恩人の娘さんかい。ちょ、ちょっと待っててくれるかね」

老婆はそそくさと加工場に戻り、生イカを入れたバケツを持ってきた。そのイカを手際よく干し網に並べていくと、

「さあ終わった。せっかくだから、お茶でも飲んでってちょうだい」

陽焼けした顔をくしゃくしゃにして笑い、加工場に導き入れてくれた。

魚を捌《さば》く調理台や水場が置かれた二十畳ほどの加工場は、家内工業的な設《しつら》えだった。ほかに女性従業員が何人かいて、干物の箱詰め作業をしている。佳代が周囲を見回していると、老婆は坂下《さかした》と名乗り、隅っこにある休憩用テーブルの椅子《いす》を引いてくれる。

「お忙しいところ、すみません」

恐縮しながら佳代が腰を下ろすと、坂下婆《ばあ》はお茶を淹《い》れてくれ、

「これ、うちでこさえたやつ」

炙《あぶ》ったイカの干物も一緒に出してくれた。

すみません、とまた恐縮していると、坂下婆はよっこらしょと向かいに座り、やれやれ、とひとつ嘆息《たんそく》してから話しはじめた。

「まあ海星も不憫《ふびん》な子でねえ。もともと自由海亭は、駆け落ち同然で結ばれた夫とタエちゃんが二人でやってたんだけど、その夫が海星が小学生の頃に病死したの。身内と縁が切れてたタエちゃんは、仕方なく一人で店を切り盛りしはじめたんだけど、女手ひとつで店と子育ての両立は、やっぱきつかったんだね」

もとは繁盛店だったのに、しだいに閑古鳥《かんこどり》が鳴きはじめ、やがて、いつ潰れてもおかしくない状況まで追い詰められてしまった。

その頃から海星は、放課後になると坂下婆の加工場に来て、イカを洗ったり干し網に並べたりする手伝いをはじめたのだという。

「そのたんびにあたしは、イカ丼をこさえて食べさせたり、半端な生イカやホッケの干物を持ち帰らせたりしてたの。それを目当てに海星が来てることはわかってたからね。だから、あとあとタエちゃんから涙ながらにお礼を言われてね。あたしと海星は坂下さんのおかげで生きてこられたの、って。なんだか複雑な気持ちになっちゃってねえ」

　佳代は亡き松江のスミばあちゃんを思い出した。彼女もまた夫を亡くし、魚の行商で息子の正志さんを育てながら、持ち前の商才を発揮して温泉旅館を開いて成功を収めた。その陰で、のちに二代目社長となった正志さんも人知れず苦労したそうで、母子家庭の厳しさを思い知らされる。

「そんな毎日が続いたからだろうね。海星は中学に入ったその日に、母親を助けたいからイカ釣り漁船に乗せてほしい、ってあたしの亭主に頼み込んできたの」

　坂下婆の夫は、イカ釣り漁船の船主と水産加工場を兼業している。不憫な海星少年の申し出に迷いに迷ったそうだが、結局は、こっそり漁船に乗せ、雑用をさせてやった。

　タエさんが佳代の両親と出会ったのは、そんな時期だった。魚介めしを教わったことで自由海亭は再浮上し、母と子の生活はようやく安定した。しかも海星は中学卒業後、本職のイカ釣り漁師となって稼ぎはじめ、いずれ母子で新築住宅を買って賃貸から脱《ぬ》けだそう、という希望まで見えてきた。

　ところが安定は長く続かなかった。数年前からイカが深刻な不漁に陥《おちい》ったのだ。追い打ちをかけたのがコロナ禍だ。飲食店の営業自粛で魚介の需要が激減。苦労して獲《と》っても売れないだけに、漁師は開店休業。当然ながらタエさんの食堂も商売にならず、新築住宅どころか家賃の支払いすらきつくなった。

「それからなの、海星が荒れはじめたのは。漁がないから毎日家で飲んだくれて、タエちゃんも心労が絶えなくてね。自由海亭が崖っぷちに逆戻りしたストレスも重なって、あっというまにクモ膜下で逝《い》っちゃって」

それが二か月前のことだそうで、天涯孤独になった海星は、ますます自暴自棄になった。イカ漁が再開されても家に閉じこもり続け、坂下婆や近所の人が訪ねても玄関先で追い返されるのだという。

「それだけお母さんの死がショックだったんですね」

佳代は言った。

「まあそうなんだろうけど、それにしても、ずっと付き合ってきた彼女まで追い返しちゃうんだから、ちょっとねえ」

坂下婆はため息をついた。

「あ、彼女がいるんですか」

「そう、結婚間近だったのよ。気立てのいい娘さんなのに、彼女もどうしていいかわからなくなっちゃってるみたいで」

もうどうしたものか、と再度、大きなため息をついて坂下婆は天を仰《あお》いだ。

その晩、佳代は入船漁港から程近い、立待岬《たちまちみさき》の無料駐車場で一夜を過ごした。

函館山の南端に突きだした立待岬は、かつては異国船の監視場だったそうで、晴天の日中は津軽海峡から下北《しもきた》半島までを一望できる。夜にはイカ釣り漁船が列をなして灯《とも》す漁火が煌《きら》めいて、幻想的な光景が広がるという。

そこで夜半に岬の突端《とったん》へ行ってみたが、イカ釣り漁船は、ぽつりぽつり程度。漁は再開されていても列をなすほどではないようで、漆黒《しっこく》の海に瞬《またた》く漁火を眺《なが》めながら、佳代は今日の出来事を振り返った。

夫を亡くした苦境の中、佳代の両親と出会って立ち直ったタエさんは、コロナの渦中、突然死に見舞われた。その哀しい現実が、健気《けなげ》に母親を支えてきた海星を、結婚間近の彼女すら突き放すほど追い詰めた。あの漁火を灯す側にいるはずの彼が、ゴミまみれの家の中で心を閉じてしまっている。

あたしに何かできないだろうか。

ふと思った。佳代にできることは料理しかないが、たとえば、魚介めしはどうだろう。タエさんと海星は魚介めしによって崖っぷちから脱出できた。かつて母子を救った思い出の味を振る舞うことで、海星の心に多少なりとも踏み込めないものか。

料理には人の心を動かす力がある。それは佳代自身、調理屋商売を通じて幾度となく体感してきた。先のことはともかく、ここで海星の心を揺《ゆ》さぶって佳代を受け入れてもらえれば、それを突破口に坂下婆や彼女にも心を開くきっかけになるのではないか。

翌朝、佳代は自由市場へ急いだ。こういうことは早いほうがいい。昨日の今日で魚介めしを振る舞ったほうが海星の心に響くはずだ。

「おはようございます」

まずは昨日のお礼がてら青果店のおばさんに挨拶し、海星くんに門前払いされちゃいました、と頭を掻《か》いてみせた。

「ああ、まだ荒れてんだ。わざわざ東京から来てくれた人なら大丈夫かと思ったんだけど」

申し訳なかったね、と謝られた。

「とんでもない。初対面なのに、ずかずか踏み込んだあたしがいけないんです。だから今日は、魚介めしを作って届けようと思って」

「魚介めしって、自由海亭の？」

「ええ。実はあれ、亡くなったあたしの両親のレシピなんです」

両親とタエさんのエピソードを話した。

「へえ、ご両親はタエちゃんの恩人なんだ」

「そうみたいです。あたしは移動調理屋をやりながら両親を捜してるときに、たまたまタエさんに出会って知ったんですけど」

「移動調理屋って、面白い商売やってんだね。うちの娘は東京の築地《つきじ》で男勝《まさ》りの蕎麦《そば》打ち職人やってんだけど、好きだよ、そういう人」

嬉しいことに親近感を抱いてくれたらしく、

「だったら、四軒向こうの柳《やなぎ》鮮魚店に行ってみなよ。自由海亭の魚は、あそこが卸《おろ》してたの。由香《ゆか》さんっていう女店員に、真沙代《まさよ》の紹介って言えば、すぐ買えるはず」

と勧めてくれた。

願ってもなかった。すぐに柳鮮魚店の由香さんに声をかけて、真イカ、ホッケ、甘エビ、帆《ほ》立《たて》貝など北海道産の魚介を仕入れた。

その足で坂下婆の加工場に移動して、

「ちょっとお願いがあるんですが」

従業員たちと一緒に魚を捌いていた坂下婆に、佳代の考えを伝えた。

「そりゃいいこと思いついたね。だったら、うちの前庭でやりなよ」

二つ返事で場所を提供してくれ、加工場の地下水も使っていいと許可してくれた。

佳代のキッチンには〝その土地の水で調理する〟ルールがある。それでこそ土地の風土に根ざした、土地の人の口に合う料理が生まれると信じているからだ。坂下婆の加工場では函館山から流れる地下水を汲《く》み上げて使っている。その水のおかげで少量生産ながら人気の干物を作れるのだそうで、まさに佳代のキッチンに打ってつけの環境が整ってしまった。

早速、手指と厨房機器をしっかりアルコール除菌してから、魚介めしの調理にかかった。寸胴鍋に水を張ってコンロに点火して、湯が沸《わ》くまでの間、仕入れた魚介を捌いていく。

そのとき、流し台の上のスパイス棚が目に入った。休業中に学んだスパイスの技を生かそうと佳代自身の手で設置したもので、四十種以上のスパイスが並べてある。

この際、これを使ってみようか。両親が遺した魚介めしのレシピは、東南アジアのハーブ、パンダンリーフを使うのが特徴だが、海星に新たな一歩を踏みださせるには、魚介めしも進化させるべきじゃないか。オリジナルレシピの肝は残しつつ、佳代の個性を反映させたほうが、より海星に届くのではないか。

改めてスパイス棚を見た。魚介めしに合わせるとなれば、南インドの魚介カレーが参考になる。クミン、ターメリック、カイエンペッパーなどの基本スパイスに、カルダモンやマスタードシードを加えればいいのだが、ただ、カレーになっては意味がない。

魚介の旨みを引きだした煮汁を米飯に滲《し》み込ませ、ふわりと立ちのぼるパンダンリーフのエスニカルな甘みとともに味わう。それが魚介めしだから、あくまでも風味のアクセントにスパイスを使うべきだ。

では、どうすればいいか。佳代は使えそうなスパイスを五種選んだ。その香りと味を慎重に確認しながら一種に絞り込んだ。

フェネグリークだ。地中海地方原産のマメ科の植物で、甘い香りと、ほろ苦さがある。中近東、アフリカ、インドなど幅広く使われているが、ネパールでは台所の必需品らしく、バイト先の店主ナラヤンさんもこう言っていた。

「食事の準備のとき、フェネグリークがないからって、よく買いに行かされたもんだよ」

主張が強くないスパイスだから母国では何にでも気軽に使っているという。クミンやターメリックなど基本のスパイスを入れなければカレーっぽくはならないはずだし、うん、これならいけそうだ。

　佳代は魚介の一部を小鍋に取り分け、フェネグリークを入れてみた。味見すると、パンダンリーフの甘い香りに深みが加わり、ほろ苦さが心地いい。よし、これでいこう。

　寸胴鍋にもフェネグリークを入れ、仕上がった魚介めしを弁当パックに詰め、前庭と地下水のお礼がてら坂下婆のもとへ持ち込み、女性従業員たちと一緒に試食してもらった。

「あら、おいしいわねえ」

　タエさんの魚介めしよりおいしいかも、とみんなが褒《ほ》めてくれた。

　この味だったら海星も気に入ってくれるだろう。自信を深めた佳代はスパイス魚介めしをおひつに入れ、大きなゴミ袋の束とスプレー消臭剤も調達して、再び海星の家を訪ねた。

　昨日と同様、家の中からテレビゲームの音が聞こえた。またゲーム飲みなのだろう。玄関ドアを強めにノックして、

「海星くん、佳代です！」

　声を張って呼びかけた。もし拳を飛ばしてきたら太刀《たち》打《う》ちできない。気力で攻めようと気合いを入れたのだが、返事がない。

「佳代です！　魚介めしを作ってきたの！　開けてちょうだい！」

　しつこくたたみかけると、ガサゴソ音がして、ちょっとだけドアが開いた。間髪容《かんはつい》れず佳代は力まかせにドアを引き開け、

「ちょっとごめん」

靴を脱ぎ捨てて家に上がった。赤ら顔の海星が立ちすくんでいる。かまわずゴミ座敷に踏み込み、まずは除菌スプレーを振り撒《ま》いた。奥にも六畳間があり、タエさんの遺品らしきものが押し込まれている。ほかは台所と風呂トイレだけの狭い家だが、それも含めて、わずか二か月でよくもこんなに汚したものだ。

意を決して歩を進めた。その瞬間、グシャッと足元で何かが潰れた。食べかけのカップ麺《めん》だ。ぬるっとした液体が靴下に滲みてくる。とっさに消臭剤を吹きつけ、さらに進むとゴミまみれの座敷の一角にコタツがあった。

コタツ布団《ぶとん》は穴だらけで綿が飛びだしている。天板には漫画と飲みかけの缶酎ハイ。テレビにはゲーム画面が映っている。やはりゲーム飲みだったようだ。漫画と缶酎ハイを退《ど》かし、まだ湯気が立つスパイス魚介めし弁当を置いて箸《はし》を添える。

「食べてみて」

口角を上げて勧めた。海星は、なんでまた急に、とばかりに突っ立っている。

「せっかくだから、食べてよ」

上目遣いにたたみかけると、しぶしぶながら海星はコタツの前に座り、魚介めしを頬張《ほおば》り、もぐもぐと口を動かしはじめる。

「どうかな?」

つい聞いてしまった。途端に海星は、ふて腐れた顔で箸を置き、

「帰ってくれっかな」

昨日と同じ台詞《せりふ》を吐き捨てるなり、佳代が持参したゴミ袋の束を蹴飛ばした。

坂下婆の加工場に立ち寄ってから自由市場の青果店に顔をだすと、真沙代さんは後片づけに追われていた。

この市場の営業は午後五時半まで。五時過ぎには各店とも接客の合間に片づけをはじめるようで、真沙代さんもほかの店員とともに床を箒《ほうき》で掃いたり伝票を整理したりしている。

「お疲れさま」

遠慮ぎみに声をかけると、

「あら、魚介めしはどうだった？」

気にかけてくれていたらしく、掃除の手を休めて聞く。

「一応、食べてはくれたんですけど、反応はいまひとつで」

コタツ周りのゴミもちょっとだけしか持ち帰れなかった、と肩をすくめた。

ただ今回も、ゴミ袋を蹴飛ばされたことは黙っていた。その一瞬は引いたものの、海星は虚勢を張っているだけだと見切ったからだ。なにしろ前回も今回もドアの鍵は開いていた。田舎《いなか》では鍵をかけない家も少なくないが、本気で拒絶したければ鍵ぐらい掛けるはずだ。要は、かつて弟の和馬が思春期に荒れたのと同じ構図で、ドアとゴミ袋に八つ当たりしたにすぎないと佳代は判断した。

「やっぱ、簡単にはいかないものですね」

味つけには工夫したし、もう少し喜ばれると思ったんですけど、と佳代が唇《くちびる》を嚙むと、

「まあ、そう簡単にいくもんじゃないと思うけど、家に上がり込んで食べさせただけでも大きな一歩だと思うわよ」

真沙代さんが励ますように言ってくれた。

「あ、そう思いますか？　実はさっき、坂下さんも同じことを言ってくれました。これまでだれも寄せつけなかったのに、そこまで踏み込めた人は初めてなのよって」

「結局、あれね。佳代さんだと、深い縁はあっても第三者ってところがいいのかもね。佳代さんだったら、ちょっとずつ踏み込んでいけば海星も心を開くかも」

これまた坂下婆が言ってくれたことと同じだった。そればかりか、せっかくだから、うちの前庭で商売しながら、しばらく海星に寄り添ってやってくれない？　と坂下婆に頼まれてしまった。調理屋さんがいれば近所の人たちも重宝《ちようほう》するだろうしね、と。

「ああ、それはいい考えだわね。あたしも応援するから、ちょっと待ってて」

真沙代さんは店を飛びだしていった。

どこへ行ったんだろう。片づけが続く青果店の店先でぼんやり待っていると、ほどなくして真沙代さんが戻ってきた。

「いま由香さんと話してきたんだけど、彼女も応援するって」

「柳鮮魚店の由香さん？」

「そう。まだ海星のことは諦《あきら》めきれないから、フォローをさせてほしいって」

「え、由香さんって海星くんの彼女？」

真沙代さんがうなずいている。店の片づけを終えたら佳代と話したいと言っていたそうで、時間ある？　と聞く。

「大丈夫です」

海星を一番よく知る彼女がいれば心強い。

「じゃ、あとは二人にまかせたね」

真沙代さんはにっこり笑った。

自由市場の駐車場に駐めた厨房車で待っていると、ほどなくしてドアがノックされた。由香さんだった。栗色に染めたボブヘアに、化粧っけのない小顔。店頭では胸まであるゴムエプロンに長靴だったが、いまはボーイッシュなパンツにスニーカーを履《は》いている。

「これ、お土産《みやげ》です」

地魚を差しだされた。売れ残りだそうだが、旬のボタンエビや平目が入っている。思わぬお土産に食いしん坊心が疼《うず》いた。

「せっかくだから、これを肴《さかな》に飲みながら話さない？」

こういう話はリラックスしたほうがいい気がして、飲める？　と聞くと、嫌いじゃないです、と舌なめずりして笑ってみせる。車通勤だけれど、運転代行で帰るという。

それで話は決まり、二台つるんで立待岬の駐車場へ移動した。

お土産の魚を刺し身に捌いて、早速、燗酒で乾杯した。初飲みの二人なのに、海星の心を開

きたい、という共通の思いがあるからだろう。厨房車の中は打ちとけた空気に包まれ、

「地元に住んでると、こういう観光名所って、あんまり来ないんですよね」

いつしか陽が落ちた津軽海峡を車窓《しやそう》越しに眺めながら由香さんが微笑《ほほえ》んだ。

「あら、デートのときも？」

すかさず水を向けた。

「ていうか、こっそりイカ釣り漁船に乗せてもらって、津軽海峡からこっちを見たことはあります」

恥ずかしそうに笑う。

「へえ、それって何年前？」

「二年前かな。あの頃の彼は、まだバリバリに漁師をやってたけど、なかなか結婚してくれなくて、あたしはカリカリしてて」

苦笑いして燗酒を口に運ぶ。佳代と海星の母親には深い縁がある、と真沙代さんから聞いたのだろう。すんなり胸襟《きようきん》を開いてくれた。

「ひょっとして結婚への障害とかあったの？」

さらに踏み込んだ。

「障害っていうか、もともと彼はお母さんと、ものすごく仲がよかったんですね。小学生の頃から手を取り合って生きてきたから、あたしが入り込む隙間なんかない感じで」

「ある意味、マザコンってこと？」

「ていうより、二人きりで苦労してきたぶん、なんかこう母と子を超えた、人生の同志みたいな太い絆《きずな》で結ばれてて」

実際、母親を支えようと漁師になった海星のために、タエさんは忙しい食堂仕事の傍ら、海星が食べても食べなくても毎日食事を作っていたという。

そうした親子関係のためか、海星は由香さんと結婚して母親との距離感が変わることを懸念《けねん》していた。どう折り合いをつけていいかわからないまま、結婚に踏み切れないでいた。

そんなさなかに、母と子はイカ不漁とコロナ禍のダブルパンチに見舞われた。その心労ゆえに母親は、あっけなく他界し、唐突《とうとつ》に絆を断ち切られた海星は激しい衝撃を受けた。おれは母親に何もしてやれないまま死に追いやってしまった。おれが不甲斐《ふがい》ないばかりに、と自分を責め立てた。

「それって自分を責めること？」

佳代は首をかしげた。

「あたしもそう思いました。でも、母離れしてない彼は、そう思い詰めちゃって」

自己嫌悪の塊《かたまり》になったあげく、厭世観《えんせいかん》に駆られて人を寄せつけなくなってしまった。

昼間はゲーム三昧《ざんまい》で飲んだくれ、夜になるとコンビニでカップ麺や弁当、ビールや酎ハイなどを買い込み、またゴミ座敷に閉じこもる。そんな日々の繰り返しだという。

そう聞くと、いわゆる本物の引きこもりとは違う気もしてくるが、由香さんはため息まじりに、

「あたしがお母さんの代わりになれないか、って思ったこともあるんです。でも、それだとなんか違う気がするし、もうどうしていいかわからなくなってきちゃって」

と嘆《なげ》いて、また燗酒を口にする。

佳代は車窓の外に目を向けた。津軽海峡に揺らめく漁火を見やりながら思いをめぐらせ、再び由香さんに向き直った。

「いま考えたんだけど、由香さんがお母さんの代わりになるっていうのは、あたしも違うと思う。けど、さっき由香さん、あの母と子には人生の同志みたいな太い絆があった、って言ったわよね。だとすれば、今回のあたしの役割りって、彼の〝太い絆ロス〟を外堀から埋めていくことじゃないかと思って」

「ただ、そうだとしても、食事の世話をして寄り添うだけで大丈夫でしょうか。最初はあたしもいい考えだと思ったけど、おさんどん、って昔の言葉があるじゃないですか。そんなめし炊き女みたいなことになっちゃったら違う気がするし、佳代さんにも申し訳ないです」

早い話が、炊事は女の仕事、みたいな古い考えを海星が持っていたらどうしよう、と由香さんは心配している。

「それはどうかな。あたしも男女が役割り分担すべきっていう考えは持ってるけど、あたしの場合は炊事が得意だからやってるだけで、タエさんだって同じだったと思う。大切な一人息子が夜の津軽海峡で命を張って漁をやってくれているとき、タエさんには食事作りしかできなかった。そんな親心が海星くんに伝わらないはずがないし、おさんどんだなんて思うわけないじゃない」

その意味で、海星に食事で寄り添うことには、やはり意味があると思う、と由香さんの目を見据えて佳代は続けた。

「食の記憶って大事だと思うの。だれが、どんな味で寄り添ってくれたか。それって脳がちゃんと覚えているのよね。まずは第三者のあたしが、食を通じて少しずつ踏み込んでいく。ついでに溜まったゴミも持ち帰るようにして、それを何日何十日と繰り返していれば、海星くんもきっと馴染んでくるはずだから、そうなったら由香さんに同行してもらう」

もし拒まれたとしても根気よく二人で通い続けて、海星が徐々に由香さんを受け入れはじめたところで佳代はフェードアウトする。

「そんな感じでどうかな？」

改めて問いかけると、ようやく由香さんも納得したらしく、

「わかりました。だったらあたしは明日から、魚介めしの魚介と一緒に、海星の昼夜二回ぶんの食材も揃《そろ》えておきます。それぐらいはお手伝いしたいので、前の日に必要な食材をメールしてください」

新たな提案をしてくれた。

「ああ、それは助かる。食事のメニューについては由香さんに相談するつもりだったけど、じゃあ、食材調達もまかせるね」

佳代は即座に同意した。

翌朝七時。髪をお団子にまとめた佳代は立待岬を発ち、自由市場の柳鮮魚店へ直行した。約束通り由香さんは魚介めし用と海星用の食材を揃えておいてくれて、それを受け取るなり佳代は水産加工場の前庭へ向かった。

「おはようございます！」

まずは加工場の裏手で暮らしている坂下婆に挨拶して、オリジナル魚介めしの仕込みにかかり、午前九時には炊き上がった。

よし、と気合いを入れて、久々に『いかようにも調理します』と手書きした木札を厨房車のサイドミラーに掛けた。コロナ休業以来の懐かしい自分が戻ってきた。そんな感慨が湧き上がってくる。

最初のお客さんは坂下婆だった。昼どきに町会の友だちが集まるから、何か作って、と秋《あき》鮭《じやけ》を一尾丸々とジャガイモ、ニンジンなどの野菜を置いていった。

続いて近所の奥さんも食材持参でやってきた。坂下婆が声をかけてくれたようで、試し注文なのだろう、バターを入れる北海道風の〝肉ジャガ〟や下味をつけた鶏唐揚げ〝ザンギ〟など、地元の家庭料理を注文された。

まずは秋鮭料理を考えた。一尾丸々を寄り合い用となると、何品かあったほうが楽しい。そこで鮭の定番〝チャンチャン焼き〟と〝石狩鍋《いしかりなべ》〟に加えて、牛挽肉《ひきにく》とジャガイモを使うフランス家庭料理、アシ・パルモンティエをヒントにした〝鮭パルモンティエ〟を作った。

アシ・パルモンティエは、牛挽肉と玉葱《たまねぎ》みじん切りを炒めて調味し、耐熱皿に生クリーム入りマッシュポテトと重ね入れてチーズを振ってオーブン焼きにする料理。海星はジャガイモも好き、と由香さんから聞いて考えたメニューだ。ところが坂下婆から、鮭料理は海星にも分けてあげて、と言われたこともあり、牛挽肉を鮭に替えてみようと思いついた。

ただし鮭は、大きな切り身のまま鹿の子《かこ》包丁を入れて軽くソテーする。あとはマッシュポテトと重ね入れてチーズを振って焼くだけだが、調味スパイスも工夫した。牛挽肉版のナツメグに替えて、鮭版では、甘さとほろ苦さが特徴のエストラゴンで鮭の臭みを抑えた。

鮭料理と同時進行で肉ジャガやザンギも調理した。慌ただしい作業になったが、商売柄、調理の手際には自信がある。正午前には全品仕上げて、お客さんに渡し終えた。

あとは海星だけだ。取り分けた鮭パルモンティエにカリカリ焼きのトーストを添え、ゴミ袋の束と掃除道具も携《たずさ》えて海星宅に急いだ。

「こんにちは！」

ドアをノックするなりノブを摑み、今日も力まかせに引き開けた。

また施錠されていなかった。心は閉じていても、どこかで心を開いてくれる人を待っているに違いない。そう察した佳代は、すぐさま家に上がり、ゴミ座敷に踏み入った。

海星はコタツでゲーム飲みの真っ最中だった。ゲームに夢中で佳代に気づいていない。

「こんにちは！」

拳を警戒しながら、もう一度、呼びかけた。

海星はビクッと体を震わせ、バツが悪そうに佳代を見上げる。やはり海星は待っていた。

「お昼ご飯、持ってきたから食べて」

コタツの缶ビールを退かして、鮭パルモンティエを耐熱皿ごと置いた。

海星は面食らいながらも、フォークを手にするなり黙々と食べはじめ、缶ビールで流し込んでいる。その食べっぷりが嬉しくて、

「おいしい?」

コタツの前に座って聞くと、海星は目を逸《そ》らした。微妙な反応だったが、最後まで食べてくれたし、帰れとも言われなかった。

よし、とばかりに佳代はゴミ袋を二枚広げ、ビールの空き缶を手はじめにゴミを拾いはじめた。海星が見ている。かまわずどんどんゴミ袋に放り込み、昨日片づけたぶんと合わせて、コタツ周りの畳を露出させた。

続いて雑巾《ぞうきん》がけにかかる。汚れた風呂場で、ぼろタオルをギュッギュと絞って、露出した畳をキュッキュと拭《ふ》き上げると、もう一枚ゴミ袋を広げてコタツの脇に置いた。

「今日から、ここに捨ててちょうだい」

言い含めるように海星に告げ、夕飯は午後六時半よ、と告げるなり空になった耐熱皿を手にさっさとゴミ座敷を後にした。

パンパンに膨《ふく》らんだゴミ袋を二つ抱えて厨房車に戻ってくると、坂下婆が待っていた。

「あら、町会のお友だちは?」

「抜けてきた。海星はどうだったかと思って」

「今日はちゃんと食べてくれて、部屋もちょっとだけきれいになりました」

ぽんとゴミ袋を叩いてみせた。

「ああよかった。佳代ちゃんの秋鮭料理、おいしかったもんねえ。町会の友だちも大喜びだったから、お客さん、また増えちゃうわよ」

いつものようにくしゃくしゃの笑みを浮かべ、これ、使ってちょうだい、と貴重な真イカと帆立貝をボウルにいっぱいくれた。

その後は坂下婆が言った通りになった。午前中に調理した肉ジャガやザンギも好評で、噂《うわさ》を聞いたお客さんもやってきて商売繁盛。てんてこ舞いの忙しさになって途中でオーダーストップしたほどで、煽《あお》りを食らって海星の夕飯は午後七時半過ぎになってしまった。

坂下婆にもらった真イカと帆立貝を手早く炙って丼物に仕立て、ルッコラとベーコンのサラダにモッツァレラチーズを散らし、予定より一時間遅れで海星宅のドアをノックした。

何の反応もない。すぐにドアを開けて座敷に入ると、海星はコタツで居眠りしていた。

飲みかけの酎ハイが置いてあるから、一応、飲みながら待っててくれたのかもしれない。よく寝ているから起こすのもなんだし、急ぐあまりゴミ袋と掃除道具を忘れてきたから片づけもできない。

結局、〝海鮮炙り丼〟と〝ルッコラとカリカリベーコンのモッツァレラサラダ〟を酎ハイの脇に配膳して帰ってきた。

それにしても忙しい一日だった。調理屋が初日から、ここまで盛況とは予想外だった。

再び加工場前に戻った佳代は、厨房車のカーテンを閉めて寝袋をセットした。

「うちに泊まりなさいよ、お風呂もあるんだし」

坂下婆からはそう勧められたが、佳代としては、やはり厨房車泊が落ち着く。風呂はありがたく借りたものの宿泊は辞退した。

いつでも寝られる準備ができたところで、さて、と海星と同じメニューをつまみに今夜も晩酌をはじめた。忙しかった日は、体は疲れていても頭の昂揚《こうよう》が収まっていない。読みかけの文庫本を片手に、おいしい地酒でゆるゆると自分を癒《いや》してやるのが一番だ。

コップ酒を二杯空け、ほろ酔い気分になった頃、ふと思いついて和馬に電話を入れた。

「どう？　しばらくぶりの夫婦水入らずは。仲良くガンガン子作りに励んじゃってる？」

冗談っぽく切りだすと、

「ったく姉ちゃん、弟相手にエロっちい言い方すんなよ」

また酔ってんだろ、と怒られた。

「そう言わないで聞いてよ、こっちは別れかけてる男女に向き合ってんだから」

「へえ、久しぶりに姉ちゃんのおせっかい魂が発動したわけだ」

ほどほどにしとけよ、と苦笑いされた。

「そんなんじゃないの。だって函館に来たら、あのタエさんが亡くなってたんだから」

「マジか。だったらもっと早く電話しろよ」

「だから、その流れでいろいろあったわけ」

三杯目のコップ酒を口にしながら、いまの状況をざっくり話した。

「うーん、やっかいな話なのはわかったけど、食事を届けて心をなびかせるって、なんか餌《え》づけみたいだな」

「あんたこそ、そういう言い方しないでよ。初日に魚介めしで失敗しちゃったから、これでも必死なの」

「水加減でも間違えたのか？」

「ていうか、よかれと思ってスパイスを使ってアレンジしたの。ほかの人はおいしいって言ってくれたから、大丈夫だと思って持ってったら、あっさり追い払われちゃって」

「ああ、姉ちゃん、スパイスにハマりまくってたもんな」

「けどゆうべ、大失敗だったたって気づいたの」

由香さんと二人で飲んでいるときだった。食の記憶って大事だと思うの、と彼女を諭《さと》したあと、佳代はふとスパイス魚介めしを思い出した。あの味のアレンジに対して海星は、大切な食の記憶にチャチャを入れられた、と感じたのではないか。坂下婆たちから、タエさんの魚介めしよりおいしいかもよ、と言われたのは褒められたのではない。タエさんの味と違う、と言っていたわけで、その段階で失敗に気づくべきだったのだ。

「結局、あたしは、彼の食の記憶を冒瀆《ぼうとく》しちゃったわけ。自己嫌悪もいいとこだよ」

コップの酒をぐいと流し込んだ。

「まあ冒瀆は言いすぎかもしれないけど、確かに、おれたちが魚介めしを両親の形見だと思ってるのと同じように、彼にとっても母親の形見みたいなものなんだろうな。その味を勝手にいじられたら、おれだって引くし」

「そこなのよ。なのに、あたしったら」

佳代は嘆息し、スパイスを齧《かじ》って調子づいていた自分を恥じた。スパイスは、いかに使うか、と同時に、いかに使わないか、なのだ。

「そうめげんなよ。姉ちゃんだって、よかれと思ってやったことなんだろ?」

「それはそうだけど、この失敗のリカバリーって、けっこう大変じゃん。海星くんの彼女だった人に相談しながら、もう一回、ぜひオリジナル魚介めしを食べてもらおうと思ってるんだけど、ただ問題は、どのタイミングで、どう食べてもらうか、でさ」

とにかく追い詰められちゃってるわけ、と本音を吐露《とろ》した。すると和馬は言葉を選びながら言った。

「まあでも、ひとつ言えるのは、急いじゃダメ、ってことかもな。イカ釣り漁師って聞くと豪快な男のイメージだけど、案外、繊細な心の持ち主なんだろ? だとしたら、先を急ぐと、また失敗して致命傷になるだろうし」

「そうよねえ。見た目は厳《いか》つくてガタイもいいから、周りの人たちは海星くんの心を読み切れなかったと思うんだけど、つぎにしくじったら何しでかすかわからないし」

もう困っちゃってるの、と泣きつくと、

「確かに難しいよなあ」

と呟くなり和馬は黙ってしまった。

佳代は、またコップ酒を口にした。せっかくのほろ酔い気分が、どこかへ飛んでしまったが、今夜は飲まずにはいられない。空いたコップにまた冷や酒を手酌していると、

「なあ姉ちゃん」

和馬が声色《こわいろ》を変えた。え？　と佳代が携帯を握り直すと、穏やかにたたみかけられた。

「いま思ったんだけど、やっぱ当面は餌づけ的に懐柔《かいじゅう》していくしかないだろうな。それを根気よく一週間二週間と続けていれば、あるとき、ひょいと局面が変わる気がするんだよな。早い話が、時が熟せば何か突破口が見えてくるっていうか。ただ問題は、いざ局面が変わったとき、どう対処するか。そこが一番のポイントになるはずだから、たとえば、こんなやり方はどうかな」

歳下の友だちを諭すように前置きすると、アイディアを語りはじめた。


翌朝はまた、自由市場の由香さんのもとへ行った。魚介めし用と海星の食事用の食材を受け取って、明日のメニューの相談をした。

和馬からは、局面が変わるときを待つしかないと言われたが、確かにその通りだ。由香さんも含めて当面は大変だけれど、二人で力を合わせて海星の胃袋を摑んでいくしかない。

そんな思いも込めて由香さんとも相談して、今日の昼は海星が好きな〝ホッケフライ〟定食。夜は〝豚生姜焼きライス〟に札幌《さっぽろ》発祥の〝ラーメンサラダ〟というダブル炭水化物メニューにした。

とりわけホッケフライは、

「たまにメニューに入れると喜ぶと思います」

と由香さんから言われている。

東京育ちの佳代にとって、ホッケといったら干物だったが、以前、稚内《わっかない》を訪ねたとき、北海道民はフライにするのが定番だと知った。スーパーの総菜売場にも当たり前に置いてあるほど道民には食べ慣れた味で、海星も子どもの頃から好物だったらしい。

ほかにも函館名物のステーキピラフやジンギスカンなどの肉料理。さらにはスープカレーも好きだというから、これらも外せないが、ただ、しばらくカレーは控えたい。スパイスで失敗しただけに、頃合いを見計らい、満を持《じ》して登場させようと思っている。

そんなこんなで加工場前に戻った佳代は、商売用のオリジナル魚介めしの調理に取りかかった。魚介を煮込み、煮汁でご飯を炊き上げて営業をスタートすると、待ちかねていたお客さんから、つぎつぎに注文が入った。

「これ、煮つけで三人前よろしくね」

と旬のキンキを渡されたり、

「エゾ鹿の肩肉をもらったの。おまかせするから、何かおいしい料理にして」

と肉塊をドンと置いていかれたり、所変われば食材も変わる。そのたびに、どう調理するか瞬時に判断して調理を進めていく。

ただし〝おまかせ〟で注文されたときは、

「変わったスパイスを使ってもいいですか？」

と聞くようにしている。新しい味や香りに柔軟なお客さんには、ちょっとしたスパイス使いでアピールすると同時に、いつか海星のために作るカレーの参考にもしたかった。

たとえば〝アジョワン〟というタイムに似た香りのスパイス。インドやパキスタンではカレーによく使われるが、カリフラワーやキャベツの炒めものやトマト煮込みに入れても、

「爽やかな香りでおいしかったです！」

と若い女性に喜ばれた。そんな地元民に好まれるスパイス使いを意識しながら、佳代のキッチンに新しい風を吹かせようと思った。

その一方で、オリジナル魚介めしも安定した人気を得ている。調理を注文したついでに買っていくお客さんも多い。なかには、どこで聞きつけたのかタエさんの魚介めしのファンだった料理人が、自由市場の仕入れ帰りにわざわざ立ち寄って、

「ああ、この匂い、久しぶりだよなあ」

鼻をくんくんさせて喜んでくれた。

そんな姿を見るにつけ、タエさんは愛されてたんだなあ、と感慨が湧き上がるが、でも、海星にはまだまだオリジナル魚介めしは届けない。和馬から言われたように、時が熟すまでは焦

らず慌てず、ここぞというタイミングを待たなければならない。

こうして午前中の注文をつぎつぎにこなし、すべてのお客さんに渡し終えた佳代は、休む間もなく海星の昼ご飯を作りはじめた。

こんな無料奉仕ができるのも、由香さんはもちろん坂下婆やお客さんたちのおかげだ。改めて感謝しつつホッケフライを揚げ、千切りキャベツとトマトを添え、大盛りライスと味噌汁で定食に仕立てて、ゴミ袋と掃除道具も忘れずに携えて海星のもとへ向かった。

ところが、なぜか今日は家の中が静まり返っている。どうしたんだろう。相変わらず施錠されていない玄関ドアを開けて、

「さあ、お昼よ！」

と座敷に入っていくと、海星はコタツで本を読んでいた。めずらしく素面《しらふ》のようで、佳代の声に気づくなり慌てて本をコタツ布団の中に隠している。その狼狽《ろうばい》ぶりに笑いそうになったが、佳代は素知らぬ顔で、

「今日はあなたの大好物を作ってきたから、野菜もちゃんと食べてね」

それだけ言うとコタツにホッケフライ定食を配膳し、ゴミを片づけはじめた。

これまで片づけたコタツの周りは、海星も汚したらいけないと思ったのか、きれいな畳のままになっている。そこで今日は、きれいな畳の範囲を広げていく作業に入った。

海星は黙ってホッケフライを食べはじめた。あえて佳代を無視しているのか、そこはわからないが、こっちも知らんぷりしてゴミ袋二つぶんのゴミを手早く詰め込むと、

「じゃ、今夜も六時半を回っちゃうかもしれないけど、待っててね」

白めしを頬張っている海星に念押しして、昨日の夕飯の汚れた丼鉢とサラダボウルを引き上げて帰ってきた。


海星の家に通いはじめて八日が過ぎた。

その間も、調理屋商売の傍ら由香さんと相談しつつ、昼夜二回のご飯を海星に届けてきた。ゴミも毎回、ゴミ袋に詰めて持ち帰り、露出した畳や床の掃除も続けた。

おかげでコタツの座敷と玄関周りのゴミはきれいに消えた。そんな佳代の頑張りを目の当《ま》たりにして海星も後ろめたくなったのだろう。ゴミはゴミ箱に捨てるようになったし、佳代のご飯を食べているからコンビニ弁当やカップ麺の食べがらも激減。残るは台所と風呂トイレを磨き上げるだけになっている。

佳代の言葉に対しても、うん、とうなずく程度の意思表示はするようになった。まともな会話こそ交わせていないが、いつからか昼酒も飲まなくなっている。こうなると、あと一枚、心の薄皮が剝《は》がれれば、和馬が言ったように、ひょいと局面が変わるのではないか。

そんな希望が見えはじめた九日目の朝、厨房車のカーテンを開けると外の景色が一変、白く光り輝いていた。

初雪だった。考えてみれば、もう十一月初頭。函館では例年通りの初降雪らしく、そういえば先週末、

「早めに冬タイヤを履いときな」

と坂下婆から言われてスタッドレスタイヤに換えたばかりだ。雪道は盛岡《もりおか》や山形《やまがた》でも走ったが、久々の雪だと思うと身が引き締まる。

初雪に加えて、ここにきて北海道はコロナの第三波に見舞われ、函館も再び自粛ムードが高まっている。予想されたこととはいえ、ここまでくると飲食業への打撃は計り知れない。坂下婆の加工場も操業休止を免《まぬが》れないそうだし、佳代も再度の休業を考えなければならないが、ただ、海星の食事は休めない。

この八日間、せっかく胃袋を摑もうと奮闘してきたのだ。あと一歩踏み込めば、という段階にきただけに、ここは勝負どころだ。

いよいよカレーの出番だろう。スパイス使いもこなれてきたし、初雪の今日こそ体が温まるカレーは打ってつけだ。

ただ、どうせなら大久保で覚えたネパールカレーで勝負したくなった。

スープカレー好きな海星に、あえて異色のカレーをぶつけて味覚を揺さぶったほうが効果的な気がしたし、それも踏まえて、今日の調理屋は臨時休業して一気に攻め込もう。そう決意して、由香さんに予定を変更して大丈夫か電話で確認すると、

「やっとカレーの登場ですね。あえてネパールカレーっていうのも彼のカレー心に響く気がするし、用意した食材はどうにでもなるので、ぜひお願いします」

と賛成してくれた。

ネパールカレーは、日本の定食のような〝ダルバート〟というスタイルで食べるのが一般的だ。呼び名の語源となった豆スープ〝ダル〟とご飯〝バート〟は必須で、あとは主菜のカレー〝タルカリ〟、副菜の炒め物〝サーグ〟、漬物の〝アツァール〟をワンプレートに盛りつける。

今回、主菜はジンギスカン好きの海星のために羊肉のカレーにした。副菜はホウレン草のスパイス炒め。漬物は大根とキュウリ。これに金時豆《きんときまめ》のスープとインディカ米の一種バスマティライスをつけて一揃えとした。

朝十時、雪道を辿って近くのスーパーへ出掛けた。スパイス類とバスマティライスは買い置きがあるから、羊肉と野菜を調達したかった。ついでに百円ショップで盛りつけ用に丸盆も買ってきた。

早速、圧力鍋でマトンカリーを煮込み、副菜と豆スープ、そして一時間ほどで漬かる漬物も手早く作り、最後にバスマティライスを炊いた。ネパール料理はインド料理より薄めの味つけでマイルドに仕上げるのがコツ、とナラヤンさんから教わった通り、スパイスを立たせすぎないよう意識した。

正午前には調理を終えて勝手知ったる家を訪ねると、素面の海星が台所を掃除していた。さすがに意表を突かれたが、騒ぎ立てないほうがいい気がして黙って待っていると、ほどなくして座敷に戻ってきた。

「これ、ネパール人に習ったカレー」

お盆に盛りつけたダルバートを差しだした。

海星が目を輝かせた。子どもが好物を前にしたときのように、そそくさとスプーンを手にして頬張るや、

「旨いっす」

ぼそりと漏らして口角を上げた。

驚いた。そして嬉しかった。初めて海星が料理に反応してくれたことが素直に嬉しくて、涙ぐみそうになったほどだ。

そんな自分が恥ずかしくて、すぐさま佳代は腰を浮かせ、

「じゃ、また夜にね」

と告げるなり、予定していた風呂場の掃除も忘れて帰ってきてしまった。

〝旨いっす〟

そのひと言の余韻《よいん》を反芻《はんすう》しながら厨房車に戻ると、佳代はまたスーパーに出掛けた。こうなったら今日はネパール尽くしだ。夕飯には佳代がお気に入りの〝モモ〟を作ろう、と再び羊肉を買いに走ったのだった。

モモとは、羊肉を使った小籠包《しょうろんぽう》のような料理。皮から手作りして、スパイスを効かせた羊肉と野菜の餡《あん》を包み終えると、続いて〝アル・アチャール〟も作った。ジャガイモを混合スパイスのマサラで和《あ》えたこの料理は、カレー風味のポテトサラダといった味わいで、これまた佳代のお気に入りだ。

夕刻には仕込みが終わり、最後にモモを蒸し上げた佳代は、再び海星を訪ねた。相変わらず

施錠していないドアを開けて座敷に上がると、海星はいなかった。出掛けたんだろうか。一瞬、焦ったものの、どうやらトイレらしい。

先に料理を配膳しておこうとコタツを見て、あ、と目を見張った。昼に届けたダルバートの丸盆が、きれいに洗って置いてある。

思わぬ変化だった。それればかりか、トイレから出てきた海星を見て二度驚いた。ぼさぼさの髪が、すっきり短くなっている。自分で刈ったために、ざんぎり風だが、無精髭《ぶしょうひげ》も剃って素顔が露《あら》わになっている。

「あら、イケメンになったわね」

思わず笑いかけると、海星は照れ臭そうにしている。そのはにかんだ顔を見た瞬間、いまだ、と思った。いまこそ局面が変わったと確信した佳代は、すかさず丸盆を手にして、

「じゃ、また明日」

またしてもすぐ帰ってきてしまった。


雪道を辿って函館山の麓《ふもと》にある由香さんのアパートに着いたのは、その夜の九時過ぎだった。二人で打ち合わせをしたい、と電話したところ、急遽《きゅうきょ》、時間を作ってくれた。

ワンルームの部屋に通され、ベッドの脇に置かれたコタツで向かい合ったところで、

「今夜はお酒抜きでね」

佳代は手土産がわりのモモとアル・アチャールを差しだし、まずは海星の変化について伝え

た。途端に由香さんが、

「これも佳代さんのおかげです」

涙を流しはじめた。

「ま、まだ泣くのは早いわよ」

慌ててなだめたものの、

「でも言わせてください。坂下さんも言ってたけど、わざわざ東京から訪ねてきた佳代さんが、ここまでやってくれたなんて」

涙声で洟《はな》を啜《すす》り上げる。

「ここまでって言っても、まだ九日目だし」

佳代が肩をすくめると、

「九日だって、なかなかできることじゃないです。海星の家に飛び込んで、毎日二回、食事を届けてゴミを片づけて寄り添うなんて、だれにできますか。なのにあたしったら、遠くから気を揉《も》んでるばっかりで。なんて無力だったんだろうって情けなくなっちゃって」

また涙をこぼし、今度は自分を責めはじめる。ここはきちんと話したほうがよさそうだ。

「由香さんは、由香さんの役割りをちゃんと果たしたんだから、自分を責めないで」

そう前置きして佳代は語りかけた。

「こういう話になったから言うけど、あたしは子どもの頃、かなりのお父さんっ子で、毎日べったりだったのね。なのに中三のときに突然、お母さんと一緒に失踪しちゃって、生死もわからなくなっちゃったの。そのときの喪失感っていうか、ぽっかり大きな穴が空いたような気持ちは、いまも忘れられないし、だから、海星くんがああなった気持ちもわかる気がするの。ただ、あたしには小四の弟がいて、二人で生きていくために必死で働いてたから、閉じこもるどころじゃなかったのね。それでも、いま思えば、あのときだれかに寄り添ってもらえてたらなあ、って思うわけ。だれでもいいから、ちょこちょこ目をかけてくれる人がいたら、また違うあたしになってたかもしれない。それもあって、今回、海星くんと縁がある第三者として、とりあえず彼のお母さんに代わってちょこちょこ目をかけてあげようと思ったの」

わかってくれる？　と由香さんの泣き腫らした目を覗き込むと、小さくうなずいている。

「でも、いよいよあなたの出番なの。ここまではあたしが繋いできたけど、母子二人の生活を失った海星くんを、夫婦二人の生活に導けるのは、あなたしかいないんだから」

違う？　と問いかけると、由香さんはゆっくりと顔を上げ、また小さくうなずいた。

その目を改めて見据えながら、

「で、さっきいろいろ考えたんだけど」

佳代は明日の段取りを説明しはじめた。

再び由香さんに会ったのは、それから六時間後。雪が降りやんだ朝の七時半だった。

開場前の自由市場の通用口で、約束通り由香さんが待ってくれていた。

「おはようございます！」

昨夜とは一転、明るい表情に佳代が安堵《あんど》していると、

「これ、集めときました」

傍らに積まれた二箱のトロ箱を指さす。いつもの倍の量の魚介が入っているという。念のために中身を確認すると、真イカ、ホッケ、タラ、帆立貝などがぎっしり詰まっている。

「昨日の今日で大変だったでしょう」

ありがとう、と佳代は労《ねぎら》った。あれから六時間で、いつもの倍も調達できるものか心配していたのだが、見事に集めてくれた。

「今日は頑張らなくちゃね」

由香さんの肩をぽんと叩いて、

「じゃ、あたしはすぐ準備にかかるから、あとはよろしく」

そう言い置いてトロ箱を厨房車に積み込み、加工場へ引き返した。

いつもの前庭に駐車するなり佳代は厨房に入り、予定した段取りに従って調理の準備を進めた。そして小一時間後には、いったん厨房を離れ、冷たい外気に触れて深呼吸した。

ここまできたら腹を括《くく》るしかない。

そう自分に言い聞かせ、その後はひたすら流れに身をまかせていると、およそ三時間後。正午ぎりぎりにオリジナル魚介めし弁当が完成した。正直、もっと手こずるだろうと覚悟していたが、どうにか間に合い、弁当パックに詰め終えたときは拍手を送りたくなった。

ただ、まだ安心はできない。昔から海星を知っている坂下婆や近所の人たちに、改めてオリ

ジナル魚介めしの試食を頼んで、助言をもらわなければならない。そのほうがいい結果に繋がるはずだ、とゆうべ思いついた。

実際、いの一番に届けた坂下婆からは、

「そんなに緊張しなくても大丈夫だわよ。あの子はもともと、やさしい子なんだから」

と励まされ、ほかの人たちからも、

「あの子は泣き虫だったけど、お母さんと二人になってからは泣いたことがないから、ちょっと心配してたのよ」

「やっぱ早いとこ結婚して、甘えられる人が傍にいればいいと思うんだけどねえ」

とまあ、助言というより海星の人となりが窺《うかが》える言葉をもらえて勇気づけられた。

あとは一か八かだ。佳代はオリジナル魚介めし弁当を手に、いよいよ海星が待つ家へ向かった。

今日は、ちゃんとドアをノックして、

「海星くん！」

と呼びかけた。はい、という返事とともにドアが開き、精悍《せいかん》な青年に生まれ変わった海星が塵《ちり》ひとつない座敷に通してくれた。

コタツの上も整頓され、ノートパソコンに向かっていたらしく、何かの問題集のような画面が覗き見える。

「あら、今日はどうしたの？」

意外に思って聞くと、海星は慌てて画面を閉じてしまった。深入りしないほうがよさそうだ。そう察して、

「これ、食べてくれる？」

コタツの脇に腰を下ろし、まだ温かいオリジナル魚介めし弁当を置いた。

海星が目を見開いた。弁当パックから立ちのぼる匂いで気づいたのかもしれない。急に神妙な顔つきになったかと思うと、コタツの前に正座して、おもむろに蓋《ふた》を開けた。

「いただきます」

手を合わせて箸を取り、まずは魚介出汁《だし》で炊いたご飯を頬張る。続いて、煮上げたホッケと帆立貝に辛子味噌をチョンとつけて口に運び、目を閉じて味わうなり箸をとめ、

「お袋のだ」

ぽつりと呟いて、突如《とつじょ》、ぽろぽろ涙をこぼしはじめた。

佳代は黙っていた。胸がキュッと締めつけられたが、黙ったまま見守っていると、海星は再び涙ながらに、ひと口、またひと口と憑《つ》かれたように魚介めしを食べ進み、やがて、静かに箸を置いて佳代に向き直った。

「あのスパイス入りのやつも旨かったし、好みの味だったけど、やっぱ、お袋の味は」

そこで言葉に詰まった。またこみ上げたらしく、今度は懸命に涙を堪《こら》えている。

佳代はそっと携帯を取りだし、さっき打っておいたメールを発信した。すると海星は仕事のメールと勘違いしたらしく、

「忙しい中、わざわざお袋の味を作ってくれてありがとうございます」

手の甲で涙を拭いながら深々と頭を下げる。

「違うの」

首を横に振った。

「え？」

「これ、あたしが作ったんじゃないの」

そう告げた直後に、ノックの音が聞こえた。

佳代は促《うなが》した。海星が怪訝な面持《おもも》ちでコタツから立って玄関ドアを開けると、

「出てみて」

「おいしかった？」

由香さんがひょっこり顔を覗かせた。


月明かりに照らされた湯船の彼方《かなた》に、漁火が煌めいている。コロナのぶり返しで、再びイカ釣り漁どころではなくなったと思っていたが、それでも何艘《そう》か出漁しているらしい。

函館の奥座敷と呼ばれる湯《ゆ》の川《かわ》温泉。日帰りの屋上露天風呂に浸《つ》かっている。

「あそこは夜十一時まで入浴できるのよ」

坂下婆から聞いたことを思い出し、晴れ上がった夜空のもと、のんびりと源泉かけ流しの湯を愉《たの》しんでいる。

いま頃、二人はどうしているだろう。佳代は両手でお湯をすくってバシャバシャッと顔を洗い、今日一日に思いを馳《は》せた。

けさ方、由香さんが調達した魚介を積んで加工場前に戻った佳代は、すぐに捌く作業に入った。いつもの倍の量があるだけに時間がかかったが、捌き終える頃には柳鮮魚店の仕事を終えて早退した由香さんが到着した。

ここで調理をバトンタッチした。ゆうべ教えたレシピは頭に叩き込んできたらしく、佳代が手伝わなくても手際よく調理は進んだ。細部の助言はしたものの、最後の弁当パック詰めに至るまで、由香さん一人でやりきった。

そこから再び佳代が引き継ぎ、近所の人の助言を聞いてから海星の家へ向かった。あとはもう出来すぎなほど順調に事が運び、佳代のメールを合図に由香さんがサプライズで登場した直後に、佳代はそっと家を後にした。

当初はフェードアウトの予定だったが、予想を上回る展開に、さらりと消えたほうがいいと思った。あとは二人で解決して幸せを摑むだけだと直感したからだが、実際、夕暮れどきになって由香さんから電話があった。

「明日から海星の家で暮らします。そして来週、あたしがアパートを引き払ったら籍を入れます」

晴れ晴れとした声だった。最終的にはネパールカレーと魚介めしがきっかけになったそうだが、毎日二回、食事を届け続けた積み重ねが何より大きかった、と由香さんは言う。

「やっぱ食事って、生きる糧《かて》だけじゃなく、心の糧でもあるものね」

佳代がそう返すと、

「ほんとにそうですね。フォローしてくれた坂下さんや近所の人たちにも、明日、お礼の挨拶をしてこようと思ってます」

由香さんはそう言い添えて、あ、ちょっと待ってください、と海星に電話を代わった。

「佳代さん、いろいろとありがとうございました。由香と二人で漁火を見たそうですね。おれ、その漁火を灯すほうに戻ります」

明日にでも船主に詫《わ》びを入れてイカ釣り漁師に復帰したい、と意気込んでいる。いまも不漁は続いているようだが、またいい時代が来ると信じて、ゆくゆくは自分の船を持って独立したいという。その夢に向けて小型船舶操縦士免許の勉強をはじめているそうで、

「ああ、だから本読んだりパソコンやったりしてたのね」

ようやく合点《がてん》がいった佳代は、その夢、きっと叶うわよ、と励ましの言葉を贈って電話を終えた。

すぐさま和馬に電話を入れた。このサプライズを思いついた張本人に報告したのだが、

「嘘《うそ》みたいなとんとん拍子《びょうし》じゃん。姉ちゃん、マジでスゲーよ」

めずらしく持ち上げてくれた。ここまでうまく運ぶとは和馬自身にもサプライズだったようだ。

佳代としても、これで安心してタエさんの墓参りにいける、と改めて胸を撫《な》で下ろし、もう

一度、バシャバシャッと顔を洗った。

そのとき、そういえばアランとも温泉に浸かったな、と昔の記憶がよみがえった。

もう何年も前のことだが、下関《しものせき》で出会って、大分県の佐賀関《さがのせき》で束の間《つかま》の恋に落ちたフランス人。別府《べっぷ》温泉では大胆にも二人で混浴露天風呂に浸かったものだが、考えてみれば、彼もまた早くに父親を亡くした人だった。

その後、どうしているだろう。ふと懐かしく振り返った瞬間、佳代の胸に新たな針路が舞い降りた。

思い出の函館で思いがけない出来事に遭遇《そうぐう》したように、かつて各地で出会った人たちもコロナ禍の影響で、それぞれの人生模様に立ち向かっているに違いない。母国に帰ったアランはともかく、この国にいる人たちには、会おうと思えば会えるはずだ。

第三波が収束したら、みんなに会いに行こう。みんながどうしているか確かめよう。

急に気分が昂揚してきた佳代は、お湯を揺らして大きな伸びをした。

ふと気がつくと、遠く津軽海峡に浮かぶ漁火がきらきら瞬いている。

第二話
ご近所の国境

人間の適応力って、なんて素晴らしいんだろう。

かつて冬場の岩手県盛岡市を訪ねたときは、初めての雪国とあって雪道を駆けだした途端、すてんと転んで腰にヒビが入る怪我《けが》で入院したものだった。厨房車《ちゅうぼうしゃ》の運転もひやひやもので、つるんとスリップしてガードレールや対向車に何度衝突しかけたことか。

なのに函館では、盛岡や山形の雪道で身につけたテクニックを体がちゃんと記憶していた。歩行は〝前屈み・すり足・小股が基本〟。運転は〝急ハンドル・急発進・急加速は厳禁〟。おかげで初雪当日から雪国モードに切り替えて、コロナ第三波の自粛が解かれる三月中旬まで、道民並みの余裕で函館の街を行き来していられた。

ただ、不可抗力とはいえ、さすがに長居しすぎた。そろそろ全国のみんなに会いに行かなきゃ、と心が急《せ》いた佳代は、いよいよ函館を発《た》つことにした。

「せっかくみんなに馴染《なじ》んできたんだから、せめて桜が咲くまでは調理屋さんやってよ」

海星夫婦をはじめ坂下婆《ばあ》や近所の人からは引き留められた。でもタエさんの墓参りはできたし、海星と由香の結婚もささやかながら祝ってあげられた。後ろ髪は引かれたものの、

「ごめんね、またお邪魔するから」

名残《なごり》を惜しむみんなに見送られて、佳代は早朝の水産加工場前を出発した。

まずは同じ雪国を訪ねよう。

函館港に到着した佳代は、青函フェリーに乗って青森県の大間に引き返し、一般道を辿《たど》って南へ下った。函館に行くときは急いでいたから高速を使ったが、この先、無駄遣いはできない。坂下婆や近所の人たちのおかげで多少は稼がせてもらったものの、当面は商売よりもみんなに会うことがメインになる。

とはいえ、雪景色を楽しみつつ走れる一般道は高速より好きだ。のんびりと寄り道しながら、南部富士《なんぶふじ》こと岩手山《いわてさん》を望む盛岡市に到着した。盛岡は、佳代の両親が宮沢賢治《みやざわけんじ》に感化されて北海道のニセコへ向かったと知った街で、まずは市街随一の繁華街、大通《おおどおり》商店街で〝ラスタ麺《めん》〟の専門店を探した。

ラスタ麺とは、新しい中華麺の市場調査に走り回っていた女子高生、美加《みか》との出会いがきっかけで生まれた麺料理だ。会社を首になった美加の父親が製麺業に鞍替《くらが》えしようと作った、ラーメンともパスタともつかない奇妙な中華麺。それを食べた佳代が、即興でラタトゥイユと融合させた料理をラスタ麺と名づけた。すると父親が、ラスタ麺で店を開きたい、と言いだして喜んで了承したのだが、その後のことが気になった。

もちろん、今回も事前連絡はしていない。しばらくして見つけたラスタ麺専門店に入ると、マスク姿の美加が調理場に立っていた。

早速、声をかけると、

「やだもう佳代さん、電話ぐらいくださいよ」

いまや二十代の大人に成長した美加が笑顔で飛んできた。聞けば、父親が製麵業の傍《かたわ》らオープンしたラスタ麵専門店が成功し、岩手県内に二号店と三号店も開いたという。

ところが、コロナ禍《か》で二支店は閉店。そのショックで本店も閉めようとした父親を美加が説得し、店主を引き継いだばかりだそうで、

「これからは本店一本で、佳代さんからプレゼントされたラスタ麵を守っていきます」

力強く言って美加は表情を引き締めた。

これはもう彼女の正念場だ。あたしが首を突っ込むべきときじゃない。そう察した佳代は、美加特製のラスタ麵を食べて、

「おいしい！　これなら大丈夫、頑張ってね」

とエールを送って翌朝には盛岡を発った。

和馬からは、おせっかい魂、とイジられている佳代も引くべきところは心得ている。その足でつぎの雪国、山形市へ移動した。

奥羽山脈《おううさんみゃく》沿いに横手《よこて》市、湯沢《ゆざわ》市、新庄《しんじょう》市と県道を辿り、休憩も挟みつつおよそ五時間半。午後二時過ぎに雪景色の山形駅前に着いた佳代は、コインパーキングに厨房車を置いて、駅から近い香澄《かすみ》町へ向かった。

目指す店は夕方の開店だからまだ早いのだが、いまやコロナ禍で閉じた店は多い。ちゃんと

店があるか確認したくて数年前と変わらない古い雑居ビルの地階に降りると、よかった、ショットバー『みゆ』の看板があった。しかも店の木製ドアが半開きになっている。

こんな早い時間から仕込みをやっているんだろうか。訝《いぶか》りながら店内を覗《のぞ》いてみると、

「あら佳代ちゃん、どうしたのよ急に」

店のテーブルで弁当を食べていた未祐《みゆ》ママが目を丸くしている。向かいでは黒いニット帽を被った源太《げんた》も弁当を頬張《ほおば》っていて、

「おう、売れ残りでよかったら食わねえか」

カウンターに積んである二人と同じ弁当を指さした。源太は未祐ママの内縁の夫でジャズピアニストなのだが、

「コロナでライブが全部キャンセルになってよ。バーも営業自粛だったから、二人でこさえた弁当を売って食いつないでたんだ」

はっはっはと笑う。

ここにきてバーも再開できたが、まだまだ売上げは厳しい。いまも昼どきには雑居ビル一階の入口前で弁当を売り続けているという。

「けど、あんたも元気そうでよかったよ。今日はもう店閉めるから、三人で飲も！」

未祐ママのひと声で、いきなり昼飲み大会になってしまった。

最初は、おたがいのその後を報告し合ったりしていた。ところが、途中で未祐ママが、佳代も知っている常連の西崎《にしざき》さんを呼びつけたあたりから酔いが回ってきた。源太のセロニアス・

モンクばりの演奏を久々に聴かせてもらったり、

「楽しく生きてくなら一人より二人だよ、内縁でもいいから男と一緒になんな！」

と未祐ママに説教されたりしているうちに、佳代もすっかり出来上がり、ふらふらと厨房車に戻ったときには深夜十一時を回っていた。

それでも翌朝一番、佳代は再び厨房車のハンドルを握《にぎ》った。コロナ禍が逆に奏功したのか、仲睦《なかむつ》まじく奮闘している未祐ママと源太に接したことで、ここも大丈夫だ、と安堵《あんど》して、つぎの目的地を群馬県の大泉町《おおいずみ》と決めて山形市を後にしたのだった。

山間の雪道を福島《ふくしま》市、郡山《こおりやま》市、白河《しらかわ》市、那須高原《なすこうげん》と辿って南に下り、北関東に入る頃には雪もすっかり消えて、山形市を発って四時間半後。『ようこそ！　日本のブラジル』と書かれた巨大看板を掲《かか》げた大泉町に入った。

真っ先に向かったのはブラジル人向けの食品スーパー『メルカード・カリヤ』だった。

初めて訪れたとき、人口四万人のこの町に四千人以上のブラジル人が暮らしていると聞いて驚いたものだが、あのとき出会った日系ブラジル人、ラウラはこの店にいる。

母国で食い詰めて来日したラウラは、あまたの葛藤《かっとう》の末、佳代との出会いをきっかけにブラジル食材を取り揃《そろ》えたメルカード・カリヤの経営者、刈谷《かりや》さんと結婚した。その際、店内にブラジル人向けの調理屋コーナーを開設してラウラ自身が仕切っているはずなのだが、その後、どうしているのか。

期待と不安半々で入店すると、なぜか調理屋コーナーがない。どうしたんだろう。

「ラウラはいます？」

マスク姿の日本人女店員に聞いた。

「いま出てますけど」

「じゃ、刈谷さんは？」

「店長も出てます」

しばらく駐車場で待つしかなさそうだ。仕方なく店を出ると、出入口の自動ドアの傍らに、ぽつんと男の子が立っていた。

未就学児だろうか。以前見かけたブラジル人の子と違って、アジア人っぽい浅黒い顔で、やや痩《や》せ細っている。まだ春は遠い季節だというのに、マスクもしないですり切れたシャツに半ズボンを穿《は》いている。

「どうしたの？」

思わず佳代が声をかけると、

「おなかへった」

拙《つたな》い日本語が返ってきた。


佳代がまだ調理屋をはじめたばかりの頃、東京中野《なかの》区の新井薬師《あらいやくし》で、大きなキャベツを抱えた男の子がやってきたことがある。

彼の母親が夫婦喧嘩《げんか》で家を飛びだし、父親からお金だけ渡されて困ったあげくに、佳代に調理を頼みにきたのだった。

あのときは、子どもの食に無頓着《むとんちゃく》な若夫婦に佳代が関わり合って事なきを得たが、このアジアの子は、キャベツの子とはどこか違う空気をまとっている。ママは？　おうちは？　と聞いても黙って俯《うつむ》いている。

どうやら訳ありそうだと察した佳代は、

「お姉ちゃんが、ご飯作ったげよっか」

メルカード・カリヤの駐車場にとめた厨房車を指さした。アジアの子は一瞬、訝しげな目になったが、悪い大人じゃないから大丈夫よ、と笑いかけて佳代が歩きだすと、恐る恐るといった面持《おももち》ちでついてきた。

かつてラウラと出会ったとき、佳代はこの駐車場でしばらく調理屋をやっていた。刈谷さんもよく知っているし、当時を覚えているお客さんもいるはずだから、子どもをたぶらかす不審者には間違えられないだろう。そう判断して、厨房車の中に小さな折りたたみ椅子《いす》を広げて座らせ、今日の昼に食べたミネストローネを温めた。

ただ具材は、大泉町への道中、道の駅で買った朝採り野菜しか入っていない。腹ぺこ男児のために、炒《いた》めたベーコンと茹《ゆ》でたペンネを追加で入れて、これも昼に食べたバゲットの残りをオーブンで焼いて添えた。

「はい、お待ちどおさま」

湯気の立つ深皿をお盆にのせて、小さな膝《ひざ》に置いてあげると、よほど空腹だったのか、男の

子はガツガツと食べはじめた。その只事ではない食べっぷりを見て、

「お代わりもあるからね」

佳代が声をかけると、男の子は無表情にうなずき、瞬《またた》く間に深皿を空にした。それればかりか、お代わりしたミネストローネも追加で焼いたバゲットも完食。最後は、ほっとしたように佳代を見上げてぺこりと頭を下げた。

その満ち足りた表情にほっとして、

「ママはどうしたの？」

改めて尋《たず》ねた。すると男の子は、とりあえず佳代を信用してくれたのか、

「おしごと、みつけてる」

困ったように答え、ぽつりぽつり自分のことを話しはじめた。

名前はカオ。華奢《きゃしゃ》な体格から佳代は未就学児だと思っていたのだが、小学二年生だという。一年半前にベトナムから来日して当初は東京にいて、八か月後に大泉町のアパートに引っ越して公立の小学校に転入したようだ。

相変わらず拙い日本語で語彙《ごい》力も乏《とぼ》しいため、そこまで聞きだすだけでも大変だったが、さらに辛抱《しんぼう》強く問いかけた。

「パパはどうしたの？」

「とうきょう」

コロナ禍で大泉町近隣の農園をリストラされて、仕事を求めて東京に行ったらしい。母親も

工場で働いていたが職を失い、毎日、朝から夜遅くまで近郊の町を自転車でめぐって、仕事を探しているというのだった。

「おうちはあるの？」

念のため聞くと、カオはうなずいたものの、

「おかねないの、こまってるの」

目を伏せて言い添える。要は、家賃が払えず追いだされる不安も抱えているらしかった。おまけにカオは、馴染めないでいた小学校が春休みになってしまったため、友だちもいないまま毎日一人きり。それは母親もわかっていると思うのだが、一刻も早く仕事を探そうと追い詰められているのだろう。母親に余計な心配をかけたくない、と子どもながらに辛抱しているらしく、胸が締めつけられた。

といって、佳代には為《な》すすべがない。とりあえずスーパーに戻って子ども用マスクを買ってきて着けさせ、

「明日もおいで、好きなもの作ったげるから」

と見送るだけで精一杯だった。

コロナの第三波も収束しつつあるとはいえ、その影響は尾を引いている。それは佳代もわかっているつもりなのだが、こうも過酷な現実を突きつけられると途方に暮れる。食うにも困る貧しさと両親がいない寂しさは、佳代も十代の頃に、いやというほど味わっている。

どうしたものか、と考え込んでいると、

「オラ！　カヨ！」

ポルトガル語で声をかけられた。ラウラが帰ってきたのか、と顔を上げると、別の在日ブラジル人女性が笑顔で立っていた。

「ソフィーア！」

思わず声を上げてしまった。

初めてソフィーアと出会ったのは佐渡島《さどがしま》だった。自転車で放浪の旅をしていた麻耶《まや》に誘われて島に渡り、ロングライドというイベントに出店した際、佳代が考案した〝ズッキーニ麺ポモドーロ〟のレシピを聞かれて教えてあげた。それが縁で、後日、佳代が大泉町を訪ねたときに偶然再会を果たしたのだが、なんとソフィーアはラウラの友だちだった。

「元気でやってた？」

軽い気持ちで尋ねると、

「いまみんな大変なの」

大きな仕草で肩をすくめる。

「ちょっとコーヒーでもどう？」

とりあえず厨房車に上がってもらい、ブラジル流の思いきり甘いコーヒーを淹《い》れて、日本語が堪能《たんのう》なソフィーアとしばし話し込んだ。

それでわかったのだが、この町は、かつて佳代が訪れたときとは大きく変わっているようだ。在日ブラジル人の多くがコロナ禍でリストラの憂《う》き目に遭《あ》って以来、この町に見切りをつけて多くの人が日本各地に転出していったらしく、その大半が、いまどこでどうしているかわからないという。入国規制前に運よくブラジルに帰れた人もいるそうだが、帰国したらしたで母国の生活も厳しい。

「みんな大変だね。ソフィーアはどうなの？」

「いまは彼氏と一緒に住んでる」

彼女もまた飲食店のバイトを失ったそうで、一年前から同棲《どうせい》している日本人の彼氏に支えてもらっているという。ゆくゆくは結婚も考えている仲だそうだが、母国の身内にも気軽に会えない状況とあって、この先どうなるかわからない、とまた肩をすくめる。

「そういえば、さっきベトナムの子と知り合ったんだけど、彼も大変みたいで」

身につまされちゃった、と佳代が言うと、

「ベトナム？」

ソフィーアが首をかしげた。

「彼の両親もリストラされて、食べるものにも困ってるらしくて」

ちょっと心配、と佳代が嘆息《たんそく》すると、ソフィーアはふと目を逸《そ》らして黙ってしまった。

結局、ラウラに再会できたのは夕暮れどきだった。午前中の移動疲れもあって、厨房車にハンモックを吊《つ》ってうつらうつらしていると、スライドドアをノックされた。

はっと目覚めてドアを開けると、

「オラ！」

ショートの茶髪をなびかせたハーフ顔の女性が顔を覗かせた。

ラウラだった。もう三十代半ばを過ぎているはずなのに、相変わらずの童顔に屈託《くったく》のない笑みを浮かべている。

「あら、久しぶり！」

厨房車から降りて肘《ひじ》タッチすると、

「佳代、元気だった？　コロナ、大丈夫だった？」

心配そうに聞かれた。

「あたしは元気。仕事は去年、しばらく休業してたんだけど、秋には恩人に会いに行った函館で調理屋を再開した。でも、またどうなるかわからないから、ちょこちょこ調理屋をやりながら全国のみんなに会おうと思って、ここにも来たってわけ」

「だけどお金、大丈夫？」

「まあ多少は貯《たくわ》えもあるし、こんなときじゃないとみんなに会えないから、いいチャンスだと思ってる。ラウラのブラジル調理屋コーナーは、いまも休業中なの？」

「うん、コロナでブラジル人のお客さん減ったから、午前中はブラジル人支援センターでボランティアやって、午後だけスーパーの仕事してる」

ブラジル人支援センターは、コロナの影響が出はじめた頃に急遽《きゅうきょ》、失職したブラジル人の社会復帰を助けるために開設されたそうで、ラウラは通訳兼相談係を務めている。日常会話と違って通訳となるといろいろと大変だけれど、どうにか頑張っているという。

「偉いね、ボランティアなんて」

佳代が感心すると、

「ブラジル人、みんな困ってる。仕事ないと、家賃払えないし、ご飯も食べられない」

ラウラは残念そうに首を左右に振る。

日本人経営者と結婚したラウラは、一応、仕事も生活も保障されている。そんな自分だけが恵まれた状況なのが心苦しくて、せめて同胞たちの支援に手を尽くしたいと考えたらしい。

そう聞いてラウラにもカオの話をした。

「まだ小さいのに、ろくにご飯を食べてないみたいなの。あたしには食事のお裾《すそ》分けぐらいしかできないのが残念で」

佳代がため息をつくと、

「みんな大変」

ぽつりと呟《つぶや》いてラウラは口をつぐんだ。

違和感を覚えた。ソフィーアと話したときも、ベトナムの子の話になった途端、会話が途切れてしまった。口にしてはいけないことだったんだろうか。

「何かまずいこと言っちゃったかな？」

思いきって聞いてみた。ラウラだったらソフィーアよりも付き合いが深い。そう考えて踏み込んだのだが、それでもラウラはしばらく黙っていたかと思うと、ふう、と大きな息をついてから重い口を開いてくれた。

「ここの外国人、いまブラジル人だけじゃないの」

佳代が訪れた当時、大泉町の外国人は大半がブラジル人移住者だった。それでもピーク時に比べれば減少傾向だったらしいが、その後、移住者の国籍はブラジルからアジアに移行しはじめた。ネパール、ベトナム、カンボジア、タイといった国々の人たちが、ブラジル人を圧倒する勢いで移住してきた。

ところが、新しいアジア人たちは、出身国ごとに寄り集まって自分たちのコミュニティを作りはじめた。ブラジル人はもとよりアジア人同士でも、ほかの出身国コミュニティとはあまり交流がないそうで、同じ町に暮らしていながら微妙な壁があるという。

勢い、アジア系の店も増えている。かつてはメルカード・カリヤのようなブラジル人向けの食料品店やシュラスコ専門店、タトゥー店などが並んでいた通りにも、アジア系の食料品店などが開店しはじめ、コミュニティの多様化が進行しているらしい。

そうした中、ベトナムの子が、わざわざブラジル人向けの店に来たとなると、

「何かありそう」

ラウラはまた眉根《まゆね》を寄せる。

早い話が、ブラジル人だけでも大変なのに、交流のない他国出身者のコミュニティまでは、とても手がまわらない。安易に関わり合うと出身国コミュニティ同士の軋轢《あつれき》も生じかねない、とラウラもソフィーアも懸念《けねん》しているのだった。

「うーん」

佳代は唸《うな》った。それでなくても言葉も文化も違うのに、コロナ、不景気、リストラの問題も絡《から》むと、どうしても母国語が通じる人たちが寄り合ってしまう。これはもう人間の性《さが》としか言いようがないのだが、それがさらに問題をややこしくしてしまっている。

だからといって、カオを放ってはおけない。明日もおいで、と言ってしまったからには、せめて彼だけでも助けてあげたい。

「ねえラウラ、お願いがあるんだけど。またしばらく、この駐車場で調理屋をやらせてもらえないかな」

カオと約束している、と説明すると、

「あたしはタボンだけど」

タボンはポルトガル語でオッケーの意味だが、語尾を濁《にご》されて佳代はたたみかけた。

「もちろん、刈谷さんが戻ったら改めてちゃんとお願いするつもりだけど、ラウラからも後押ししてもらえないかと思って。この状況だと調理屋は商売にならないだろうけど、あの子のために、ここにいてあげたいの」

お願い、と手を合わせると、ラウラは黙ったままこくりとうなずいてくれた。

刈谷さんが帰ってきたのは、すっかり陽が落ちた午後七時半過ぎだった。

その間、佳代は明日のカオの食事メニューを考えてベトナム食材を買い揃えたり、調理屋の

営業に備えてブラジル料理の下拵《したごしら》えをしたりしていたのだが、

「佳代さん！」

不意に外から呼びかけられてドアを開けると、刈谷さんがいた。

「二人で話したいんだけど、いいかな」

挨拶《あいさつ》もそこそこにそう告げられて、厨房に上がってもらった。

数年ぶりに対面した刈谷さんは、四十代にしては思いのほか若返っていた。以前は短く刈り上げた髪に黒縁眼鏡という役所の戸籍係のような見た目だったのに、ラウラと一緒になっておしゃれに気を遣うようになったのだろう。髪をツーブロックにカットして、眼鏡もベージュの丸型フレームに変わっている。

「いまラウラから話を聞いたんだけど、佳代さんも大変だったみたいだね。ただ、うちの店も、ここ数年でガラッと状況が変わっちゃってね。店はどうにか維持できてるから調理屋はやってもらって全然かまわないんだけど、ラウラの調理屋コーナーも成り立たなくなったぐらいで、まず商売にならないと思うんだ」

それでもやるのかい？　と確認された。

「ええ、あたしも商売にはならないと覚悟してます。ただ、子どもとの約束は守りたいんです」

佳代の生活は当面、なんとかやりくりできる。ささやかな手助けのためにやってみたいんです、と改めてカオの苦境を訴えた。

　すると刈谷さんは、ゆっくりと腕を組みながら佳代の目を見た。

「まあそれもラウラから聞いたけど、そこまでして佳代さんがカオくんに関わり合うことが、果たしてカオくんのためになるのか。そんな微妙な問題を孕《はら》んでいることも認識したほうがいいと思うんだ」

　カオの背景には何かありそうだ。関わり方によっては、出身国コミュニティ同士のトラブルに発展しかねない。刈谷さんはそれを心配しているらしく、

「冷たい言い方に聞こえるかもしれないけど、もっと違うやり方でやるべきじゃないかな」

　諭《さと》すように言う。

「違うやり方って、どういうやり方です？」

　思わず言い返してしまった。冷たい言い方どころか、こんなに冷たい人だったんだろうか。追い詰められた子どもを助けることの、どこが悪いのか。

「いや、ちょっと聞いてくれるかな。実はいま、ぼくが音頭《おんど》を取って、この町の有志と一緒に、各出身国コミュニティを包括する支援組織を立ち上げようとしてるんだよね」

　ここにきてブラジル人コミュニティ向けの支援は機能しはじめているのに、残念ながら、ほかのコミュニティにはまだ届いていない。行政や企業も努力はしている。でも、もっと別の角度から支援できないものか。そう考えて、すでに動きはじめているという。

「うちみたいなスーパーや食料品店、飲食店といった食関係者の有志が、各出身国コミュニティのために連携すれば現状を打破できるんじゃないか、って思ったんだよね。食は生活の基本

だし、行政や企業とは違うかたちで手を携《たずさ》えれば、コミュニティを横断的に繋げられるんじゃないかって。今日もその会合だったんだけど、集まった食関係の有志も賛同してくれたし、だからぼくは」

「あ、あの、あたしはそういう大きな話をしてるんじゃないんです。腹ペコで困ってるあの子を助けたいだけなんですよ」

つい語気を強めると、

「佳代さん、冷静に話そう」

刈谷さんにたしなめられた。

「これが冷静でいられるわけないでしょう」

「だったら、こうしようか。まずは彼の出身国コミュニティに属してる食関係者に相談してみるよ。カオくんがなぜ、わざわざブラジル系の店に来たのか。その点も含めて彼らに事情を探ってもらって対処したほうが」

「ちょっと待ってください、あたしはカオにご飯を作ってあげたいだけなんです！」

たまらず声を荒らげた。

「じゃ、じゃあわかった。とにかく調理屋さんは自由にやってもらっていいので、カオくんのことも含めて、佳代さんも食関係者の一人として一緒に考えてくれないかな」

最後はそう言い残して店に戻っていった。

その晩は、以前も利用した利根川《とねがわ》の河川敷《かせんしき》で一夜を明かした。

それでなくても疲れていたのに、刈谷さんとのやりとりで、ほとほと疲れ切ってしまい、ルーティンの晩酌《ばんしゃく》もしないでハンモックの寝袋に潜り込み、瞬く間に寝てしまった。

翌日は、朝一番で近隣の足利市《あしかが》へ水汲《く》みに出掛けた。調理屋をやる、と言ってしまった以上、ちゃんと営業したい。前回も毎朝通った足利市内の足利織姫《おりひめ》神社で〝足利織姫冷水〟という湧《わ》き水を汲ませてもらった。

午前八時、メルカード・カリヤの駐車場に到着すると、昨日買った食材で〝フェジョアーダ〟の仕込みにかかった。フェジョアーダは、日本でいえばお母さんのカレーみたいな存在で、ブラジル人が大好きな家庭料理だ。黒インゲン豆と塩漬けの豚肉を圧力鍋で煮込んでいくのだが、魚介めしを好まない彼らのために、前回同様、たっぷり作り置いた。

メルカード・カリヤの開店時刻、午前九時に合わせてサイドミラーに木札を掛けると、

「オラ！　佳代！」

すぐに声がかかった。

かつて何度も注文してくれたブラジル人のおばちゃんだった。小太りの体をサンバを踊るようにゆさゆさ揺すりながら歩くその姿で、マスクを着けていてもすぐわかった。

「久しぶりですね。フェジョアーダ、煮上がってますよ」

「あら覚えててくれてたの。佳代のフェジョアーダはおいしいんだよね、オブリガーダ！」

ありがとう、と投げキッスをくれて嬉しそうに帰っていったが、実はこれ、ラウラから教わ

ったレシピが基本になっている。

ほかにもラウラは、さまざまなレシピや調理法を伝授してくれた。日本ではイチボと呼ばれる赤身の牛肉〝ピッカーニャ〟をブラジル流に焼く方法や、定番ソース〝モーリョ〟の作り方など、日本人にはわからないポイントを中心に丁寧《ていねい》に教えてくれた。

おかげで佳代のキッチンは在日ブラジル人にすんなり受け入れてもらえたのだが、その恩人とも言うべきラウラの夫、刈谷さんとやり合ってしまったのは大人げなかった。カオを心配するあまりとはいえムキになりすぎた。

あたし、やっぱ疲れてたのかもしれない。刈谷さんだってカオを心配しないわけがないし、だからこそ駐車場での営業を再度許可してくれたのだ。その意味で佳代が反省すべき点は多々あるし、刈谷さんのやさしさに応えるためにも、まずはカオを助けることに全力を尽くそう、と心した。

その後も、佳代のキッチンを覚えてくれていたブラジル系のお客さんが何人か来てくれた。どうやらラウラが触れ回ってくれたようで、ここでも彼女には感謝しかない。

ただ、売上げ的には前回の三分の一にも満たなかった。在日ブラジル人の生活の厳しさを図《はか》らずも思い知らされたかたちだが、みんなの苦境に思いを馳《は》せつつ、午前中にオーダーされた料理を作り終えた佳代は、休むことなくカオの昼食作りをはじめた。

すると、そのときを待っていたかのごとく、今日も半ズボン姿のカオが約束通りやってきた。昨日よりは多少、警戒心を解いているようだが、まだ緊張しているのだろう。とぼとぼ歩

いてきて厨房車の前まで来ると、

「おなかへった」

上目遣いに佳代を見る。その恥ずかしそうな表情に、いじらしさを覚えながら、

「もうすぐできるからね」

佳代は明るく笑いかけ、カオの小さな手を握って厨房車に引っ張り上げてやると、ミルクを入れた鍋をコンロにかけた。

ミルクが湯気を立てはじめた。すぐにマグカップに注いで、はい、と渡すと、カオは冷えた手をカップで温めながらおいしそうに飲んでいる。

かわいい仕草にほっとした佳代は、カオのお昼作りを再開した。米粉にココナッツミルクとターメリックを混ぜ入れた黄色い生地《きじ》をフライパンに流し入れ、クレープ状に焼き上げる。そこに炒めた豚肉、もやし、海老《えび》、タマネギなどの具材をのせて二つ折りにする。一見、オムレツにもクレープにも見える仕上がりだが、ベトナム家庭料理の〝バインセオ〟だ。好きな大きさに千切《ちぎ》って、サニーレタスに包んで酢やヌクマムで作ったタレ〝ヌクチャム〟をつけて食べる。

主食の米飯は買い置きしてあった長粒米《ちょうりゅうまい》のバスマティライスを炊《た》いて、さっき作った日本の味噌《みそ》汁のように飲まれている魚の酸味スープ〝カンチュア〟も添えて、さあ出来上がり。

「初めて作ったからママの味とは違うと思うけど、食べてみて」

お盆にのせて差しだすと、カオは目を輝かせてバインセオを口に運んだ。

続いて米飯を食べ、カンチュアを飲み、またバインセオを頬張り、つぎつぎに小さなお腹に納めていく。最後はカンチュアを米飯にかけ、ベトナム流の猫まんまにして一気にかっ込み、ふう、と息をつくと、

「おいしい、ママみたい」

と頬をゆるめた。

「え、ほんとに？」

思わず声を上げてしまった。ネットで見つけたレシピをもとに作っただけだから、子どもなりにお世辞が入っていることはわかっている。それでも、パンパンに膨《ふく》れたお腹を満足そうにさすっている姿がかわいらしくて、

「ありがとね」

頭をクリクリッと撫《な》でてあげると、カオは初めて、にんまりと笑った。その濁りのない瞳を見ているうちに、もっと何か作ってあげたくなった。

「ちょっと待ってて」

佳代は冷蔵庫を開けて、明日作るつもりで買っておいたライスペーパーを取りだした。お土産《みやげ》に持ち帰れるように、ベトナム風〝揚げ春巻き〟を作ろうと思いついた。

あり合わせの野菜を刻み、海老の残りとハムも切って、くるくるっと巻く。あとは油でさっと揚げて魚介めし用の弁当容器に詰めていると、カオが揚げ春巻きを凝視《ぎょうし》している。

「揚げ立て、一本食べてみる？」

冗談のつもりで言ってみた。すかさずカオはうなずき、お腹はパンパンのはずなのに、一本手づかみしてかぶりついた。

その食べっぷりは、食いしん坊のつまみ食いとはまるで違った。食えるときに食い溜めしとくぞ、とばかりに、いじましいほどの生存本能を見せつけられた気がした。

居たたまれなくなった佳代は、ノートとペンを取りだし、メルカード・カリヤから利根川の河川敷までの道筋を絵地図に描いた。

「あたし、夜はここにいるから、お腹が空いたら、いつでも食べにおいで」

身振り手振りを交えながら言い含め、揚げ春巻きを入れた弁当とともに渡した。


二日ぶりの晩酌は、思いのほか酒が進まなかった。

ベトナムのスープ、カンチュアの残りに半端野菜とベーコンを加えた〝あり合わせ煮〟をつまみに、群馬の地酒に燗《かん》をつけたのだが、いざ飲みはじめてもなかなか気が晴れない。

カオの食い溜めシーンが瞼《まぶた》に焼きついていたからだ。コロナの影響で困っている人はたくさんいるとはいえ、あそこまで飢《う》えに直面している子どもがいるなんて信じられなかった。佳代が初めて作ったベトナム料理を喜んでくれたのは嬉しかったものの、ガツガツ喰《く》らいつく姿は、いまも胸に刺さっている。

ああした子は、ほかにもいるんだろうか。いるんだとしたら、あたしは何をしたらいいんだろう。食関係者の有志が連携すれば、出身国コミュニティの壁を打ち破れるんじゃないか、と刈谷さんは言っていた。でも、その連携が実現するまで、ご飯を食べられないでいる子はどうすればいいのか。

考えるほどにわからなくなって、厨房車のカーテンを開けた。

いつになく月がきれいな夜だった。白銀の光が河川敷を照らし、川面《かわも》にも揺らいでいる。静かだった。夕暮れどきまでは、堤防沿いの道を行きかう車の音が聞こえてきたのに、いまはしんと静まり返っている。

そのとき、堤防の向こうからチカチカとヘッドライトを灯《とも》した自転車が走ってきた。こっちに近づくにつれて、月明かりに大人と子どもが二人乗りしているシルエットが浮かび上がってくる。

だれだろう。車窓《しやそう》越しに見つめていると、

「おねえちゃん！」

甲高《かんだか》い声で呼びかけられた。

カオだった。揺れる荷台に跨《また》がり、自転車を漕《こ》ぐ女性の背中にしがみついている。女性は母親だろうか。どことなくカオと面影《おもかげ》が似ている。

河川敷に降りて二人を出迎えた。息を切らせながら自転車から降りた女性が、

「ありがとございました」

ぺこりと佳代に頭を下げて、フエと名乗った。やはりカオの母親だった。

「わざわざすみません。困ったときはおたがいさまですから、どうかお気になさらず」

佳代は微笑《ほほえ》みかけ、狭いですけど、どうぞ、と二人を厨房車に上げた。

車内灯に照らされたフエさんも、カオのように痩せ細っていた。とりあえず二人に紅茶を淹れて、

「よかったら、ご飯もいかがです？　カンチュアにあり合わせのものを入れて煮物にしました」

とカンチュアのあり合わせ煮もよそって勧めたが、なぜかフエさんは食べようとしない。

「お口に合うかどうかわかりませんが、遠慮なく召し上がってください」

困ったときはおたがいさまですから、と佳代は言い添えた。ところがフエさんは、

「嬉しい思うけどダメです」

たどたどしい日本語で拒む。

「いえ、でも」

「困るです、嬉しい思うけどダメ」

顔を強張《こわば》らせて言い放つ。

カオが上目遣いに見ている。その目には怯《おび》えが滲《にじ》んでいる。それでも佳代は、何がいけなかったのかわからないまま、

「困ったときはおたがいさまですから」

もう一度繰り返したが、言葉の意味が通じていないのか、フエさんは頑《かたく》なに拒む。

しばらく押し問答《もんどう》が続いた。難しい日本語は通じないと判断した佳代は、易《やさ》しい言葉を選ん

で身振り手振りも加えて意思疎通《そつう》を図ろうと頑張った。フエさんもまた片言ながら懸命に何かを訴えかけようとしていたが、やがて言葉に窮《きゆう》したのか、

「困るです困るです」

と涙声になってしまった。

改めて言葉の壁は厚いと思った。何度かやりとりするうちに、どうやらコミュニティに関わる何かで拒んでいるらしい、といった輪郭だけは摑《つか》めたものの、結局は物別れに終わり、ベトナム人の母子は再び自転車に跨った。

荷台に腰かけたカオが、切なげに佳代を振り返っている。それでもフエさんは無言のまま自転車を漕ぎだし、月明かりを浴びながら河川敷から走り去っていった。


何がいけなかったんだろう。

悄然《しようぜん》とした思いを抱えたままハンモックに横たわった。あたしとしては、ただお腹を空かせたカオにご飯を振る舞っただけなのに、なぜ拒まれたのか。どう理解すればいいのか。わけがわからなかった。

だからといって、黙って引き下がるのも違う気がした。これでカオが救われるのならまだしも、いまカオを見捨てたらどうなるのか。

やっぱ、このままじゃいけない。佳代はふと体を起こし、携帯電話を手にした。

「なんだ姉ちゃん、めずらしく酔ってないんだな」

いま帰宅したという弟の和馬が苦笑いした。

「笑いごとじゃないの。今夜は晩酌どころじゃないんだから」

佳代はぶすっとして言い返した。実際、ここにきて佳代にしてはめずらしく、胃のあたりがしくしく痛みだし、とてもじゃないが晩酌どころじゃない。

「なんだよ、姉ちゃんらしくねえな」

「そう言わないで、ちょっと聞いてくれる？」

たしなめるように前置きして、カオとの出会いからフエさんとのやりとりまで、大泉町に着いてからの出来事をそっくり話した。

「ああ、現場はそんなことになっちまってんだ。外国人労働者を受け入れるからには責任ってもんが伴うんだから、国も企業も、そこまで考えてくれないと困るんだよな」

和馬が薄っぺらいコメンテーターみたいな台詞《せりふ》を返してきた。

「それはそうなんだけど、能天気な新聞記者と違って、こっちは国だ企業だ言ってる場合じゃないわけ」

かちんときて言い返した途端、和馬もいきり立った。

「能天気って言い草はないだろう。どんな問題も大局的な見地から原因を探らなきゃ、解決策は見つけられないんだし」

「だから、そういう大上段に振りかぶった話じゃなくて、とにかくあたしはフエさんの気持ちを知りたいだけなの。せっかくカオを助けようと思ってるのに、困る困るってそれしか言わないんだから」

刈谷さんも含めて、男ってなんでそうなんだろう、と苛《いら》ついていると、

「ちなみにフエさんは、どう困るって言ってるわけ？」

和馬が聞く。

「どうって、だれかに悪口を言われるらしい」

「だれかって、コミュニティの人たち？」

「わからないよ、とにかく、悪口言われる、困る困るって、それしか言わないの」

「仲間に、いじめられるってことかな」

「いじめ？」

「たとえば、たとえばの話だけど、あいつの息子はブラジル人に媚《こ》びて物乞《ものご》いしてやがる、とか、そんな陰口を叩《たた》かれてコミュニティの中で疎外されちゃってるとか」

「あたしが日系ブラジル人と勘違いされてるってこと？」

「それはわからないけど、少なくともブラジル系のスーパーの前で商売してればそう思われてる可能性もなくはない」

「でも、仮にそうだとしても、なんで疎外されちゃうわけ？」

「そこが移民問題の難しいとこでさ。いったんこじれちゃうと理屈じゃないわけ。だからフエさんとしては、姉ちゃんに感謝はしてるけど、これ以上カオに関わらないでほしい。コミュニティの中で生きていけなくなる、ってことなんじゃないかな」

そういえば佐賀関で別れたアランも、もとはフランスに渡ったモロッコ移民だと言っていた。海の事故で父親を失ってからは、フランス社会で苦労したらしく、移民の歴史って、こういうことの繰り返しなんだろうか。

「けどやっぱ、そんなのおかしいと思う。どこのコミュニティの人だろうと、困ってる人がいたら助けるのが当たり前だし、それをとやかく言ったり拒んだりしてどうすんのよ」

佳代が憤懣《ふんまん》をぶつけると、すかさず反論された。

「そりゃそれが当たり前かもしれないけど、個人が先走っちゃうと叩かれがちなんだよ。だからおれは、より大局的な見地から解決策を見つけるべきだって言ってるわけ」

「うーん」

「もっと言っちゃえば、〝目の前の一人を助けるのか、全体を助けるのか〟って話は記者仲間の間でもよく論争になるんだよね。けど、やっぱおれは、連携してくれる仲間や組織がないと、本質的な解決には導けないと思うんだ」

諫《いさ》めるように言う。

「だけど、こんな状況で連携してくれる仲間や組織って言われても」

「そう、確かに難しい。難しい問題ではあるけれど、そこから考えていかなきゃ姉ちゃんだって疲弊《ひへい》するだけだと思うんだ」

ちょっと考え直したほうがいいよ、と和馬は付け加えると、じゃ、明日は早いんで、と言い置いて電話を切った。

　午前九時。朝の水汲みはやめて開店直後のメルカード・カリヤに駆けつけると、刈谷さんは出掛けていた。

　代わりにラウラが支援センターのボランティアを休んで、売場の裏側にある小さな事務室で伝票整理に勤《いそ》しんでいた。

「ボン・ジーア！」

　おはよう、と声をかけるとラウラがふと手を休め、コーヒーを淹れようとする。

「あ、お気遣いなく。実は今日から二、三日調理屋を休むので、それを伝えにきたの」

「お客さん、少ないから？　あたしも宣伝したんだけど、みんな大変なの」

　申し訳なさそうにしている。

「いや、そうじゃないの。それは最初からわかってたことだから関係なくて、ちょっと出掛ける用事ができちゃったの。あたしからお願いしておきながら、ごめんなさい。駐車場には〝臨時休業〟って貼り紙した三角コーンを立てとくから、刈谷さんにもよろしくね」

「ああ、そういうことなの」

　ラウラが安堵している。その表情を見て佳代もほっとして、持参した紙袋を差しだした。

「あと申し訳ないんだけど、もしカオが来たら、これ、渡してくれないかな」

　中にはスイートチリソースを添えた唐揚げ弁当が入っている。昨夜の一件からして来ないかもしれない、とも思ったが、念のため作ってきた。

ラウラは再び表情を曇らせたものの、すぐに割り切ったのだろう、はにかむように肩をすくめて受け取ってくれた。

「わかった」

「本当にごめんなさい」

もう一度、丁寧に謝ってから佳代は事務室を後にした。

厨房車に戻ると、早速、走行経路を確認した。ふだんは〝勘ナビ〟が頼りの佳代だが、今日ばかりは最短時間で辿り着きたい。

目的地は千葉県船橋市《ふなばし》。大泉町から百キロ程度の距離だから、一般道を走っても三時間ほどで着けるはずだ。

「よし、頑張ろう」

午前九時過ぎ、声にだして自分に気合いを入れて、メルカード・カリヤを出発した。

利根川沿いの県道は、朝のラッシュが終わりかけているのか、思ったより空いていた。ほどなくして県境を越えて埼玉県に入り、加須《かぞ》市、春日部《かすかべ》市、三郷《みさと》市と南東へ下っていく。途中、小さな渋滞はあったが、東京都に接する千葉県松戸《まつど》市までは順調に進めた。その南隣の市川《いちかわ》市に入ったあたりから、多少、車の流れが悪くなったものの、それでも出発からおよそ三時間半後。千葉県北西部に位置する中核都市、船橋市に辿り着いた。

何年かぶりに船橋を訪れたのは、かつて関わり合いがあった眞鍋《まなべ》夫婦に会うためだ。

ゆうべ、携帯の電話帳に残っていた固定電話に電話してみたら繋がらなかった。あれから半

年後に奥さんの眞鍋芳子《よしこ》さんから、

「船橋港の近くに調理屋を開店したわよ」

と電話をもらって以来、やりとりしていなかっただけに、電話番号が変わったのかもしれない。しかも考えてみれば電話で済むような話じゃないし、だったらいきなり行ってしまおう、と船橋行きを思い立ったのだった。

ここまで思い切ったのにはわけがある。和馬と話したあと、そういえばカオについて刈谷さんと話したときも、和馬と同じことを言っていたな、と気づいたからだ。

〝冷たい言い方に聞こえるかもしれないけど、もっと違うやり方でやるべきじゃないかな〟

違うやり方とは、食関係者の有志と出身国コミュニティを包括する組織を立ち上げること。それこそが和馬が言った〝連携してくれる仲間や組織〟じゃないかと思ったのだ。

ただ、食関係者の有志と一緒に活動したい気持ちはあっても、風来坊《ふうらいぼう》の佳代にできることは限られている。このところストレスでまいっているのも、その葛藤ゆえだと思うし、もはや佳代一人ではどうしようもない。

じゃあ、どうしたらいいのか、と悩んでいるとき思い出したのが船橋の眞鍋夫婦だった。

もともと夫の眞鍋昌男《まさお》さんは、船橋港の漁師だった。二十代は遊び暮らしていたが、一人娘を授《さず》かった三十代にして性根《しょうね》を入れ替え、大型漁船団の船主にしてタワーマンションの最上階で暮らす資産家にまで成り上がった。

以来、奥さんの芳子さんに船橋港の近くで水産物直売店を営ませるなど、

「まあ当時はブイブイ言わせてたもんだよ」

と当人が述懐するほど船橋の漁師としてはかなりの成功者だった。

ところが、その大切な一人娘の友香《ともか》さんが突如《とつじょ》、十八歳の若さで自ら命を絶《た》ってしまった。学歴がないばかりに苦労した眞鍋夫婦が、同じ苦労はさせまいと友香さんに勉学を強要し続けた末の悲劇だった。眞鍋夫婦は悔《く》いた。亡き娘のためにも、ひたすら成功を追い求めてきた日々を悔い改め、大型漁船を小型漁船に買い替えて船団を解散。沿岸の採貝漁と水産物直売店だけの質素な生活に切り替えたのだが、そのとき出会ったのが佳代だった。

当時、船橋近海の干潟《ひがた》で大量に獲れはじめたホンビノス貝に興味を抱いた佳代が、たまたま芳子さんの水産物直売店で仕入れた。それが縁で船橋港の近所で調理屋の営業をはじめたところ、繁華街にも近い場所だっただけに、いつしか港と繁華街、両方で働く人たちが訪れるようになった。

そんな折に、ミャンマー人女子留学生のウィンさんから、

「〝モヒンガー〟を作ってください」

と母国の麺料理を注文された。

それで初めて佳代は、船橋界隈《かいわい》は外国人が多い街だと気づいた。とりわけ、働きながら苦学しているネパール、ミャンマー、ベトナムなどアジアの留学生がたくさんいた。ウィンさんも日本の看護師を目指して夜勤仕事の傍ら学んでいる一人だったが、そんなある日、佳代はウィンさんの生活ぶりを知った。彼女はアジア人を見下した日本人男と同棲したばかりに、日常的

に虐《しいた》げられていた。

その腹立たしい実態を知った佳代は、芳子さんの協力を得てウィンさんを男から引き離した。そればかりか芳子さんは、住まいを失ったウィンさんを亡き娘の部屋に住まわせた。

この一件で在日アジア人の実情を知った眞鍋夫婦は、娘を死なせた罪滅ぼしとばかりに小型漁船も売り払い、水産物直売店を厨房施設に改装。佳代に倣《なら》って調理屋を開いて在日アジア人向けの支援に乗りだしたのだった。

早いものであれから六年以上経《た》つ。いまも眞鍋夫婦が元気で頑張っているなら、大泉町のアジア人支援について助言をもらえるかもしれない。そう閃《ひらめ》いて船橋に飛んできたのだが、まずは以前お邪魔した船橋駅前のタワーマンションを訪ねてみた。

ところが眞鍋夫婦はいなかった。というより、すでに住んでいなかった。驚いて管理人に聞くと、一年ほど前に退去したそうで、引っ越し先はわからないという。


慌てて船橋港へ向かった。

眞鍋夫婦がまだ元気でいるなら、住まいは引っ越しても在日アジア人向けの調理屋はやっているはずだ。淡い期待を抱いて港に駆けつけたのだが、そこでも異変が起きていた。

調理屋をやっているはずの水産物直売店は、廃屋《はいおく》になっていた。色褪《いろあ》せたカーテンが引かれた窓の隙間から覗いてみると、厨房設備らしきものはなく、段ボールや新聞紙が散らかった、がらんとした空間が広がっている。

これは只事じゃない。佳代は船橋港周辺の飲食店やコンビニ、水産会社、港湾事務所などの聞き込みをはじめた。往年の昌男さんは大型漁船団を率《ひき》いていた。芳子さんも水産物直売店の仕入れで市場に出入りしていたから、港周辺なら友人知人も多いはずだと踏んで片っ端から飛び込んで歩いた。

ところが、いくら聞き歩いても反応がない。いまや世代交代が進んでいるのか、夫婦の名前を出しても、その後の足取りがわからない。さすがに焦ったものの、諦《あきら》めることなく港から離れた一軒の居酒屋にも飛び込んで、仕込み中の初老の店主に声をかけると、

「おう、昌男さんだったら裏手のアパートにいるけどな」

あっさり答えて店の裏手を指さす。

「アパート、ですか」

「そう、古いアパートを買い取って外国人のために頑張ってんだ。うちにも、たまに飲みにきてくれっけど、まあ偉い人だわ」

やけに感心している店主に礼を言い、居酒屋の裏手の路地に入っていくと、昭和の佇《たたず》まいの木造二階建てアパートがあった。

ただ、アパートにしては変わった造りだ。二階はふつうに部屋が横並びに七室あるのだが、一階は中央に『アジア友好の里』と看板を掲げた玄関があるだけで、左右の部屋はぶち抜きになっている。

「すみません！」

ガラス戸を開けて声を張ると、

「はい」

アジア系と思われる若い男性が現れた。

「佳代と言いますが、眞鍋さん、いらっしゃいます?」

「いらしゃい?」

きょとんとしている。

「まなべ、まさおさん、と、よしこさんのご夫婦はいますか?」

「ごふーふ?」

日本語が覚束《おぼつか》ないらしく、ちょとまてください、と慌てて引っ込み、だれかを呼んできた。

その顔を見た瞬間、

「ウィンさん!」

「佳代さん!」

二人とも声を上げた。久々の再会だった。かのミャンマー人留学生だったウィンさんに、ここで会えるとは思わなかった。

「ここに眞鍋さん夫婦もいるんですよね」

再会を喜び合ったところで佳代は聞いた。

「いま出掛けているので、とりあえず上がってください」

ウィンさんは以前にも増して流暢《りゅうちょう》な日本語で言うと、玄関の右側にあるフロアに通してくれた。

　そこにはアジアの香りが漂う食堂があった。もう午後二時過ぎだというのに、アジア系の顔立ちの子どもや大人が楽しげに食事をしている。その先には食堂と同じくらい大きな厨房があり、多くのスタッフが働いている。

　もともとはアパートの一階にも賃貸部屋が並んでいたそうだが、一年半ほど前にアジア友好の里を立ち上げるため、一階の全室をぶち抜く工事に取りかかった。途中、コロナ禍に見舞われて一時中断したものの、最後はプロとボランティアが一体になって一気に仕上げ、まずは眞鍋夫婦の調理屋を衣替《ころもが》えした〝子ども食堂〟が入居した。

　子ども食堂とは、地域の子や保護者に無償で食事を提供する場として全国に広がっている活動だ。ただし、ここの場合は食堂メニューから注文できるだけでなく、持参した食材で好きなように調理もしてもらえる。そんな二つのスタイルで、ネパール、ミャンマー、ベトナム、カンボジアなど、それぞれの母国料理を提供しているという。

　加えて、近いうちにフードバンク部門も開設する予定だそうで、

「あの、フードバンクって？」

　佳代は聞き返した。

「まだ食べられるのに捨てられようとしている食べものを、困っている人たちに無償で届ける活動です」

　ウィンさんが笑顔で答えてくれる。

「ああ、そういうのあったわね」

結局、そこまでやって初めて、地元の食品製造業者や卸売業者、小売店などの協力のもと、食材、調理、食堂の三部門を連動させた総合的な食の支援システムが完成するとのことで、いまや単なる調理屋の次元を大きく超えた計画が進行しているのだった。

「じゃあ、ウィンさんも調理をやってるの？」

「いえ、ワタシはふだん、向こうのフロアで働いてます」

今度は玄関の左側のフロアに案内された。

そこはフロア全体が健診ルームになっていた。責任者は、苦学の末に看護師資格を取得したウィンさんが務めているそうで、週三日だけ働いている船橋市内の病院と連携して在日アジア人の健康管理を支援しているという。

将来的には、もっと大きな建物に食の三部門とともに移転して、アジア以外の国々の人たちも含めた、食と健康の民間総合支援センターに発展させる計画だというから、

「なんか、すごいことになってるのね」

佳代は感嘆の声を上げた。

「これもみんな眞鍋さん夫婦のおかげです」

いまや若手のリーダーとして活躍しているウィンさんが感慨深げに言う。

この施設開設のために眞鍋夫婦は、長年暮らしたタワーマンションの最上階を売却して資金を工面《くめん》したというから、海に生きてきた夫婦は心意気が違う。そうとも知らず、あたしったら

何してたんだろう、と話を聞くほどに後ろめたい気持ちになってくる。

その後の運営資金は、個人や企業からの寄付のほかネットのクラウドファンディングでも集めているが、

「まだまだ資金が足りないので、もっともっと頑張ります」

ウィンさんは自分を鼓舞《こぶ》するように言った。

そのとき、玄関のほうが騒がしくなった。ウィンさんがはっと振り返り、

「眞鍋さんが帰ってきたみたいです」

と言うなり玄関に飛んでいった。


子ども食堂でモヒンガーをご馳走《ちそう》になりながら、久しぶりに眞鍋夫婦と話した。

ミャンマーの国民食モヒンガーは、現地では朝食メニューらしいが、もちろん、午後に食べてもおいしい麺料理だ。ナマズを煮込んでバナナの茎、インディカ米の粉、大豆粉、小玉葱《たまねぎ》、唐辛子《とうがらし》、レモングラスなどを入れてとろとろに仕上げたスープを、米の麺にかける。あとは家鴨《あひる》の茹《ゆ》で卵、パクチー、ひよこ豆のかき揚げなどをのせれば出来上がり。

佳代が船橋にいた当時は現地の食材が入手できなくて、ナマズは鯖《さば》缶、米の麺は素麺《そうめん》などの代用食材で作っていたが、いまでは本物の食材を調達できるようになったという。

「おかげで本場の味が船橋でふつうに食べられるようになって、ミャンマー人は大喜びでよ。ほかの国の料理も、できる限り現地仕様で提供してんだよな」

眞鍋昌男さんが得意げに言った。その風貌《ふうぼう》は以前と変わらない禿《は》げ頭《あたま》だが、顔全体に苦労の証《あかし》とも言うべき深い皺《しわ》が刻まれている。

妻の芳子さんもまた、ぽっちゃり体型こそ変わらないが、

「やっぱりアジアの若者は、いまどきの若い日本人とは行動力が違うわよね。おかげであたしたちも、みんなから刺激を受けてるの」

と明るく微笑む顔には、以前にも増して皺が目立つ。

二人とも現在は、アパート二階の六畳一間で暮らしているそうで、それ以外の部屋は、家賃が払えなくて行き場をなくしたアジア人の駆け込み部屋にしているという。タワーマンション住まいだった夫婦が、ここまでして支援に打ち込んでいる。その潔《いさぎよ》いまでの覚悟に改めて感銘を受けるとともに、

「今日は本当にびっくりしました。こんな施設が大泉町にもあればと、つくづく思ってしまいます」

と佳代は唇を噛《か》んだ。

大泉町の現状や日々の食事にも困っているカオについては、さっきからちょこちょこ眞鍋夫婦にも話しているのだが、このレベルの施設を立ち上げるまでには、どれほどの時間と資金と献身が必要だったことか。それを考えるほどに佳代は途方に暮れてしまうが、

「まあしかし、できることから腹を括《くく》ってやっていくしかないんだよな。行政や企業がどうだの、あの国のやつらがどうだの、そういう文句を言ってたところで前に進まんし」

と昌男さんは言う。実際、昌男さんたちも、いま自分たちにできることは何か、ともがいているうちに、いまに至っていたそうで、要はその繰り返ししかないという。

「あたしもそう思う。うちだって手探りではじめて気づいたらこうなってたんだから、結局、やれることからやるしかないの」

芳子さんからも同じことを言われて、佳代はふと、和馬と話した悩ましい問題を思い出した。〝目の前の一人を助けるのか、全体を助けるのか〟。あの難問について真鍋夫婦はどう考えているんだろう。

「そんなの、正解なんてないな。佳代ちゃんがカオくん一人を助けようとしたのも、食関係者の有志が組織を作ろうとしてるのも、どっちもありだし、どっちも必要だ」

これが昌男さんの答えだった。

「あたしも一緒。どっちがいいかなんて考えてるより、できることは何でもやる。失敗したらまた別のやり方でやり直せばいいんだから、いまやれることを気合いと度胸でどんどんやっていけば、つぎの何かが見えてくるし」

芳子さんからもそう言われて、佳代は初めて合点《がてん》がいった。あたしも刈谷さんも和馬も、大仰《ぎょう》に考えすぎていたのではないか。最初から抜本《ばっぽん》的な解決を目指すのではなく、目の前のものをひとつひとつ解決しながら大局的な解決に繋げていけばいい。夫婦揃ってそう言っているわけで、

「結局、個人として何かやらなきゃ、って気持ちがなけりゃ組織になってもダメなんだから、

やっぱ、どっちも正解としか言いようがないな」

　と昌男さんが断言すれば、

「そうそう、基本は一人一人の気持ちの問題だもの」

　と芳子さんもうなずく。眞鍋夫婦の言葉は、いたって明快だった。ずぶの素人《しろうと》から現場に飛び込み、もがきにもがいていまに至った二人だからこその説得力がある。

　こうなったら眞鍋夫婦にサポートしてもらうしかない。ようやく悟った佳代は、意を決して切りだした。

「そういう先駆者ならではのご意見を、この際、大泉町の有志に伝えてもらえないでしょうか。お忙しいところ申し訳ないんですけど、お二人のちょっとした言葉が、試行錯誤してる彼らにきっと響くと思うんです」

　大泉町の在日アジア人たちの窮状は一刻を争う。いまから支援組織を立ち上げる人たちには、できるだけ近道を通ってほしいし、そうでなければ、いま追い詰められているカオのような子どもたちも救われない。

「それは全然かまわんけど、ただ、こういうことは助言とかじゃなくて、たがいに連携して進めていったほうが早い気がするな。一つの漁船団が闇雲《やみくも》に網を投げ入れるより、漁船団同士が連携して網を仕掛けたほうが、効率よく漁獲高を上げられるわけだし」

　元船団長、昌男さんならではの言葉だった。船橋と大泉町、二つの地域の支援組織が刺激し合いながら交流を深めてこそ、実りも大きいはずだというのだった。

「だったら有志の代表に電話で相談してみます。いつ、どんなかたちで会えるか」

佳代が言うと、いや、と昌男さんがかぶりを振った。

「いつどんなかたちで、なんて形式的な相談をするより、まずはおれたちが大泉町に行くよ。百キロ程度の距離なら半日で行ってこられる。この目で現地を見たほうが話が早いし、おれたちの勉強にもなる」

「でもお忙しい中、いいんですか？」

「忙しい、時間がない、は理由にならん。じゃあ来週あたりに、なんて悠長なことを言ってたら、いつまでたっても前に進まん。〝思い立ったら翌日〟だ。明日行くから時間作ってほしいって伝えてくれるかな」

突如、せっかちなことを言いだす。

でも、このせっかちさこそが昌男さんの推進力になっているに違いない。そう解釈して即座に刈谷さんに電話を入れ、

「明日、船橋のアジア友好の里の代表と会ってもらえませんか」

と趣旨を伝えると、

「それは素晴らしい、ぜひぜひ」

二つ返事だった。

さすがに刈谷さんは呑《の》み込みが早い、と昌男さんに電話を代わると、

「どうか、よろしくお願いいたします！」

刈谷さんの大きな声が携帯から漏れ聞こえてきた。

翌朝、アパート二階の駆け込み部屋で目を覚ますと、どんよりと体が重かった。

昨夜はあれから眞鍋夫婦と酒を酌《く》み交わし、佳代は全国風来坊旅のエピソードを話して聞かせた。眞鍋夫婦も中古アパートを買ってリノベーションに至るまでのドタバタ劇を披露《ひろう》してくれたりして、なかなかに楽しい酒だった。ところが、途中から夫婦が今後の施設運営について話しはじめたものだから、急に取り残された気分になって胃がむかむかしてきた。仕方なく酔ったふりをして黙っていたら、

「あら佳代ちゃん、弱くなったのねえ」

芳子さんに笑われてしまったが、こんなことは初めてだった。

考えてみれば昨日もハードな一日だった。朝から船橋に飛んできて港周辺を聞き込んで歩き、刈谷さんとの仲介《ちゆうかい》役になり、さらには眞鍋夫婦と議論したり旧交を温めたりと、まさに盛りだくさんだっただけに、身も心もくたくたになってしまった。

しかも、今日もまた朝から眞鍋夫婦たちに同行して再び大泉町へ行くことになっている。ここが踏ん張りどころとはいえ、さすがにきつい。

それでも佳代は、重い体をよいしょと寝床から引き剝がし、欠伸《あくび》を漏らしながら一階の子ども食堂に下り、ベトナムコーヒーを一杯口にしただけで、

「じゃ、みなさん、よろしくお願いします」

眞鍋夫婦たちを率いて大泉町へ出発した。

佳代の厨房車が先導し、眞鍋夫婦と若手リーダーのウィンさん、ベトナム人留学生のクアイくんが乗ったワゴン車が後に続く。眞鍋夫婦は羽振りがいい頃にはメルセデスに乗っていたらしいが、いまは中古のワゴン車を愛用している。そんな姿を目《ま》の当たりにするほどに、晩年になってこんな生き方ができる二人が眩《まぶ》しく映る。

今日は奮発《ふんぱつ》して船橋インターから高速に乗って、大泉町を目指した。途中、渋滞に巻き込まれたものの、さすがに高速を使うと早い。二時間弱で大泉町のメルカード・カリヤに着いてしまった。

真っ先に店から飛びだしてきたのはラウラだった。今日もボランティアは休んだらしく、眞鍋さんたちを紹介する前に、

「佳代、昨日、カオが来なかったの」

と顔をしかめている。佳代が作った弁当は仕方なくラウラが食べたそうで、

「そうだったの」

佳代はうなだれた。自分の無力さを思い知らされた気がして奥歯を嚙み締めていると、

「みなさん、わざわざ遠方まですみません」

刈谷さんが現れて恐縮した面持ちで挨拶した。慌てて佳代が船橋の四人を紹介すると、

「有志の仲間たちは町の公民館で待ってますので、一緒に移動しましょう」

刈谷さんがみんなを促《うなが》して、店のロゴが入った営業車に乗り込んだ。

この初顔合わせのために、急遽、会議室を予約してくれたそうで、店の仕事があるラウラを残して全員で公民館へ移動した。

十畳ほどの小さな会議室に入ると、大泉町の食関係者の有志五人が拍手で迎えてくれた。早速、コの字に並べた会議テーブルに着席し、まずは全員が順に自己紹介したところで、

「とりあえずおれに話させてくれるかな」

昌男さんが持参のフリップを手に立ち上がり、アジア友好の里について語りはじめた。みんなが静聴する中、施設開設までの経緯と現在の活動、スタッフ構成と資金繰り、さらには今後、アジア人に限らず南米やアフリカの移民も受け入れる食と健康の民間総合支援センターに育て上げたい、という将来展望まで。今年七十歳になるとは思えない張りのある声で開陳《かいちん》してくれた。

これを受けて刈谷さんも立ち上がり、

「ありがとうございます。素晴らしいです、まさに我々が理想とするところです」

と賛辞を送ると、いま自分たちは、大泉町で窮状に直面している在日外国人の中でも、とりわけ支援の手が届きにくくなっている在日アジア人のために、有志とともに対応策を議論している真っ最中だと説明した。

「結局、この町の一番の問題は、出身国コミュニティによる分断化なんですね。こうした状況は船橋市にもあったんじゃないかと思うのですが、みなさんは、どう解決してこられたんでしょうか」

船橋の四人を見回しながら問いかけた。

すかさず口を開いたのはウィンさんだった。

「ワタシたちの経験からすると、まずは異なる出身国の人でも自然に集まれる場をつくることが大事だと思います。ワタシはミャンマー人ですが、最初、佳代のキッチンに母国の料理をオーダーしたんですね。そしたら佳代さんがミャンマーの味を研究してくれて、その味が口コミで伝わって在日ミャンマー人が集まりはじめました。これを受け継いでくれたのが眞鍋さんご夫婦でした」

眞鍋夫婦は、ミャンマー料理のほかにもアジア各国の料理を勉強して、船橋界隈のアジア各国の人たちが気軽に集まれる場を作ろう、と考えて、私財を投じて店舗型の調理屋をオープンしてくれた。

「あんなに嬉しいことはありませんでした。ワタシたちの生活の基本は、やっぱり食じゃないですか。それぞれの母国料理を食べられる場ができたおかげで、出身国が違っても自然に集まれるようになったんです」

こなれた日本語のウィンさんの説明に、刈谷さんが大きくうなずいている。ほかの有志たちも興味津々、身を乗りだしている。

そうした中、佳代は一人、ぽつんと会議室の隅に座って見守っていた。正直、浮かない気分だった。みんなを引き合わせるまでは使命感に駆られて頑張ってきたものの、こうなると佳代の出番はない。

あたし、何のために、ここにいるんだろう。

昨日今日の疲れのせいもあるのか、ふと卑屈《ひくつ》な思いが頭をもたげた。船橋の四人をはじめ、ほかのみんながすごい人たちに見えて、なんだか自分がちっぽけな存在に思えてくる。

そんな佳代とは裏腹に、ウィンさんの話を聞いていた有志の一人が、

「でも大泉町の場合、店舗型調理屋を作るだけでコミュニティをまとめられるでしょうか」

と問いかけた。町に初のアジア食料品店を開いたネパール人店主だった。彼は日本語も含めて三か国語が堪能らしく、店にはアジア各国の人たちが集まっているそうだが、どこか微妙な壁が感じられる、と打ち明ける。

ウィンさんが大きくうなずいた。

「そうなんです、それは船橋でも最初のうちはありました。だから大切なのは、そこから先なんですね」

眞鍋夫婦もそうした壁を打破しようと、店舗型調理屋をさらに発展させた子ども食堂と健診ルームを開設しようと模索しはじめた。そして開設を実現させると同時に、各国の食文化や健康法を披露し合う交流イベントや日本語講座も頻繁に開催し、これが各国の人たちを繋げる場となってからは、出身国による障壁が徐々に薄れてきたという。

「ただ、大泉町の場合は、それ以前の問題がありまして、まだアジア人よりブラジル人が多い特殊な状況なんですね」

今度はブラジル人向け飲食店の日本人店主が問題提起した。アジア人中心だった船橋のよう

にうまくいくだろうか、と懸念している。

「だったら、この際、大泉町とアジア友好の里が連携してはどうでしょう」

船橋の若手リーダー格、クアイくんが応じた。船橋での経験を踏まえて補い合っていけば、新たな展開が期待できるのではないか。そんな提案だったが、

「でも、百キロも離れた船橋と大泉町がうまく連携できますかねえ」

刈谷さんが首をかしげた。

「いえ、その点は、自由にオンラインで交流できる環境を整えれば大丈夫だと思います」

クアイくんがさらりと答えると、

「なるほど、オンライン交流ですか」

刈谷さんが膝を打つ。

にわかに議論が白熱してきた。それぞれに問題点をぶつけ合うことで、共有化できる部分とできない部分がはっきりしてきて、ほかのメンバーも口々に発言しはじめる。

そんな熱い議論を相変わらず佳代は、一人で見守りながら、どこか置いてけぼりを食らった気分でいた。

奇妙な感覚だった。刈谷さんと和馬の言葉に触発されて船橋から眞鍋夫婦たちを連れてきた。そこまでは疲れを押して頑張れていたのに、いざ船橋と大泉町のみんなが議論に熱中しはじめると、このところの疲れがどっとぶり返し、得体《えたい》の知れない無力感に襲われた。

あたし、何のために、ここにいるんだろう。あたしって、ここに必要な人間なんだろうか。

実際、ここまで具体的な意見を闘わせられるのは、それぞれの地元に密着している人たちだからこそだ。その渦中《かちゅう》に、あたしがいる意味ってあるんだろうか。いまあたしが発言したところで、しょせんは通りがかりの他人の戯言《ざれごと》にすぎないじゃないか。

これが風来坊の限界なのかもしれない。どこからかふらふらと流れてきて、その場の思いつきであれこれ言ったりやったりして、またどこかへふらふらと流れていく。そんなあたしに、ここにいる資格があるんだろうか。

そう思った瞬間、焦燥感《しょうそう》に駆られた佳代はトイレに行くふりをして席を立ち、ますます盛り上がってきた議論の場から逃げだすように会議室を後にしていた。

気がついたときには利根川の河川敷にいた。

どこをどう走ってここに辿り着いたのか、詳細な記憶はない。どんよりと雲が垂れこめた夕暮れ空のもと、厨房車のカーテンを引いて携帯の電源を切り、ぼんやりとハンモックに寝そべっていた。

いまだ無力感に苛《さいな》まれていた。それが昂《こう》じて自己嫌悪に陥《おちい》っている、と換言してもいい。いま頃、刈谷さんたちはどうしているだろう。せっかくの議論のさなかに、忽然《こつぜん》と消えてしまった佳代に呆《あき》れているだろうか。無責任な態度に憤慨《ふんがい》しているだろうか。

でも、いまさら戻れない。戻ったところで何の役にも立てないし、そもそもあたしは、あの場にいてはいけない人間じゃないか。

ネガティブな感情ばかりが突き上げてきて、うう、と呻《うめ》き声を漏らしそうになる。

耐えられなくなった佳代はふと起き上がり、車内灯を点《つ》けて携帯を手にした。切りっぱなしだった電源を入れて和馬に発信する。

「どうしたんだよ、こんな時間に」

まだ仕事中だぜ、と不機嫌な声をだす。

「ごめんね、ちょっと話したくなっちゃって」

「いや、でも」

「あたしって、何のために生きてるんだろう」

ぽろりと言葉が飛びだした。途端に和馬が黙り込んだ。それでも佳代は続けた。

「みんなが必死に生きてる中で、ふらりふらり一人で立ち回ってるあたしって、何のために存在してるんだろう。そう思ったら、なんかもう居たたまれなくなってきちゃって」

嘆《なげ》くようにぼやいた途端、

「あ、あの、ちょっと待ってくれっかな」

和馬に制され、しばらくガソゴソ物音がしていたかと思うと、

「姉ちゃん、場所を変えたから、もう一回、ちゃんと聞かせてくれるか。何があった?」

改めて問われた。そう言われると、どう答えたものかわからなくなる。

かつて母親同然に育ててきた弟に、不甲斐《ふがい》ない自分をさらけだすのも惨《みじ》めな気がして言葉に詰まっていると、

「お願いだから話してくれよ、姉弟《きょうだい》だろ」

子どもの頃のような声で訴えかけられた。

これが誘い水になった。佳代はひとつ深呼吸して気持ちを整えると、大泉町で起きたことを一から話しはじめた。

受話口の向こうの和馬は、うん、うん、と相槌《あいづち》を打ちながら聞いてくれている。いつになくやさしいその態度に甘えて、折々に湧き上がった感情から、無力感に駆られて会議室から逃げだしたことまでそっくり打ち明け、

「あたし、もうどうしていいかわからなくなっちゃって」

泣きつくように素の感情をぶつけると、しばらく黙っていた和馬が、

「姉ちゃん」

ぼそりと呼びかけてから諭すように続けた。

「ひとつ言っとくけど、姉ちゃんは無力でもなんでもない。頑張りすぎたんだよ。頑張りすぎて心が悲鳴を上げてるだけだと思う」

「けどあたし」

「まあ聞けよ。きっと自覚してると思うけど、とにかく姉ちゃんは疲れてんだ。ここしばらく函館だ盛岡だ大泉町だ船橋だと、あれこれ一人で頑張り続けてたせいで、身も心も疲労とストレスにやられちまっただけの話なんだから、そんなに落ち込むなよ。これ、身内だから言ってんじゃないぜ。いま姉ちゃんは無力感って言ったけど、そこには疎外感も含まれてるんだと思

う。いやもちろん、その気持ちもわからなくはないけど、考えてもみろよ。今回のことって結局、姉ちゃんがふらりと大泉町にやってきて、自分の正直な気持ちに従って行動したからこそ、みんなも突き動かされたわけじゃん。眞鍋夫婦が大泉町に駆けつけたのも、刈谷さんたちが連携しようと議論しはじめたのも、姉ちゃんがふらりとやってきたからこそだ」

違うか？　と問いかけられた。

「それはそうかもしれないけど」

「だったら落ち込むことなんてないだろう。コロナ不況だの移民労働者のリストラだの社会的支援だの、その手の問題って、いまの自分でいいのか、いまの状況でいいのか、いまの社会でいいのか、ってみんなで悩んで行動してこそ初めて解決に向かうものじゃん。そのきっかけが自分に正直な姉ちゃんの行動だったんだから、こんな素晴らしいことはないし、どこが無力なんだよ。姉ちゃんは間違ってない。それは刈谷さんや眞鍋夫婦にも伝わってるはずだし、そこまでやった姉ちゃんが、おれ、むしろ誇らしいよ。疲労とストレスが昂じて、つい逃げだしちまった非礼は謝罪しなきゃいけないけど、いつまでも落ち込んでてもしょうがねえじゃん。今夜はいつものようにぐだぐだ晩酌して、明日、きちんと謝ったらまたふらりと旅立って、どっかのだれかにおせっかいしてやってくれよ。そうでなきゃ、おれの姉ちゃんじゃねえだろが」

違うか？　とまた問いかけられた。

長い電話を終えたときには、いつしか陽は落ち、車内は闇に包まれていた。再びハンモックに寝そべってボーッとしていると、厨房車のドアが、コンコン、とノックされた。

だれだろう。

のっそりと身を起こし、室内灯を点けてドアを開けた。車外には夜の闇が広がっていた。その闇に目が慣れてくると、刈谷さんが立っていた。後ろにはラウラと眞鍋夫婦もいる。

突然のことに身を硬くしていると、

「ずっと捜してたんだけど、弟さんから、うちの店に電話が入ってね」

刈谷さんが微笑みを浮かべた。背後の三人も小さくうなずいている。

「和馬から？」

「そう。みんなで心配してたんだけど、よかった。大泉町の救世主が無事でほっとしたよ」

その言葉に驚いて住代は車から降り、

「すみません、本当にすみませんでした」

深々と頭《こうべ》を垂れると、ラウラが口を開いた。

「いまカオがどこにいるか、わかったよ」

その後のカオの話だった。佳代たちが公民館へ行ったあと、店の仕事は従業員にまかせてベトナム人コミュニティを聞き込んでいたら、カオは母親と東京の父親のもとへ行ったとわかったという。まだ仕事は見つかっていないものの、カオのために家族三人で頑張ろうと決めたらしい。

もちろん、それで解決したわけではないが、当面は三人一緒に東京に近いアジア友好の里の

駆け込み部屋で暮らすことになったそうで、

「そこまでやってくれたんだ、ありがとう！」

思わずラウラの手を握り締めた。

「違うよ、これも佳代のおかげだよ」

ラウラは笑いながら肩をすくめ、オブリガーダ！　とハグしてきた。

佳代は佳代のままでいいの。無言のうちにそう言われた気がして、ラウラのやさしさが身にしみた。

そういえば、ラウラのうなじには天使の羽のタトゥーがあった。その愛らしい絵柄を思い出し、肩越しに探して見つけた瞬間、不覚にもこみ上げた。

もうダメだった。みんなの前だとわかっていながら、溢《あふ》れだす涙を堪《こら》えきれなくなった佳代は、赤子のようにわんわん声を上げて泣いた。

第三話
せんべろのマサ

大阪の街には旅の途中、何度も立ち寄っているのだけれど、なぜかちゃんと調理屋を営業したことがない。

いや違った。なぜか、と言ってしまったが、実は理由もわかっている。北新地《きたしんち》、天神橋筋《てんじんばしすじ》商店街、心斎橋《しんさいばし》、難波《なんば》、千日前《せんにちまえ》、新世界《しんせかい》といった大阪の繁華街を通りかかると、千円でべろべろに酔《よ》えると言われる〝せんべろ〟の安酒場に、つい吸い込まれてしまうからだ。

北新地にもせんべろがあるの？　と首をかしげるのは東日本の人間だ。高級クラブ街と思われている北新地にも安酒場はあるし、まして天神橋筋商店街、千日前、新世界といったせんべろの聖地ともなれば、朝から気さくに飲める店が、これでもかと待ち受けている。

勢い、佳代も到着するなり安酒場に繰りだし、気がつけば梯子酒《はしござけ》。商人の街なのに商売どころではない気分で飲み歩いたあげくに、ヤバっ、そろそろ調理屋をやらなきゃ、と誘惑の多い大阪を離れることになる。

「けど姉ちゃん、せんべろなんて女一人で飲みにいくとこじゃねえだろう。危ないおっちゃんだってわんさかいるんだし」

弟の和馬には、いつも呆《あき》れられるが、それでも佳代は、そんなおっちゃんたちも含めて大阪の安酒場が好きなのだから仕方ない。

カウンターの常連席に陣取るおっちゃんの間に席をもらい、朝から馬鹿話をしてぐだぐだと〝ぐだ飲み〟していると、人間ってアホやなあ、アホやから人間やねん、と解き放たれた気分になれるのがたまらない。

もちろん、東京を含めたほかの都市にもせんべろ安酒場はある。なのに、なぜ大阪のほうが馴染《なじ》むのか不思議でならない。

ただ、そんな佳代でもまだ一度も飲みに行ったことがない大阪の街がある。

十三《じゅうそう》だ。北《キタ》の中心街、大阪梅田《うめだ》駅から二駅。淀川《よどがわ》の対岸という近場にあるのに、どこか近寄りがたいムードがある。

安酒場のおっちゃんたちに聞いても、

「ごっつ怖い町やから、おなごが一人で歩いとったらヤバいで」

と脅《おど》かす人がいれば、

「アホぬかすな、十三で朝から立ち飲まな、呑《の》ん兵衛《べえ》の黒帯ちゃうで」

と煽《あお》り立てる人もいる。黒帯とは、筋金入り、といった意味で、呑ん兵衛を自称する佳代としては真偽《しんぎ》のほどを確かめたいとも思うのだが、行けないままでいた。

そんな佳代が今回、あえて十三へ足を運んだのにはわけがある。群馬県大泉町を発《た》って早いもので二か月。静岡県下田《しもだ》市ではプロサーファーを断念して結婚した海斗《かいと》と麻緒《まお》、静岡県藤枝《ふじえだ》市ではお茶を栽培している玉木《たまき》夫婦、石川県金沢《かなざわ》市の近江町《おうみちよう》市場では店舗型の調理屋をやっている雅美《まさみ》さんと旧交を温め、新緑の五月半ばに京都入りしたのだが、そこで思いがけない事実を知った。

佳代が両親捜《さが》しをはじめたばかりの頃に出会った、宇佐美《うさみ》さん夫婦が営む『板前割烹《かつぽう》 宇佐美』がなくなっていたのだ。

当時、三十路《みそじ》目前だった夫の勝彦《かつひこ》さんは、祇園《ぎおん》の名店から独立したのだが、開店直後から難《なん》儀《ぎ》な客に手を焼いていた。そんな折に出会った佳代とともに、難儀な客の締めだしに成功した。その後も妻の麻奈美《まなみ》さんから、

「順調に頑張ってます」

と連絡をもらって再会を楽しみにしていたのに、いざサプライズで訪ねてみると店は消滅。跡地には廃屋《はいおく》だけが残されていた。

驚いて近隣の人たちに尋《たず》ねて歩いたものの、

「一年ぐらい前に夜逃げしはったんやわ」

ということ以外、夫婦の行方《ゆくえ》も、その後の状況もまるでわからない。だれに聞いても、

「まあコロナのせいやろけどなあ」

と首をかしげるばかりだった。

ショックだった。それでなくても両親捜しの初期に出会った思い出深い夫婦だ。二人の面影《おもかげ》を思い浮かべるほどに居たたまれなくなって、翌朝には厨房車《ちゆうぼうしや》を駆って京都を離れた。

なのに重い気分が抜けない。淀川沿いを南西に下って大阪市に入っても、なぜか中心街まで行く気になれない。どこか知らない街で気持ちを切り替えなきゃ。そんな思いに駆られたとき頭に浮かんだのが、十三だった。

京都を発って約一時間。阪急《はんきゅう》十三駅の近くにある二十四時間制の駐車場、大阪で言う〝モータープール〟に厨房車を置いた。梅田から四キロという近場なのに、半額近い駐車料金に驚きつつ、佳代は早速、十三駅界隈《かいわい》の散策に出掛けた。

ところが、いざ歩きだして拍子《ひょうし》抜けした。おっちゃんたちの話から、どんな殺伐《さつばつ》とした街かと緊張していたのに、駅前にも商店街にも若い女性や主婦がふつうに行き来している。

まだ朝だからだろうか。それでも念のため警戒しながら商店街を歩いていくと、細い路地が現れた。そっと覗《のぞ》くと雑多な飲食店が軒《のき》を連《つら》ね、ディープな気配が漂《ただよ》っている。ここかもしれない。呑ん兵衛の嗅覚《きゆうかく》で足を踏み入れると、朝から暖簾《のれん》を掲げた酒場があった。『呑み処《どころ》　淀乃《よどの》屋《や》』〝チューハイ一三〇円　午前九時～二十時〟と看板が立っている。

一瞬、躊躇《ちゆうちよ》したものの、恐る恐る引き戸を開けると、カウンターにテーブルが五卓ほどの店内は早くも七割近く埋まっている。

客層はグレー系の服装のおっちゃんばかりで、全席喫煙可。チューハイ片手にくわえ煙草《たばこ》でスポーツ新聞を読み耽《ふけ》っていたり、棚の上のテレビをぼんやり眺《なが》めていたり、今日の競艇《きようてい》予想で盛り上がっていたり、開けっぴろげと退廃が同居した空気が漂っている。

ただ、おっちゃんたちから脅されたほど怖くはなかった。佳代はほっとしてカウンターの隅に座り、壁の短冊メニューを見た。関西で言う〝あて〟のハマチ刺しが二八〇円、マグロ刺しは三八〇円。日本酒は三五〇円で、めずらしく純米吟醸《ぎんじよう》もあるが、これまた四五〇円と半端《はんぱ》なく安い。とりあえずマグロと純米吟醸を店主に注文すると、隣の客が唐突《とうとつ》に話しかけてきた。

「姐《ねえ》さん、えらい景気ええなあ。じぶん、そないな上等な酒、注文できひんわ」

え、と横目で見ると、おっちゃん御用達《ごようたし》の店にはそぐわない若い男だった。薄汚れたパーカーに、よれよれのジーンズ。天然パーマの長髪を雑なポニーテールに結び、段ボール箱を押し潰《つぶ》したような四角い顔をしている。

佳代は目を逸《そ》らした。純米吟醸を頼んだのが上等だと言っているらしく、人当たりはいい兄ちゃんだが関わらないほうがよさそうだ。知らんぷりしていると、たたみかけられた。

「じぶんはワンコイン飲みや。仕事がのうなったもんやから、まあえらいこっちゃで」

おっちゃんっぽい関西弁で自嘲《じちよう》してチューハイをヤケ酒っぽく飲み干してみせる。あては胡瓜《きゆうり》浅漬け一八〇円だから合計四一〇円。確かにワンコインでお釣りがくる。

「ほんまは、お代わりいきたいんやけど、姐さんと違《ちご》て財布、空っぽやしなあ」

物欲しそうに付け加える。

こんなにあっけらかんとたかられたのは初めてだ。さすがに戸惑《とまど》っていると、後ろのテーブル席から声がかかった。

「姐ちゃん、貧乏こいてる芸人さんやで、奢《おご》ったりいな！」

冗談とも本気ともつかない野次に、佳代はたじろいだ。

ここは芸人にやさしい街なんだろうか。都心に近いのに家賃が安いらしいから、売れない芸人がけっこう住んでいるのかもしれない。ほかのおっちゃんたちも、無粋《ぶすい》なねえちゃんやな、奢ったり、といった顔で見ている。

その無言の圧力につい負けて、

「じゃ、おにいさんにも純米吟醸」

あえて気風《きっぷ》のいい姐御《あねご》風に注文した。途端に、おおっと声が上がり、

「たかりのマサに女神が現れよったで」

おっちゃんたちが喜んでいる。どうやらマサは、たかりの常習者らしく、まんまと奢らされた佳代をみんなで面白がっている。そればかりか別の禿げ頭のおっちゃんが、

「ほな、わいは女神はんにブリ刺し奢ったる」

と店主に声をかけた。

「いえ、あたしは」

「遠慮せんでええ。よう見りゃ、かわいいねえちゃんやし、がんがんいったり」

得意顔で太っ腹なところを見せる。これに触発されたのか、

「ほなわいは、マサに煮込みをつけたる」

隣の白髪《しらが》頭のおっちゃんが言いだしたものだから、あとはもう競い合うように、

「女神はん、タコぶつはどや」

「ハイボールもいったれ」

と店全体が盛り上がってしまった。

思わぬ奢り合戦に佳代も楽しくなって、

「十三、おもろい街やん」

にわか関西弁で返すと、また店内が沸《わ》く。

タダ酒にありついたマサも大喜びで、売上げ爆上がりの店主も恵比須顔《えびすがお》。格安の純米吟醸が思いのほかおいしかったこともあって、佳代もほろ酔い気分に身をまかせていると、気がつけば時計は午前十一時過ぎ。

軽い朝飲みのつもりできたのに、思いのほか長酒になってしまった。ふと我に返って、今日はこのへんにしとこか、とばかりに、

「ほな、お先！」

さくっと挨拶《あいさつ》して会計をすませ、姐ちゃんまだ早いで、と引き留めるおっちゃんたちに笑顔を振りまいて店を後にした。

やっぱ大阪の安酒場は楽しいなあ。

路地を歩きはじめた佳代は改めて淀乃屋を振り返った。そのとき、引き戸が開いてマサが出てきた。佳代と目が合うなり、ぺこりと会釈《えしゃく》し、小走りに追いかけてきて肩を並べる。

「姐さん、どこ住んどるの？」

赤らんだ四角顔を綻《ほころ》ばせて聞く。

「ていうか、あたし、定住してないし」

「はあ？」

「移動調理屋をやってるの」

厨房車で日本全国を訪ね歩く放浪商売で、京都から来たばかり、と説明した。

「ほな十三で調理屋、やりよるの？」

「まだ決めてない。風が吹くままふらりふらりってやつだから」

「けど、そないな商《あきな》いで食うていかれんの？」

「まあ何とかなってる」

「ほんまかいな」

どう理解していいかわからないらしく、ぽかんとしている。その幼子が途方に暮れたような顔が可笑《おか》しくて、

「ねえ、〆《しめ》のご飯、食べない？」

と誘ってみた。ほろ酔い気分も手伝って、どこか憎めない芸人マサと、ちゃんと話してみたくなった。

「せやけど」

「大丈夫、奢ったげるから」

口角を上げて言い添えると、

「ほんまに女神はんや」

マサはポニーテールの髪を揺らして笑った。

そのまま路地を抜けて商店街に出たところで、うどん屋を見つけた。ここにしよっか、と暖簾をくぐってテーブル席で向かい合い、温玉肉うどん二つと、生ビールも頼んだ。

「姐さん、ようけ飲みはるなあ」

「唯一の趣味だからね」

「ほな、じぶんと同じや」

調子を合わせると、すぐに運ばれてきた生ビールをおいしそうに口に運ぶ。

「けど、どんな芸人やってるの？　漫才？」

「まあ一応、漫才やったんやけど、なかなか芽え出えへんし、コロナで劇場も出られんようになったときにコンビ解散した」

「へえ、劇場に出てたんだ」

「師匠の前座でやらせてもろてたんやけど、はいどうも〜、四角四面のマサでございやす！って顔をぐしゃっと潰して、小っさい笑いを一発とったらしまいやった」

あとはもうくすりとも笑いが起きず、楽屋では〝出オチ芸人〟とイジられていたという。

「じゃあ、これからどうするの？」

「せやなあ、突っ込みが得意な相方を見つけるしかないんやけど、なかなかおらんし、ピンでやる自信もないし」

「そういえば、今日、まだなんにも面白いこと言ってないもんね」

人当たりはいいし、憎めない人柄なのもわかるものの、新世界で飲んだくれているおっちゃんたちのほうがよっぽど面白い。

「それ、言わんといてえな。出オチだけでやってきたもんやから、ネタが作れんようになってもうて。コロナでバイトはクビんなるし、アパートの家賃は滞納しとるし、もうじき三十路になるし、どないしよう思てなあ」

おどけて笑ってみせるが、芸人を目指して大阪にやってきて八年、かなり追い詰められているようだ。

「ちなみに出身はどこなの？」

「神戸《こうべ》やけど」

故郷があるならUターンしてやり直す手もなくはない。

「神戸？　すぐ近くじゃない。だったら、いったん実家に帰ってやり直したら？」

電車なら三十分ほどの距離なんだし、地元なら仕事があるかもよ、と言ってみても、

「いまさら帰られへん」

首を左右に振ってビールを喉《のど》に流し込む。

「実家で何かあったの？」

「〝芸人あるある〟いうやつや。芸人になるって親父に言うたら、家業を継がなあかん！　って、どやされて飛びだしてもうて」

「家業って、お店かなんか？」

「灘《なだ》で酒造っとる」

「え、灘の造り酒屋なの？」

目を丸くしてしまった。

「そないにびっくりせんといてや。姐さんも、さっき飲んだやないか」

「あの純米吟醸？」

こくりとうなずかれて二度驚いた。確か『宍倉正宗《ししくらまさむね》』という銘柄だったが、マサはなんと実家の酒を奢ってもらっていた。

「あれ、なかなかおいしいお酒だったよ」

「いまさら褒《ほ》めんでええて」

マサが舌打ちした。でも本当だった。安酒場に置かれた無名の酒にしては、キリッと切れがよくて佳代好みの味だった。

「なんぼおいしかっても、売れんかったら意味ないやん。うちは親父で五代目なんやけど、商売下手くそやから」

「だったら、なおさら帰ってあげなきゃダメじゃない」

「そないに言われても」

マサが言葉尻を濁《にご》したところに温玉肉うどんが運ばれてきた。

まずは汁を啜《すす》ってみた。関西風の薄口の出汁《だし》が朝酒の体に心地いい。ほっとしながら佳代は麺《めん》を啜りはじめたが、マサは箸を手にしようともせず、

「これでも芸人で当てて見返してやろ思てたんやけど、やっぱ夜逃げしかあらへんな」

眉間《みけん》に皺《しわ》を寄せて他人事《ひとごと》のように呟《つぶや》いた。


その晩、三月に訪ねた群馬県大泉町の刈谷さんから電話があった。

今日は朝から飲んでしまったから、晩酌《ばんしゃく》はせずに文庫本を読んでいたのだが、

「実は、ようやく大泉町に在日外国人の支援組織を立ち上げられてね」

開口一番、弾《はず》んだ声で告げられた。

刈谷さんが中心になって頑張ってきた、アジアやブラジルなどすべての在日外国人を支援する『大泉グローバル支援隊』が、いよいよスタートしたのだという。船橋市の眞鍋さん夫婦が主宰《しゆさい》する『アジア友好の里』と相互に連携できる体制も整ったそうで、

「おめでとうございます！」

思わず声を上げてしまった。

「ありがとう。結局、あれから三か月近くかかっちゃったんだけど、やっぱ、こういう組織の立ち上げって大変でね」

「いえいえ、三か月なら早いほうだと思いますよ。あたしなんか、どんだけ時間がかかるんだろうって気が遠くなっちゃいましたもん」

「そう言ってもらえると、みんな喜ぶと思う。実はその三か月間は組織作りに加えて、佳代さんがやってたみたいに有志の個人個人が在日外国人を支援してくれてて、とにかくみんな頑張

ってくれたんだよね」

とりわけ奥さんのラウラは精力的だったそうだ。刈谷さんが営む食品スーパー『メルカード・カリヤ』の惣菜《そうざい》売場や生鮮食品売場では、夕方になると割引シールを貼っているのだが、その対象商品をラウラが車に積んで、職を失った外国人に配っていたそうだ。

「それもこれも、佳代さんがいろいろ動いてくれたおかげだと、みんなで感謝してるんだ。重ねて、ありがとう」

心からの感謝を伝えられた。

「とんでもないです。いまいる大阪にもコロナの影響で大変な人たちがたくさんいるし、こっちでも頑張ります」

そう答えて電話を終えた佳代は、ふと和馬の言葉を思い出した。

〝今回のことって結局、姉ちゃんがふらりと大泉町にやってきて、自分の正直な気持ちに従って行動したからこそ、みんなも突き動かされたわけじゃん〟

あたしって、やっぱそういう役割りを担《にな》わされているのかもしれない。刈谷さんからの嬉しい報告が、それを裏づけてくれた気がして思いを新たにした佳代は、翌朝一番、十三を発って神戸を目指した。

マサを放っておけない、と思ったからだ。〝やっぱ夜逃げしかあらへん〟と呟いたマサの表情を見たとき、京都の宇佐美夫婦の夜逃げ話が脳裏《のうり》にチラついたこともあって、彼の実家を訪ねてみたくなった。

ネット検索したところ、宍倉正宗の蔵元は神戸市東灘区の魚崎《うおざき》にある『宍倉酒造』だとわかった。それ以上のことは蔵のホームページがなくてわからなかったが、かろうじて酒造組合のホームページで見つけた住所を頼りに渋滞ぎみの国道を西へ向かった。

小一時間かけて魚崎に辿《たど》り着くと、〝ようこそ 酒蔵と水の流れる街 魚崎へ〟と記された看板が出迎えてくれた。

六甲山《ろっこうさん》から流れる住吉川《すみよしがわ》沿いに広がるこの一帯は、〝灘の生一本《きいっぽん》〟として知られる銘酒の郷《さと》らしい。西郷《にしごう》、御影《みかげ》郷、魚崎郷、西宮《にしのみや》郷、今津《いまづ》郷の〝灘五郷〟に、全国に名を馳《は》せる大手酒造会社から中小の酒蔵まで、二十以上もの酒蔵がしのぎを削っているらしい。

ところが、いざ魚崎に到着してみると、その街並みは戸建て住宅やマンションが立ち並ぶ、ふつうの住宅街だった。阪神《はんしん》本線魚崎駅の近くにはスーパーやホームセンター、医院や保育園もあって、神戸や大阪で働く人たちのベッドタウンといった佇《たたず》まいだ。

ここが本当に銘酒の郷なんだろうか。不思議に思いながら走っていると、住宅地の合間に突《とつ》如《じょ》、名の知れた酒造会社の工場が現れた。魚崎郷にある三つの大手メーカーのひとつで、立派な物販館や酒造資料館を併設した広大な工場が稼働している。

やっぱり銘酒の郷なんだ、と納得しながらハンドルを切って海側に南下していくと、途中、昔ながらの瓦屋根に黒板壁の酒蔵があった。宍倉酒造だった。通りに面した軒先には、新酒ができた時期に飾られた杉玉《すぎだま》が吊《つ》り下げられ、色褪《あ》せた木彫りの看板が掲げられている。

近くに路駐して、まずは蔵の周囲をぐるりと歩いてみると、その敷地は街場の幼稚園ほどしかなかった。本当に小さな蔵なんだ、と実感しながら正面に戻ってきた佳代は、杉玉の脇にあるガラス戸を覗いてみた。

そこは狭い土間に陳列棚を配置した販売店になっていた。宍倉正宗の一升瓶《いっしょうびん》と五合瓶が並んでいるが店の人はいない。ガラス戸を開けて店内に入ると、饐《す》えた臭いが鼻を突く。

「ごめんください！」

土間の奥に声をかけた。だれも出てこない。どうしたんだろう。店内を見回しているとインターホンがあった。〝これで呼んでください〟と横に書いてある。

コールボタンを押して呼びかけると、

「はーい、すぐ行きまーす」

若い女性の声が返ってきた。

陳列棚の酒を品定めしながら待っていると、作業着姿の女性が飛んできた。細面《ほそおもて》のすっぴん顔で頭に白いタオルを巻いている。蔵で働いている従業員のようだ。どんな酒造りをしているか急に興味が湧いて、

「あの、蔵見学はお願いできますか？」

とっさに佳代が尋ねると、

「すんまへん、うちはやってへんのです」

申し訳なさそうに頭を下げられた。といって、従業員にマサの話をするわけにもいかない。

会話に困った佳代は、

「じゃ、この五合瓶をいただけますか」

棚に並んでいる『特別純米大吟醸　宍倉正宗』を指さした。十三で飲んだ純米吟醸がおいしかったから思いきって奮発《ふんぱつ》したのだが、

「おおきに。これ、えらい気張って醸《かも》した酒なんです。和食だけやなく、フレンチとかにも合わせたらええと思います」

女性は嬉しそうに微笑《ほほえ》んだ。


宍倉正宗の五合瓶を手に住吉川に沿った遊歩道に入ったところで、ふと足を止めた。

正直、迷っていた。宍倉酒造を訪ねる前は、どんな蔵か確認したら、いったん十三へ戻るつもりでいたのだが、せっかくマサの実家まで来たのだ。このまま魚崎に留まってマサのことを実家の親御さんに伝えるべきじゃないか。そんなおせっかい癖が頭をもたげた。

赤の他人がうかつに踏み入ることじゃないことはわかっている。それでも、蔵の一人息子の現状だけでも伝えられれば、マサと父親の関係が多少なりとも変わるんじゃないか。それでこそ、和馬も言っていた佳代の役割りを果たせるんじゃないか。

住吉川のせせらぎを見つめながら思いをめぐらせていた佳代は、よし、と呟いて再び歩きだした。

川岸を離れて五分ほど歩くと、さっき見かけた地元のホームセンター『魚崎ＨＣ』に辿り着いた。大きな駐車場を備えた敷地内には、日用雑貨を売る本館のほか、回転鮨《かいてんずし》店が入居してい

る別館がある。別館前には駐輪場と屋台コーナーもあり、タコライスとケバブを売るフードトラックが営業しているが、隣にもう一台ぶんスペースが空いている。

ここで調理屋をやらせてもらおう。最近はスーパーなどの敷地内で、出店料を払えば移動販売車の営業が許可されることが増えている。ダメもとで交渉してみようと魚崎ＨＣの店長を見つけて直談判《じかだんぱん》した。

「へえ、調理屋さんかい。変わった商売やっとるんやなあ」

佳代の商売を面白がってくれた店長に、手持ちの食材でオムライスとベトナム風揚げ春巻きを作って試食してもらうと、営業申込書を渡された。

すぐに書き上げて提出すると、明日には返事をくれるという。申込書には本拠地として東京の和馬の住所氏名を記入した。その確認のためかもしれない、と察して和馬に電話して事情を伝えると、

「さすが姉ちゃん、またまたおせっかいの種を見つけたってわけだ」

と毎度の軽口を飛ばされたが、頑張れよ、と最後はエールを送ってくれた。

その晩は近くのコインパーキングで過ごした。魚崎ＨＣの結果はまだわからないが、これも何かの縁だ。営業許可が下りたら、この酒を造ったマサの父親に接触してみよう、と宍倉酒造で買った特別純米大吟醸を開けた。

特別純米大吟醸といったら、その蔵のフラッグシップとも言うべき酒だ。若い女性従業員が酒蔵と売店の仕事を兼務している蔵元が、どれほどのレベルの酒を醸せるのか。お手並み拝見

とばかりにコップに注ぐと、果実にも似た吟醸香がふわりと立ち上った。口に含むと、ほどよい辛口の、きれいなコクがある酒だった。日本酒の範疇《はんちゆう》を超えた、と言うと語弊《ごへい》があるが、日本酒の概念をさらりと飛び越えた飲み口の純米大吟醸だった。

そういえば、あのとき彼女は〝和食だけやなく、フレンチとかにも合わせたらええと思います〟と言っていた。日本酒はワインと同様、料理と合わせてこそ真価を発揮する酒だけに、こうなると調理屋魂が疼《うず》く。せっかくだから、この酒に合いそうなあてを作ろう、とストックしてある食材をあさりはじめた。

まずは豆腐にエクストラバージンオリーブ油をかけてギリシャの岩塩を振ってみた。和の食材に洋の調味料をシンプルに合わせてマリアージュ具合を試したのだが、オリーブ油の風味に心地よく寄り添ってくれた。これなら、ほかの洋風料理でもいけそうだ。

続いて空豆とマッシュルームと椎茸《しいたけ》をバターソテーして、パルミジャーノをおろしかけた。これまたシンプルなあてだが、茸《きのこ》の旨みを包み込むバターとチーズの発酵香が爽やかな吟醸香と溶け合い、白ワインとはまた違った相性の良さがある。

女性従業員の印象だけで若干舐《な》めていたが、なかなかの底力を秘めた蔵元だ。こうなると佳代の調理屋魂が止まらなくなる。冷蔵庫にある食材を片っ端から調理して、時を忘れて宍倉正宗と洋風料理の相性を確かめた。

一夜明けた翌朝。魚崎ＨＣが開店する午前九時に店長に電話を入れると、

「よろしゅう頼んますわ。今日からやってもかまへんで」

とあっさり許可してくれた。フードトラックの隣のスペースで、まずは一週間だけお試し営業をして、問題なければ最大一か月まで延長してくれるという。

おまけに、この界隈の地中には住吉川の伏流水が豊富に流れていて、二メートルも掘れば井戸ができるそうで、

「うちも飲食店用に汲《く》み上げとるから、自由に使《つこ》てや」

と嬉しいことを言ってくれた。酒造りが盛んになったのも、この伏流水のおかげらしく、地元の水にこだわって調理している佳代には願ってもない話とあって、

「ありがとうございます！」

思わず携帯に向かって最敬礼してしまった。

早速、髪をお団子にまとめて厨房車で魚崎ＨＣに乗りつけると、改めて店長に挨拶してフードトラックの脇に駐車。今日の開店は午前十一時と決めて、近くのスーパーで鮮魚をはじめとする食材を調達し、井戸水用の蛇口《じゃぐち》から水を汲んで魚介めしの仕込みにかかった。

午前十一時、予定通り魚介めしが炊《た》き上がり、厨房車のサイドミラーに『いかようにも調理します』の木札を掛けた。初めての土地での営業は、毎度のことながら緊張するが、関西の人たちは気さくだった。すぐに一人のおばちゃんが足を止めて、

「これ、何やっとん？」

と声をかけてきた。とりあえず調理屋の説明をしていると、それをきっかけに人が集まって

きた。

「どっから来たん？」

「いつまでおるの？」

「〝粉もん〟もこさえてくれはるの？」

つぎつぎに質問を浴びせられ、気がつけば、最初に足を止めたおばちゃんが佳代に代わって得意げに調理屋のシステムを説明してくれている。さすがは関西のおばちゃんだ。佳代顔負けのおせっかい魂に助けられて、瞬《また》く間に場に馴染んでしまった。

そうした中、一番多かった質問は、

「朝は何時からやっとるの？」

というものだった。その大半が仕事の合間に覗きにきた魚崎ＨＣの従業員たちで、朝八時半の出勤前に注文して、退勤後に料理を受けとりたい、と考えてのことらしい。

そこで明日からは朝八時開店と決めた。今回は楽に井戸水が汲めるだけに、食材の仕入れは前夜にすませ、朝六時から仕込みにかかればどうにか営業できる。佳代が車中泊生活と知った店長が、客用の駐車場で泊まってええで、と言ってくれた気遣いにも助けられて従業員たちの要望に応じられた。

おかげで翌朝は、二日目ながらぐんと注文が増えた。頼まれるメニューは肉ジャガ、カレー、ポテトサラダといった家庭的なものが多かったが、ただ、関西で肉といったら牛肉のこと。肉ジャガもカレーも肉うどんも牛肉を使い、味つけも出汁をきかせた薄口醬油味でなければならない。ほかにも〝紅ショウガの天ぷら〟を注文されて戸惑ったが、これも関西ではふつうのことらしい。

粉もんのお好み焼きも意外と頼まれることから、急遽《きゆうきよ》、小さな鉄板を買った。従業員のおばちゃんが関西風の焼き方も教えてくれて、にわか得意メニューになってしまった。

そんなこんなで、営業開始して四日目には、

「あんたやったら一か月やってもろてかまへんで。お客さんの評判も上々やさかい」

と店長が言ってくれた。

願ってもない話だった。仕事が順調に回りはじめれば、魚崎を拠点にマサのために動ける。そろそろ再び宍倉酒造にアプローチしようと考えていると、それを待っていたかのように思いがけないお客さんがやってきた。

昼食用の料理をお客さんに渡し終えて、やれやれと一服しているときだった。

「これ、煮つけてもらえへんやろか」

若い女性が鰈《かれい》を差しだしてきた。

「ありがとうございます」

佳代が笑顔を向けると、あ、と女性が目を見開いた。

「特別純米大吟醸、買《こ》うてくださった方ですよね」

それで佳代も気づいた。宍倉酒造で接客してくれた女性従業員だった。頭に巻いていた白いタオルを外してパーカーを羽織っていたからわからなかったが、ホームセンターでおもろい商

売やっとるで、と伝え聞いて足を運んでくれたのだという。

絶好のチャンスだった。これを逃してなるものかと、思いきって踏み込んでみた。

「実はあたし、宍倉酒造の息子さんの件でまた伺おうと思ってたんですが、蔵のご主人をご紹介いただけないでしょうか」

女性が戸惑いの色を浮かべた。

「あの、うちはマサの妹なんやけど、マサが何か？」

訝《いぶか》しげに佳代を見る。

「え、妹さんなの？　だったら、ぜひお話しさせてください！」

思わず身を乗りだしてしまった。


通用口のインターホンを押して、佳代です、と告げると、わざわざありがとうございます、と吟香《ぎんか》さんの声が返ってきた。

名乗られたときは、めずらしい名前だと思ったが、吟醸酒の香りを吟香と呼ぶらしく、まさに蔵元の娘らしい名前だった。

午後七時、注文された鰈の煮つけの配達がてら宍倉酒造を訪れた。まさかマサに妹がいて、しかも蔵の仕事をやっていようとは思わなかった、と緊張しながら待っていると、通用口の戸が開いて吟香さんが現れた。

「ご注文の煮つけをお持ちしました。温かいうちに召し上がってほしいので、食事が終わってからゆっくりお話しさせてください」

佳代がそう申し出ると、

「いえ、これは両親のための料理なので大丈夫です」

吟香さんは料理を家の中に置いてくるなり、

「どこか二人で話せるとこがええんやけど、どこがええでしょう」

と聞く。両親にも近所の人にも話を聞かれたくないらしい。

「だったら、あたしの厨房車はどうです？」

「ええんですか？」

「もちろんです」

話は決まり、二人で夜道を歩きだした。

この時間、魚崎の街は帰宅を急ぐ人たちで人通りが多い。道中もマサの話ができないまま黙々と歩いて魚崎ＨＣに辿り着き、

「さあどうぞ」

と厨房室のスライドドアを開けた。

「へえ、ようできとるんですね」

吟香さんはきょろきょろ見回しながら乗り込んで、佳代が勧めた丸椅子に腰かけ、

「兄とはどこで知り合《お》うたんです？」

待ちかねたように切りだした。ちょっと考えてから答えた。

「十三の飲み屋さん」

「そない近くにおったんですか」

「やっぱりご存じなかったんですね」

「そら八年前に家を飛びだしたっきり、ずっと音信不通やったし。けど、ちゃんと芸人やっとるんですか？」

「実は漫才コンビを組んでたらしいんですけど、コロナのせいで解散して、ときどきあった劇場の仕事がゼロになったそうです。バイトもコロナでクビになって、かなり行き詰まってるみたいで」

　途端に吟香さんが顔をしかめた。

「そら自業自得《じごうじとく》いうやつです。兄は勝手に家を飛びだしよったんやし、こっちはもっと大変やったんやから」

「何かあったんですか？　余計なお世話かもしれないけど、お兄さんのこと、放っておけなくなって」

「あないな兄は、放《ほ》っとけばええんです。父を放《ほ》ったらかしにしといて冗談やない」

　吟香さんは忌々《いまいま》しげに吐き捨て、

「あ、すみません。佳代さんに文句言うたわけやなくて、とにかく兄があんまりやから」

　慌《あわ》てて詫《わ》びて唇《くちびる》を噛《か》んでいる。

　これは一筋縄ではいかなそうだ。どう対応したものか考えながら重ねて聞いた。

「ちなみに、お父さんはまだ怒ってるの？」

「ていうか、父は体を壊して入退院を繰り返しとったんやけど、いまは自宅療養しとるんです。それ以来、母がつきっきりで介護してて、いつも息子の愚痴《ぐち》をこぼされとるみたいで」

「あ、そうだったんですか」

「せやから母も辛いと思うんです。それでなくても蔵が大変やのに、兄は行方不明のまんまで、この蔵はどうなるんや言うて」

あんまりやと思いませんか？　と嘆息している。

佳代は冷蔵庫から京都伏見《ふしみ》の純米酒を取りだした。リラックスして話しましょう、というつもりでコップに注いで差しだすと、吟香さんはふと我に返ったように、

「ああこれ、父が懇意《こんい》にしとった蔵の酒です」

とコップ酒に鼻を近づけて香りを嗅《か》いで、ゆっくりと口に含んだ。

「やっぱ、ええ酒やなあ。元気な頃の父はこれを飲むたんびに、うちもよう負けん酒を醸しとるんやけど、なんで売れんかなあ、とぼやいてました」

それで思い出した。

「そういえばお兄さんは、父親が商売下手だから売れないって言ってたけど」

失礼を承知で聞くと、

「それ、全然違います。父は祖父の代に傾いた蔵を立て直そうと頑張っとったんですね。うちは祖父の代に〝桶売り〟をやっとったもんやから」

「桶売り？」

首をかしげた佳代に、吟香さんが丁寧《ていねい》に説明してくれた。

「桶売りは、戦後の復興期から高度成長期にかけて生まれた日本酒の取引形態なんですね」

当時、日本酒の需要が急増したため、中小の酒造会社が造った酒を大手酒造メーカーが桶ごとそっくり〝桶買い〟して、アルコールや糖類、化学調味料などとブレンドした酒に仕立てて売りはじめた。早い話が、酒の質より量を重視した大量生産システムに切り替えたわけで、同時期に零細《れいさい》蔵元の四代目を継いだ祖父も時代の波に抗《あらが》えず、宍倉正宗を自社ラベルで売らずに桶売りしはじめた。

ところが、粗製乱造された桶買いブレンド酒が世に溢《あふ》れ返ったため、日本が高度成長を成し遂《と》げた途端、日本酒は旨くない、という悪評が蔓延《まんえん》し、売上げが低迷に転じた。日本酒業界は、いわば自分で自分の首を絞めたわけで、慌てた大手は桶買いを減らし、一方、桶売りしていた中小の蔵は倒産が相次いだ。

「そんな崖っぷちの時期に祖父から蔵を継いだのが、父やったんです。全国各地の中小の蔵元が生き残りをかけて再び自前の酒を製造販売しはじめたように、父もまた宍倉正宗を自社ラベルで売ろうと、名人と呼ばれる杜氏《とうじ》に助言を仰《あお》いだりして頑張ったんです」

そうした新しい流れの中、中小蔵の酒が再評価されはじめ、〝幻の酒〟として人気を呼ぶなど少しずつ状況が変わってきた。ブレンド酒と区別するための純米酒という言葉が一般化したのもこの頃だ。

なのに宍倉酒造の酒は、なかなか全国区になれなかった。灘は大手の牙城《がじょう》だったため這《は》い上がるのは並大抵でなく、自社ブランドの酒は伸び悩んでいた。

「そこで父は、新しい挑戦をはじめたんです。おいしい新酒の開発はもちろんやけど、これからは日本酒も世界進出の時代や言うて、五十を過ぎてから英語を習いはじめたり、ヨーロッパに飛んで販路を探し歩いたり、国内でも小豆島《しょうどしま》と繋がりを深めたりして」

「小豆島?」

「神戸からフェリーで行ける瀬戸内《せとうち》の島なんやけど、オリーブの栽培が盛んやからフランス、イタリア、スペインなんかと繋がりがあるんです。せやから、オリーブ農園に声をかけてオリーブ油と合う日本酒の味を研究したり、島内で酒米を作っとる農家とコラボして小豆島バージョンの酒を醸したり、できることは何でもやっとったんです」

そんな折に、長男のマサが家を飛びだした。父親としては新生宍倉酒造の後継者と考えていただけに、かなりショックだったようで、しばらく一人で頑張っていたものの、長年の無理も祟《たた》って体を壊してしまった。

「ああ見えて兄は、中学高校と進学校に通ってて、けっこうできる子やったんです。愛嬌《あいきょう》があって人懐こい性格やったから、父も兄の営業力に期待してて、高校在学中はアメリカに語学留学までさせたのに、兄はそれが嫌やったみたいで芸人の道に逃げよったんです」

ちなみに、マサの本名は宍倉正宗だという。

「え、お酒の名前のまんま?」

「そんだけ父は、兄に期待しとったんです。で、うちの名前は吟香やから、兄妹で蔵を守《も》り立ててほしかったんやと思います」

そんな因縁もあって吟香さんは、マサが飛びだした翌年、父親から紹介された別の蔵の杜氏に弟子入りして修業をはじめたという。

ところが数年後。父親が突如入院したため、急遽、宍倉酒造に呼び戻されて、修業先の杜氏から助言をもらいながら杜氏と蔵元経営を兼務するはめになってしまった。

「じゃあ吟香さんも大変だったのね」

「そらもう、えらいプレッシャーやったです。駆けだしやのに古参の蔵人《くらびと》やパートさんを仕切ったり、覚えたての醸造技術で小豆島の人たちと一緒に海外向けの酒を醸したり、慣れない営業回りもしたりして、そらもう頭おかしなりそうで」

そこで言葉を止めると、吟香さんは伏見の酒をごくりと飲んで言葉を繋いだ。

「兄のことはもちろん、いまも怒ってます。怒ってはいるけど、でも、蔵に戻ってほしい思てます。職人肌のうちと違《ちご》て、人懐こくて英語も多少話せる兄は、芸人より営業仕事に向いてると思てます。せやから戻ってほしい。うちが跡継ぎになって三年になるけど、蔵を潰してまう前に、ぜひ兄に戻ってほしいんです。コロナ禍《か》を乗り越えて蔵を立て直すには、絶対に兄が必要なんやから」

翌日も早朝から、井戸水を汲んで調理屋の仕込みにかかった。

気持ち的には、今日はぜひ十三に行きたいところだが、

「明日も魚介めし弁当、よろしくね」

と予約をもらっているお客さんが何人もいる。いまさらドタキャンはできないし、そんなことをしたら魚崎ＨＣの敷地内で営業させてくれた店長にも顔向けできない。

ただ、明日は臨時休業して十三の居酒屋、淀乃屋を覗きに行こうと思っている。今日のうちに店長とお客さんにお願いしておけば大丈夫だろうし、こういうことは早いに限る。

それほど、ゆうべ吟香さんから打ち明けられた話は深刻だった。彼女の母親も夫の介護に追われながら、娘が切り盛りする宍倉酒造の現状を目《ま》の当たりにしているだけに、かなりナーバスになっているという。

そんな母娘のためにも、何としてもマサを見つけなければならない。その後の彼の懐具合はわからないが、仕事がないときは連日朝から淀乃屋でたかっているらしいから、出会える可能性は高い。仮にマサがいなかったとしても、常連のおっちゃんたちに聞けばマサの動向を探りだせるはずだ。

よし、今日も頑張ろう。午前八時、自分を鼓舞《こぶ》してサイドミラーに木札を掛けると同時に、待ちかねたように、魚介めし弁当を予約してくれたおばちゃんがやってきた。魚崎ＨＣのペット売場で働いている水野《みずの》さんで、初日からずっと注文してくれている。

「いつもありがとうございます」

すぐに魚介めし弁当を手渡すと、

「あと佳代ちゃん、うちのお父ちゃんから、気のきいた焼酎《しょうちゅう》のあてがほしい言われたんやけど、どんな食材買《こ》うてくれればええ？」

と聞かれた。ここにきて、こういう注文も増えてきた。何度か注文していると、せっかくやから、いかようにも調理してもらおやないか、という好奇心が湧いてくるらしい。

もちろん、おまかせ料理の注文は佳代にとっても嬉しいから、素早くレシピを考えて、

「じゃあ、細ネギを一束お願いします」

と答えた。

「そんだけでええの？」

「はい。仕事終わりに持ってきてもらえれば、チャチャッと作りますから」

これには水野さんもきょとんとしていたが、実際、それだけで気のきいたあてが作れる。

細ネギ一束の根を切り落とし、軽く茹《ゆ》でて水に浸けて冷やす。水けを絞って下の白い部分を三センチほど二つ折りにしたら、白い部分を軸にして緑の部分をぐるぐると巻きつけていく。左右に行き来しながら巻き終えたら、メープルシロップで甘みをつけた佳代特製の芥子酢《からしす》味噌《みそ》を添えて完成。

シンプルなあてながら、芥子酢味噌をちょんとつけて食べれば、ざくりとした歯応《はごた》えとともにネギの香りと心地よい甘みと辛さが広がり、酒を合わせたらたまらない。

実はこれ、料理本で覚えたのだが、江戸時代から愛されてきた〝一文字《ひともじ》のぐるぐる〟と呼ばれる熊本の郷土料理らしく、甘みだけ砂糖をメープルシロップに変えた。

夕方になって再びやってきた水野さんも、ひとつ味見するなり、

「こりゃお父ちゃん、大喜びや」

笑顔で帰っていったものだった。

こうして今日も一日、魚介めし弁当からはじめて定番料理におまかせ料理と、午前午後の二度のピークを乗り切った。そしてすっかり陽が落ちた午後七時。最後の料理をお客さんに渡し終えて、やれやれ、明日は十三だ、と洗い物をはじめたそのときだった。

ふとした拍子に車窓の外に目をやると、まだ営業中の回転鮨店の自動ドアが開いて男が出てきた。一人で鮨を食べてきたようだが、そのまま厨房車の前を横切って駐輪場へ向かって歩いていく。

その一瞬、男の顔が屋外灯に浮かび上がった。え、と佳代は二度見してしまった。マサだ。四角い顔にポニーテールといったらマサ以外にいない。

慌てて佳代が飛びだすと、男は駐輪場から大きな荷台つきの実用自転車を引きだし、ひょいと跨《また》がった。宵闇《よいやみ》の中、もはや顔はよく見えない。他人の空似だろうか。ちょっと不安になって声をかけられずにいると、男は実用自転車をガシャガシャと音を立てて漕《こ》いで走り去っていった。

電車から降りると、けさも十三にはのどかな空気が流れていた。

すでに午前九時を回っているからか、駅前には通勤客より若い主婦や年寄りの姿が目立ち、

そろそろ開店準備をはじめている商店も見かけられる。

「十三いうたら昔は危ない街やったみたいやけど、いまは便利で家賃も安くて住みやすい街ってイメージに変わってきとるんです」

吟香さんがそう言っていたが、佳代も前回と違って、緊張することなくふつうに歩いて淀乃屋を目指した。

ほどなくして、かつての十三の雰囲気を残したディープな路地に入り、朝から当たり前のように暖簾を掲げている淀乃屋に辿り着いた。引き戸を開けて店内を覗くと、前回と同じく七割ほどの入りで、早くもテーブル席で盛り上がっているグループがいる。

マサはいるだろうか。とりあえずカウンターの顔ぶれを見渡すと、いなかった。しばらく待ってみようか。今日は電車だから飲んでも問題ない、とカウンターの隅の席に腰を下ろした瞬間、

「姐さん！」

テーブル席から呼びかけられた。

はっと振り返ると、さっきから盛り上がっているグループの中に赤ら顔のマサがいた。テーブルには宍倉正宗の純米吟醸が一升瓶ごとドンと置かれ、刺身の大皿盛り合わせ、天ぷらの大皿盛り合わせ、さらにはキンキの煮つけ、大判ミンチカツといった豪華なあてが勢ぞろいしている。

どうやら朝から景気がいい人たちにたかっているらしい。どうしたものか考えていると、

「こっち来て交ざったらええやん。今日はじぶんの奢りやから、遠慮はいらんで」

得意げに誘ってくる。

「マサの奢り？」

まさかの展開だった。ゆうべの回転鮨といい、急に金回りがよくなったらしい。

「どうしちゃったの、今日は」

驚いて問い返すと、マサの隣に座っているほろ酔い機嫌のおっちゃんが、

「ピンのおいしい仕事が入ったんやて。姐ちゃんもご相伴《しょうばん》に与《あずか》りいな」

と一升瓶を掲げて見せる。そう言われては仕方ない。マサの隣に座らせてもらい、注がれた酒を口にしてから、

「けどいいの？　そんな派手にやっちゃって」

率直に意見した。

「そう言わんといて。世の中、捨てる神あれば拾う神ありいうやつや。いつもゴチになっとるお礼ぐらいしとかなあかんやろが」

四角い顔を綻《ほころ》ばせると、

「マスター、ウイスキーもボトルで！」

また景気のいい注文をしている。

これでは吟香さんの苦境を伝えるどころではないが、ただ、不可解に思った。あれだけ追い詰められていたのに、なぜ急に羽振りがよくなったのか。そうそう都合よくピンの仕事で儲《もう》け

られるわけがないし、ひょっとしてギャンブルでも当てたのか。

釈然としない思いを抱えたまま、マサにそっと耳打ちした。

「二人きりで話したいんだけど」

「そらええな」

マサがにやりと笑った。年上の女から誘われたと勘違いして脂下《やにさ》がっている。相変わらず能天気な男だったが、ここは勘違いを利用するしかない。

「じゃ、一緒に抜けちゃお」

そう言い添えるなり席を立ち、佳代はさっさと淀乃屋を後にした。

マサが慌てて勘定《かんじょう》を払って追いかけてきた。

「なんや、もうお楽しみかいな！」

おっちゃんたちの冷やかしの声を背に受けながら駆け寄ってくるなり、

「よかったら、じぶんちに来る？」

鼻の下を伸ばして聞く。なんともわかりやすくて噴きだしそうになったが、

「とりあえずカフェに行こっか」

さらりと告げた。

マサが両眉を下げて落胆《らくたん》している。根は人のいい性格なのだろうが、本当にわかりやすい態度に笑いを堪《こら》えていると、

「じゃ、そこでええかな」

チェーンのカフェを指さして入っていく。

やっとまともに話せそうだ。酔ってはいても、まだ理性が残っていそうなマサが買ってくれたコーヒーを手にテーブル席に着いて、

「ピンのおいしい仕事って。どんな仕事だったの？」

早々に問いかけた。

「どんなって、まあ、なんや、舞台関係の、ちょっとしたやついうか」

目を瞬《しばた》かせて語尾を濁す。

「舞台関係で、どんなネタやったわけ？」

「そらまあ、これまでの集大成やな」

「集大成？」

「まあ、いろいろ持ちネタがあるわけや」

「じゃあ、これからも芸人を続けてくわけ？」

「それはわからへん」

「どうして？　せっかく仕事が入ったのにわからないんだ」

「んもう姐さん、何が言いたいんや」

矢継ぎ早の問いかけに苛《いら》ついている。

「何がって、あたしが言いたいのは、あなたにピンの仕事なんて入ってない。ギャンブルでちょっと儲けたぐらいで舞い上がってないで、実家に帰ったらどう？　ってこと」

「いやそれは」

言葉に窮《きゅう》している。

「いまどきは蔵の経営だって大変なんだし、ご家族もあなたの帰りを待ってるかもしれないじゃない」

穏やかに諭《さと》してコーヒーを啜った。回転鮨店でマサを見かけたことと、吟香さんに会ったことは、切り札になると考えて伏せた。

するとマサは、ひとつため息をついて、

「じぶんには、帰る資格がないんや」

ぽつりと呟いた。

「でもご家族は、帰ってほしいと望んでるかもしれない」

「それはあらへん」

首を横に振る。

「何であらへんの？　あなたがいつまでも意地を張ってる理由が、あたしにはわからない」

「せやから、どう言うたらええか、すごい妹がおるからや」

「は？」

「病気がちなおやじに代わって、妹は杜氏の修業に打ち込んで蔵の経営を継いだんや。そないなすごい妹がおったら、すごすご帰れんやろが」

「八年も音信不通なのに、なんでそんなこと知ってるの？」

「風の噂《うわさ》いうやつや。せやから、じぶんはもう魚崎に足を踏み入れるつもりはない」

きっぱり言い放つ。

「けど、ゆうべは魚崎で回転鮨、食べてたじゃない」

しれっと一枚目の切り札を突きつけた。

「え、いや、姐さん、魚崎におったんかい」

しどろもどろになっている。

「なんであなたが魚崎にいたのか知らないけど、ほんとは帰りたいんじゃないの？」

身を乗りだしてたたみかけると、マサは黙ってしまった。かまわず続けた。

「さっきも言ったけど、あなたが芸人向きじゃないことは十分にわかったでしょう。ギャンブルとかで生きていくのも絶対に無理だし、いつまでも妹さん一人に蔵を背負わせてて申し訳ないと思わないの？　あなたもいい大人なんだから、きちんと現実を見つめて行動しなきゃ、妹さんとご両親を悲しませるだけでしょう。違う？」

語気を強めてマサを射すくめた。

親ほど面倒臭いものはない。

親ほどありがたいものはないとわかっていながら、佳代も子どもの頃から身にしみて体感してきた。

愛されているようで舐められてもいる。信頼されているようで疑われてもいる。といって、ないがしろにされているわけでもない。幼少期であれ、思春期であれ、成人後であれ、何歳になろうと子どもは親心という名の保護観察下にあり続けるわけで、それを思うほどにうんざりする。

ただ幸か不幸か、佳代の親はもう存在していない。生死のほどは謎ながら生身の親の呪縛《じゅばく》からは解き放たれているだけに、少なくともマサよりは親子関係を俯瞰《ふかん》して見られる。

その意味でマサの親もまた親なのだ。その面倒臭い相手に対して、子どもたるもの愛さずして舐めてはならない。信頼せずして疑ってはならない。逃れようのない親心の原理から逃げていたところで何も解決しない。

だとすると、ではどうやってマサに親心の原理を体感させればいいのか。そう考えるとなおさらわからなくなるだけに、親というものは、ますます面倒臭い。

マサと向き合った翌朝、佳代はまた朝六時から調理屋の準備にかかった。

伏流水の井戸水を汲み、昨日のうちにスーパーで買っておいた食材で魚介めしの仕込みに精をだしていると、厨房車のスライドドアがノックされた。だれだろう。車窓から覗き見ると、蔵の作業着姿の吟香さんがいた。

「あら、おはよう」

朝からどうしたの？　とドアを開けた。

「昨日もきたんやけど、おらんかったから」

「ああ、ごめんなさい、臨時休業してたの」

十三に行ったことは内緒にした。

「ちょっと相談に乗ってもらえへんやろか」

「何かあった？」

「ここやとちょっと」

言いづらそうにしている。

「わかった。じゃ、ちょっと待ってて」

仕込み途中の魚介めしの食材を冷蔵庫に入れて、急遽、〝本日、午前九時開店〟と貼り紙してから、

「川べりに行こっか」

と吟香さんを促した。

住吉川沿いのミニ公園にある東屋《あずまや》のベンチに、肩を並べて腰を下ろした。頭上には神戸市街と六甲アイランドを結ぶ六甲ライナーが走っているが、この時間、あたりに人は見当たらない。犬の散歩やジョギングで通り抜ける人がいるぐらいのものだ。

「すみません、仕込み中やのに」

恐縮する吟香さんに、

「で、何があったの？」

改めて水を向けた。

「実は、おとといの夜なんやけど、うちに泥棒が入りよったんです」

まだ家族が起きている時間に、どこからどう侵入したのか、出入り業者に翌朝支払う予定だった金を盗まれたという。

「あら大変、そんなに治安が悪そうな街じゃないのに」

佳代は眉根を寄せ、立ち入った話だけど、支払いとか厳しいの？　と尋ねた。

「いえ、それは百万弱やったから何とかなったんやけど、ただ、どうもおかしい思て」

宍倉家では、直近の支払い用の金は金庫ではなく、家族しか知らない場所に隠しておく決まりになっている。なのに家族三人が在宅中にまんまと盗まれてしまった。

「つまり、それほどの知能犯ってこと？」

「ていうか、どないな知能犯かて、そう簡単に見つけられへん場所やのに、夕飯食べとる二、三十分のうちにやられてもうて」

現場検証にきた警察官も首を捻《ひね》っていたそうで、いまも犯人は捕まっていないという。

「で、母親といろいろ推理してみたんやけど、あのとき、あの秘密の場所のお金を盗める犯人は、一人しかおらへんいう話になって」

「どういうこと？」

「せやから、家族しか絶対に知らん場所から盗めたいうことは」

「まさか」

マサの顔が浮かんだ。けど、いくらマサでも、と打ち消そうとした瞬間、回転鮨店から出てきた彼の姿がよみがえった。

あれも一昨日《おととい》の夜だ。ということは、最悪の事態といっていい。淀乃屋で景気よく奢りまくっていた姿も浮かんで愕然《がくぜん》としていると、

「佳代さん、魚崎に来はる前に、十三でマサに会《お》うたことがある言うてましたよね」

探るような声で問われた。

「うん」

小さくうなずいた。ただ、昨日会ったことは言わなかった。

十三のカフェで佳代に問い詰められて黙ってしまったマサとは、結局、そのまま別れた。携帯番号だけは無理やり聞きだしたものの、あれからずっと釈然としない思いでいただけに、まさかの泥棒話は衝撃だったし、もう悠長なことはしていられない。

「あたし、ちょっとマサを探してみる」

それだけ告げて佳代はベンチを立った。

ホームセンターに戻るなり店長を探した。昨日の今日でまた臨時休業は気が引けたが、事ここに至っては、そうもいかない。

「申し訳ないんですが、今日も休ませていただきます」

事務所でパソコンの画面に向かっていた店長に申し出た。

「はあ？　勘弁してや。さっきもうちの従業員が、昨日は急に休んで、今日は九時開店やって愚痴っとったんやで。なのに結局、また臨時休業って、どないなっとるんや」

ちゃんとした人やと思うてたのに、がっかりや、と画面を見つめたまま憮然《ぶぜん》としている。

「申し訳ありません、知り合いの家に泥棒が入ったものですから」

「泥棒？」

「とにかく明日からは無休で頑張りますので、よろしくお願いします！」

深々と腰を折って厨房車に駆け戻り、念のためマサの携帯に電話したものの繋がらない。

すぐさま出発して、午前十時過ぎには十三駅前に着いた。でも今日はコインパーキングには駐《と》めず、そのまま商店街へ入って、いつものディープな路地の傍《かたわ》らに路上駐車した。

どうせ今日も朝飲みしているに違いない。そう当たりをつけて小走りで淀乃屋へ向かい、引き戸を開けて店に飛び込んだ。

案の定、マサがいた。しかも驚いたことに、今日は再びおっちゃんたちに酒をたかっていた。昨日、大盤《おおばん》振る舞《ぶま》いしすぎたのか、へらへら媚《こ》びを売ってチューハイを無心している。

さすがに呆れた佳代は、ずかずかとマサに歩み寄り、

「ちょっと来て。吟香さんから聞いたわよ」

いきなり二枚目の切り札を突きつけた。

「は？」

マサがきょとんとしている。

「とぼけないで、実家に災難があったって聞いたの。どうりで羽振りがよかったはずよね」

皮肉たっぷりに睨《にら》みつけると、

「何言うとんのや、証拠はあんのかよ」

と言い返された。佳代は嘆息した。本人は気づいていないが自白したも同然だった。佳代は〝災難〟としか言っていないのだ。

「とにかく来て」

マサの背中を押して連れだそうとすると、

「なんや、朝から痴話喧嘩《げんか》かいな」

「姐ちゃん、こないなダメ男、放《ほ》っときいな」

おっちゃんたちが笑っている。その声に勢いづいて、マサがわざとらしく肩をすくめ、

「姐さん、朝からラブホは勘弁してや」

下卑《げび》た冗談を飛ばした。たまらず佳代は、

「いつまで甘えてんの！」

一喝するなりマサの頰《ほお》にビンタを飛ばした。

店内が一瞬、静まり返った。

その間隙《かんげき》を突いてマサの腕を摑《つか》んで店外に連れだし、無理やり厨房車まで引っ立ててきて助手席に押し込んだ。

すぐエンジンをかけて発進させた。助手席のマサは、ふて腐れている。かまわず佳代は商店街を抜けて淀川通に入り、湾岸沿いの国道を辿って魚崎へ向かった。

マサは相変わらず、ぶすっとしているが、途中、軽い渋滞にはまったところで、

「実家から盗んだお金、どうしたのよ。百万近くあったはずだけど、昨日一日で飲んじゃったわけ？」

脅しつけるように問い詰めた。

「ボートや」

ぼそりとマサが答えた。

「競艇でスッちゃったってこと？」

黙ってうなずいている。

「んもう、何考えてんのよ！」

また張り飛ばしたくなった。盗んだ、という言葉には反発されなかったから、マサが窃盗犯だったと確定したばかりか、ギャンブルで使い果たしたとは放蕩《ほうとう》息子も極まれりだ。

ほとほと呆れながらも尋問を続け、犯行の経緯から盗みの手口まで自供させているうちに、気がつけば魚崎に到着していた。

即座に吟香さんに電話を入れて、犯人を引き渡します、と伝えると、お待ちしてます、と憤《いきどお》りを滲《にじ》ませた声が返ってきた。

細面に白髪の母親、その母親似の黒髪の吟香さんと、佳代。女三人に囲まれた座卓の前でマサが俯《うつむ》いている。母親が淹《い》れてくれたお茶には手をつけず、胡坐《あぐら》をかいて口をつぐんでいる。

宍倉家の茶の間にいる。まずは佳代の口からマサと出会った経緯を話した。その上で、マサから聞きだした犯行の動機や手口について事細かに説明した。

佳代から実家に帰るよう説得されたマサは、その場では拒んだものの、結局は、やむにやまれず金を無心しようと魚崎に帰った。ところが、いざ実家の前まで来て足がすくんでしまった。なにしろ家族には合わせる顔がない。正面切ってはとても帰宅できず、宵闇に紛《まぎ》れて家族用の勝手口に回り、ずっと持ち続けていた合鍵でドアを開けた。

足音を忍ばせて八年ぶりの自宅に上がった。そのとき、家族だけが知っている直近の支払い金の隠し場所、台所の食器棚が頭に浮かんだ。念のため、襖《ふすま》の隙間から茶の間の様子を窺《うかが》ってみると、母親と妹は二人で夕飯を食べている。

いまならいける。とっさにマサは台所に侵入して支払い金を懐に入れた。あとはもう酒蔵の前庭に置かれていた配達用の実用自転車に飛び乗り、一目散に逃走。途中、魚崎HCに立ち寄って盗んだ金で回転鮨をたらふく食べてから、魚崎駅前の駐輪場に実用自転車を乗り捨てて、電車で十三のアパートに戻った。

これが犯行の一部始終で、あのとき佳代が目撃した実用自転車も、実家からの盗品だったことになる。

「もう、どうしようもあらへんな。盗人《ぬすびと》を捕らえて見れば我が子なり。まんまやないか」

吟香さんが吐き捨てた。たとえ魔が差したにしても、実家に侵入して泥棒するなんて最低や。白転車まで盗まれたから、パートさんが配達できなくて困ってたんやで、とマサを責め立てる。

佳代もやりきれない気持ちでいっぱいだったが、母親は打ちひしがれていた。

「あんたはずっと、まじめなできる子やったやないか。どないしたんや」

大きなため息をついたかと思うと座卓から立ち上がり、奥の座敷へ行ってしまった。

奥の座敷には療養中の父親がいると聞いている。もはや母親としては、どう収拾をつけたものかわからなくなって父親の判断を仰ぎにいったに違いない。

茶の間に残された三人は、気まずい沈黙の中にいた。いま何か言い合ったところで意味がないとわかっているだけに、だれも言葉を発さないまま沈鬱《ちんうつ》な表情で座っていると、吟香さんがそっと席を立ち、すっかり冷えてしまったお茶を差し替えてくれた。

佳代は湯気の立つお茶を啜り、マサの様子を覗き見た。肩を小刻みに震わせていた。背中を丸め、両の拳《こぶし》を握り締め、青ざめた顔からは、ぽたりぽたりと水滴がしたたり落ちている。

いまさら泣くな、と内心悪態をつきながらまたお茶を啜っていると、そのとき、奥の座敷から母親が戻ってきた。

茶の間の三人に緊張が走った。マサは慌てて手の甲で涙を拭《ぬぐ》っている。すると母親は茶の間の襖をぱしんと開け放ち、

「正宗、おとうちゃんのとこ行くで」

押し殺した声で息子に告げた。


ほどなくして厨房車は護送車になった。

ハンドルを握る佳代と助手席の吟香さんは、警察官。仕切りを挟んだ厨房室に乗せたマサは、被疑者。宍倉酒造から二キロほどの距離にある所轄《しょかつ》の東灘警察署へ移送している。

母親に促されて奥の座敷へ連れていかれたマサが、八年ぶりに対面した父親から告げられた言葉は、たったひと言だった。

「警察に自首せえ」

病床《びょうしょう》にありながらも気迫に満ちた声だったそうで、マサは神妙な面持ちでぺこりと頭を下げただけで何も言い返せなかったという。

十分ほどで東灘警察署に到着した。駐車場に入り、マサを下車させた。吟香さんも助手席から降りてきて、署の正面入口まで歩いてくると、

「あとは兄ちゃん一人で行きや」

突き放すように言って足を止めた。佳代も立ち止まると、マサが二人を振り返り、ここでも無言のままぺこりと会釈して署内に入っていった。

すぐ引き返す気にはなれなかった。しばらく二人ともガラスの自動ドア越しに、署内の状況をじっと見つめていた。

すると、五分としないうちに一人の警察官が外に出てきて、

「宍倉正宗さんのご家族ですか？」

確認するように声をかけてきた。吟香さんが、妹です、と答えると、

「正宗さんの件で、お話を伺いたいのですが」

と署内に連れていかれた。

部外者の佳代は厨房車で待つことになった。三十分ほど待ったろうか。なぜか吟香さんとマサが一緒に戻ってきた。

「あれ？　どうしたの？」

証拠不十分とか、そういうことだろうか。

「違うんです。家族のだれかが犯人とわかっとったら、警察は捜査できんらしくて」

吟香さんが答えた。

「どういうこと？」

「親族間の窃盗には〝親族相盗例《しんぞくそうとうれい》〟いうのが刑法に規定されてて、刑を免除されるんやて」

マサと吟香さんの身元を免許証で確認された上で、警察官からそう説明されて、まさかの放免になったという。

いささか拍子抜けしたものの、再び吟香さんは助手席、マサは厨房室に乗った。

「このまま蔵に帰る？」

エンジンをかけながら佳代は聞いた。

「その前に、お願いがあるんやけど」

吟香さんが声をひそめた。厨房室との間には仕切りがあるのだが、マサには絶対に聞かれたくない話らしい。

「もちろん、今回の件はだれにも言わないから安心して」

佳代も小声になって応じると、

「いえ、そういうことやなくて、急な話で申し訳ないんやけど、今夜、佳代さんにおまかせ料理を注文したい思てんけど、あかんかな」

思いもよらない話だった。

「それは全然かまわないけど、何でまた？」

「今夜、我が家の和解の宴《うたげ》を開きたいんです」

「和解の宴」

「どこから話してええかわからんけど、実はうち、親族相盗例いうの知っとったんです」

以前、テレビの刑事ドラマで見たそうで、父親もそうと知りながら、自首せえ、と命じたに違いないと言うのだった。

法的には逮捕されないとわかっていながら、わざわざ警察に行かせたのは、あえてマサに自首させること自体が目的だった。自首という行為によって重い罪の意識を刻みつけ、償《つぐな》いのために蔵の仕事に精進《しょうじん》しよう、と覚悟を決めさせたい。そんな父親の思惑を吟香さんは見抜いてマサを警察署に送り届けた。

「そういうことだったんだ」

佳代が意表を突かれていると、

「関西人は転んでもタダじゃ起きんから」

吟香さんは肩をすくめる。実際、警察署を後にするときにマサが、許されるものなら蔵の仕

事を手伝いたい、と父娘の思惑通りの言葉を漏らしたそうで、

「そのとき思いついたんやけど、いまから帰宅してマサが父に詫びを入れたら、佳代さんにも参加してもろて和解の宴を開こう思て」

「あたしも？」

「今回のことは、佳代さんがマサを気にかけて、我が家のトラブルに付き合《お》うてくれたおかげです。その感謝の気持ちも込めて参加してもらいたいんです。ただ、せっかく佳代さんがおるなら料理もお願いしたいと思て。宍倉酒造の再出発に向けて、宍倉正宗とペアリングできる洋風料理をぜひ作ってくれませんか」

ペアリング企画料と調理料もお支払いするので、お願いします、と頭を下げられた。

佳代はしばし考えてから答えた。

「光栄なお話、ありがとう。それで宍倉家が丸く収まるのであれば喜んで参加させてもらうし、ペアリング料理を作らせてもらえるのもとても嬉しいです。でも、ひとつだけお願い。今回の料理は、あたしからのご祝儀ってことで報酬なしであれば、喜んで」

そう条件をつけると、吟香さんはやけに大げさなため息をついて、

「それやとあたしも納得できひんから、こんなんはどうやろ。今夜は佳代さんに宍倉正宗の飲み放題をつけます」

にやりと笑ってみせる。これを断ったら野暮《やぼ》になる。

「ありがとう。だったら、いまからスーパーに行っていい？」

「はい。食材も買い放題でええので、うちらも一緒に連れてってください」

よろしくお願いします、と吟香さんは再び頭を下げた。


スーパーでの買いだしは、思った以上の量になった。買い物かご二つに山盛りになった食材を段ボール箱に詰めて宍倉家に持ち帰り、佳代はすぐ調理に取りかかった。

あとで聞いた話では、その間にマサは、長い髪を自らばっさり切り落とし、吟香さんと母親に付き添われて奥の座敷へ向かった。そして病床の父親の前に跪《ひざまず》いて罪を懺悔《ざんげ》し、明日から蔵を手伝わせてください、と土下座して謝った。

そんな息子に対して父親は、

「よろしゅう頼んだで。ただし、下働きからやからな」

しゃがれ声で告げるなり、頬の肉が削《そ》げ落ちた息子と同じ四角い顔をくしゃくしゃにして、目に涙を滲ませたという。

その直後に佳代も奥の座敷に呼ばれて、

「佳代さんには感謝の言葉しかあらしまへん。ありがとうございました」

父親から丁重《ていちょう》なお礼の言葉をもらった。

こうして再び宍倉家がひとつになった夕暮れどき、佳代は思いつくままに料理を仕上げて茶の間の座卓に配膳した。お父さんのぶんも、食べられるかどうかは別にして、奥の座敷に運んでもらえるよう小皿に取り分けた。

吟香さんと母親とマサ、家族三人が茶の間に集まったところで、

「お待たせしました、今夜は宍倉酒造の再出発のために、スペシャルメニューを召し上がっていただきます」

と佳代は挨拶して料理の説明をした。

鱈《たら》とジャガイモを加熱してペースト状にした南仏の家庭料理〝鱈のブランタード〟。ひよこ豆の中東風コロッケ〝ファラフェル〟。キャベツの葉で芯を巻いて煮た〝キャベツのみロール〟。カマンベールチーズに衣《ころも》をつけて揚げた〝カマンベールフリット〟など、何の脈絡《みゃくらく》もない多彩な料理が並んだが、佳代は佳代なりに、宍倉正宗に合いそうな洋風料理をセレクトして調理したつもりだ。

座卓に置ききれないほどの料理の数々を見た吟香さんは、

「こんなに食べきれへんて」

と目を剝《む》いていたが、さらに佳代は今夜のメインとして、とっておきの一品を作った。

「〝プーレ・ドゥ・宍倉〟です。これはぜひ、宍倉正宗の特別純米大吟醸と合わせて召し上がってください」

そう前置きして取り皿にサーブすると、

「それって、どないな料理？」

と吟香さんが聞く。

「昔知り合ったアランっていうフランス人から教わった、正式には〝プーレ・ア・ラ・プロヴ

アンサル〟って呼ばれてる鶏肉のプロヴァンス風煮込みをベースにしてます」

基本的には、バジル、オレガノ、大蒜《にんにく》などで香りをつけたオリーブ油で玉葱《たまねぎ》と鶏を焼き、トマトと煮込む家庭料理だ。ところが、アランの母親はそれに生クリームも加えてとろとろに煮込んでいたそうで、彼はそれを〝ママンのプーレ〟と呼んでいた。

この料理を思い出したのは、初めて宍倉酒造を訪ねて特別純米大吟醸を買った日だった。フレンチにも合う、と吟香さんから言われてあれこれ試作しているとき、これは絶対合う、と閃《ひらめ》いたのだが、鶏肉がなくて作れなかった。

そこで今回、思いきってメインの料理にしようと決めたのだが、調理中に再び閃いた。より日本酒に寄せるため、玉葱と鶏をトマトで煮込むときに石川県能登《のと》特産の魚醤《ぎょしょう》〝いしる〟を加え、生クリームと一緒に味噌も少々溶かし入れて、プーレ・ドゥ・宍倉と名づけた。

「佳代さん、すごいやん。これ、特別純米大吟醸に合わせるための料理やわ」

「あ、わかってくれた？　海外進出に向けて頑張ってる吟香さんに、ぜひ食べてもらいたくて。正宗くんにも参考にしてもらって、宍倉正宗を十三だけじゃなく、世界中に売り込んでほしいから」

あえて十三の話をしたのにはわけがある。スーパーで買い物しているときにマサから聞いて驚いたのだが、十三の淀乃屋にあった宍倉正宗は、実は、マサが売り込んだのだという。ほかにも何軒かの十三の居酒屋も置いてくれているそうで、マサはマサなりに、すでに営業センスを発揮していたのだった。

「あとは兄妹仲よくやっていくだけだね」

佳代がほっとして漏らすと、

「いや、その前に、これ以上、うちのお金が盗られんよう隠し場所を変えとかんと」

吟香さんが皮肉たっぷりに軽口を飛ばした。すかさず母親も、

「そやな。マサは台所進入禁止や」

これ見よがしに睨みつけ、マサはバツが悪そうに俯いた。


長い一夜が終わった翌朝、佳代は携帯アラームに起こされた。

時間を見ると午前五時四十分過ぎ。アラームは五時半にセットしておいたのに、寝過ごしてしまった。スヌーズを入れてなければ危ないところだった。

急がなきゃ。慌てて身づくろいして厨房車のエンジンをかけ、宍倉酒造を後にした。

吟香さんたちへの挨拶は、またあとですればいい。ゆうべがどうあれ、今日は時間通り開店しなければ店長にもお客さんにも申し訳が立たない。若干、二日酔い気味ではあるものの運転に支障はないし、これでも調理のプロだ。気合いを入れれば何十人前でも作れる自信はある。

よし、頑張ろう。自分に発破《はっぱ》をかけてアクセルを踏み込み、朝靄《あさもや》が漂う街を急いだ。

いつもより早く三分ほどで魚崎ＨＣに到着した。回転鮨店の近くの通用門は、すでに開いている。午前六時と決めていた準備開始時刻に、どうにか間に合いそうだ。

場内に入って、いつもの営業場所へ向かうと、なぜか〝駐車禁止〟と貼り紙された三角コー

ンが立っていた。タコライスとケバブのフードトラックが営業する場所は、ちゃんと空いているから、駐車禁止の三角コーンは明らかに佳代に向けたメッセージだ。

茫然《ぼうぜん》とした。

でも、考えてみれば悪いのは佳代のほうだ。無理やり頼み込んで許可してもらったのに、お試し期間中に二日も続けて勝手に臨時休業したのだ。いくら人のいい店長でも見切らざるを得なかったのだろう。

もちろん、佳代としても臨時休業せざるを得ない事情があった。まさに、あちら立てればこちらが立たない状況だったのだが、寛大に許可してくれた店長に迷惑をかけたことは事実だ。といって、このまま立ち去るわけにはいかない。後ろめたくはあったが、ごめんなさい、と手を合わせて伏流水を汲ませてもらい、通用門の近くに路上駐車して仕込みをはじめた。

午前八時過ぎには魚介めしが炊き上がった。すぐに弁当パックに詰め、ぼちぼち出勤してきた従業員たちに、

「申し訳ありませんでした」

と詫びながら魚介めし弁当を無料で配った。いらない、という人もいたが、多くの人は不思議そうな面持ちで受け取ってくれた。

やがて出勤してきた店長にも、

「本当に申し訳ありませんでした」

お詫びの印です、と手渡そうとすると、一瞬、表情を曇らせながらも、最後は受け取って無

言のまま店に入っていった。

魚介めし弁当を配り終えたところで改めて、ありがとうございました、と魚崎ＨＣに一礼して別れを告げた。

さて、どうしよう。

とりあえず西へ行こうか、と走りだした直後に携帯電話が鳴った。

吟香さんからだった。路肩に停車して応答すると、朝起きたら厨房車がなかったから、お礼を言いに魚崎ＨＣに来たところだという。

「ごめんね、そこで営業できなくなっちゃったの。もちろん、悪いのはあたしなんだけど」

謝りながら事情を話すと、

「せやったら、うちの駐車場でやらへん？」

と言ってくれた。でも、こんな失態を犯した佳代が同じ街で営業をはじめたら、魚崎ＨＣの店長にますます顔向けできない。

「またどこかの街へ行ってやろうと思うの」

「どこかって？」

「それは、いま考えてるところ。まだ行かなきゃならない街がいろいろあるし、また神戸を通りかかったときは立ち寄るから、マサと一緒に元気で頑張って」

それだけ伝えて電話を切りかけると、佳代さん、と呼びかけられた。え？　と応じると、

「ありがと」

啜り泣きが返ってきた。

第四話
ざんぎり娘

「いまどこ?」

「長崎だけど」

「へえ、ついに姉ちゃん、九州入りか。意外と順調に日本縦断《じゅうだん》してんじゃん」

「順調じゃないって。神戸を発《た》ってからも、いろいろあって、やっと辿《たど》り着いたんだから」

「何だよ、いろいろって」

「まずは広島県の尾道《おのみち》で厨房車《ちゅうぼうしゃ》の整備と車検をやった」

「ああ、その時期だったな」

「昔、尾道で交通事故に遭《あ》ったときに修理してもらった『斎藤《さいとう》モータース』を思い出してお願いしたんだけど、けっこう混んでてね。終わるまで尾道駅近くのアーケード街にある香奈子《かなこ》さんの店でお世話になってたの」

「確か土産《みやげ》物屋だったっけ?」

「当時はね。その後、彼女のお父さんが自前の塩田で作った〝尾道の揚げ浜塩〟を店とネットで売ってたの。そしたらコロナの影響もあってネット販売に火がついて大忙しになっちゃって、おかげで店にもお客さんが押し寄せてきて大繁盛《だいはんじょう》。だから車検が終わってからも接客や荷造りを手伝ってたわけ」

「巣ごもり需要《じゅよう》がきっかけだったと」

「そう。だから思い出の下関から関門《かんもん》海峡を渡って九州に入ったのは九月に入ってから」

「思い出の？」

「まあいろいろとね」

「あ、色恋だな」

「それは内緒」

「ふーん。で、やっと長崎に辿り着いたと」

「違うの。尾道から長崎に着いた翌日、長崎港からフェリーで五島《ごとう》列島の福江島《ふくえじま》に渡った」

「今度は島かよ」

「だって沙良《さら》ちゃんに会いたかったから。最初に出会ったときは、髪をツインテールにした小学一年生で、離婚した父親と東京から移住してきた直後だったの。だから、どうしてるか気になってたんだけど、いざ着いたら沙良ちゃん、この春から長崎市内の女子高に進学しちゃってた」

「いざ着いたらって、そんなこと事前にアポ取ればわかったことじゃん」

「アポはできるだけ取りたくないの。ふらりと訪ねるのが風来坊《ふうらいぼう》の美学だし」

「美学ねえ。けど、そんなんで無駄足ばっか踏んでりゃ世話ねえよな」

「そういう言い方しないでよ。わざわざ島に渡ったおかげで、いまもお父さんが調理屋の巡回営業してて、島内のお年寄りに喜ばれてるってわかったんだよ。調理屋を勧めたあたしとしてはマジで嬉しかったんだから」

「まあそれはそれでよかったけど、で、長崎市内に戻ってきて沙良ちゃんに会ったと」

「ううん、会えてない。彼女、お父さんに内緒で高校中退してたの」

「はあ？　内緒で中退できんのかよ」

「携帯電話には連絡できてたから、お父さん、しばらく気づかなかったらしくて、学校から諸経費の精算書類が届いて初めて知ったんだって。しかも、驚いて沙良ちゃんに電話したら、ごめんって謝られただけで、いまも居場所は教えてくれないらしい」

「じゃあ、実質的に行方《ゆくえ》不明ってこと？」

「そう、入学時に借りたアパートも勝手に引き払ってたみたいで、お父さん、頭抱えちゃってる。だからあたし、彼女が通ってた女子高の元同級生に聞き込んでみようと思って」

「いやいや、それって警察に行方不明者届を出すべき案件じゃね？」

「そう思うでしょ。ところが沙良ちゃんったら、警察に通報したら携帯を着拒《ちやっきよ》にする、って脅《おど》すんだって。そうなったら、ますますこじれちゃうから、お父さんも手の施《ほどこ》しようがないらしいの」

「そりゃ厄介《やつかい》な話だなあ。まだまだ姉ちゃん、波瀾万丈《はらんばんじよう》の旅が続きそうだな」

「仕方ないよ。うちの親も波瀾万丈だったたし」

「けど、同じ親の子でも、おれなんか毎日会社通いの平々凡々人生だぜ」

「あら、新聞記者だって殺人現場に駆けつけたり激動の日々でしょ」

「おれは経済部だから殺人現場なんか行かないの。おまけに十年選手ともなると、なんだかルーティンな作業になっちまってさ」

「覇気《はき》のないこと言わないでよ。あんたみたいな素晴らしい弟がいるからこそ、風来坊の姉も波瀾万丈に生きてられるんだから。これでも日々感謝してるし、今後とも頼りにしてますからね、和馬くん」

「ったく、酔った勢いで最後は褒《ほ》め殺しかよ」

「殺しはしないわよ。あんたは褒めると伸びるタイプだし、これからも後ろ楯になってもらわないと困るから、おだてとかないとね」


福江島から長崎に戻ってきて真っ先にやったことは、二つの料理の試作だった。

レシピは二つともフェリーの中で考えたものだが、本当においしいかどうか確かめたい。そこで長崎港に着くなり近場のスーパーに駆け込んで食材を買い、港から近い『長崎水辺の森公園』の駐車場で試作に取りかかった。

まずは長崎産の苺《いちご》を使った〝苺のシフォンサンド〟。シフォンケーキの薄切りにクリームチーズを塗って苺をサンドする。長崎県は苺の産地だから、スイーツ女子高生に狙いを定めて手軽なサンドタイプにしてみた。

もうひとつは三種の細巻きを盛り合わせた〝イタリアン鉄火〟。かつて長崎県で鉄火巻きといえば、ヒラスと呼ばれるヒラマサなど養殖の白身魚を巻いた〝白鉄火〟が一般的だったそうで、マグロの赤鉄火は全国的な鮨《すし》チェーンが進出してから主流になったという。

この話をヒントに、ホウレン草とチーズの緑鉄火も加えたイタリアンカラーの三色鉄火を巻いて、マヨネーズ、大蒜《にんにく》おろし、レモンに醤油《しょうゆ》を加えたアイオリ風ソースをとろりとかけてみた。和と洋のミニ融合が、小腹を空かせた体育会系の女子高生にウケる気がした。

こうして女子高生向きの料理を二つも開発したのにはわけがある。福江島で沙良のお父さんと別れるとき、元同級生に聞き込んで沙良を捜《さが》そう、と決意したものの、いざ聞き込むとなると簡単ではない。

たとえば、沙良が通っていた女子高の前で、在校生に片っ端から声をかけて聞き込むとする。その場合、佳代は警察でも何でもない単なるよそ者だ。待ち伏せしていた見知らぬ女に声をかけられたら、まず怪しまれる。女子高の関係者だって黙っていないだろう。

だったら調理屋を営業してはどうか。ネットで見ると、女子高前には広い田舎《いなか》道が通っている。校門から離れた道路脇で営業していれば、待ち伏せよりは怪しさが薄まる。下校途中の女子高生を食べもので誘《おび》き寄せ、接客中に聞き込めば警戒心も緩むと思ったのだが、ただ、彼女たちに調理屋の需要があるだろうか。魚介めし弁当を売ってもあまり喜ばれない気がする。

となれば女子高生の気を惹《ひ》ける新作を開発するしかない。そう思い立って長崎名物を調べたところ、苺と白鉄火が目に留まり、二つの新作に辿り着いたのだった。

早速試食してみると、二つともいける。微調整は必要にしても、頭で考えた味が再現されているし、写真映《ば》えもよさそうだから女子の目に留まるのではないか。

これでいこう。即決した佳代は翌日から実行に移した。朝一番で長崎市の山間《やまあい》にある〝滝の観音《かんのん》〟で湧水を汲《く》んで二つの新作料理を作り、それを女子高生向けのかわいいイラストに描いて厨房車のボディに貼った。

下校時の午後三時半過ぎ、校門から離れた場所で店開きした。ほどなくして通りがかりの女子高生のグループが集まってきた。目論見《もくろみ》通り苺のシフォンサンドとイタリアン鉄火に注目してくれて、一人が買うとグループの友だちもつられて買いはじめる。

しめたとばかりに接客の合間に、

「沙良っていう中退した子、知らない？」

さりげなく聞き込みをして、四十分ほど営業したところで、さっと切り上げた。

なにしろ長居をすると女子高関係者に目をつけられやすい。最大四十分営業したらその日は終わり、と決めていたから躊躇《ちゆうちよ》はなかった。売上げ的にはもちろん期待できないが、今回は売上げより沙良の情報だ。

ところが、とりあえず三日間やったものの、沙良の情報が一向に入らない。一人二人反応する女子がいても、

「ああ、あの子、すぐやめちゃったから何にも知らない」

といったそっけない答えしか返ってこない。

やはり一日四十分では無理なのか。そうも思ったが、よくよく考えてみれば、沙良はこの春に入学して六月には中退してしまった。在籍期間は二か月半とあって、そうそう親しい友だちはできないだろうし、友だちがいたかどうかは微妙だ。

それでも諦《あきら》めるわけにはいかない。四日目の今日も、めげずに店開きしたが、五分としないうちに、道の向かいに背広姿の男が立っていることに気づいた。

教師の匂いがする。目をつけられたのかもしれない。慌てて営業を中止して逃げようとしたそのとき、

「あの、沙良を捜してるんですか？」

声をかけられた。振り返るとロングヘアの女子高生がいた。

「え、ええ、そうだけど」

背広男を意識して小声で答えると、

「スイーツを買った友だちから聞いたんですけど、それって福江島の沙良ですよね？」

確認するように問い返してきた。

児童公園には幼児の歓声が溢《あふ》れていた。

コロナ禍《か》で利用禁止が続いていた反動なのだろう。残暑の中、元気にキャッキャと駆け回っている。日傘を手にした母親たちも、はしゃぐ我が子を嬉しそうに見守っている。

佳代に声をかけてきた女子高生に、沙良を捜している理由を話し、自宅まで送るからお願

い、と手を合わせて、彼女の家に近いこの公園まで厨房車に乗せてきた。名前は麻友《まゆ》。入学式の日、たまたま沙良と席が近かったことから仲良くなったという。

念のため、さっきの背広男が尾行してきていないか確かめてから、子どもたちから距離を置いた木陰のベンチに座り、

「ごめんね、学校の帰りに」

改めて詫《わ》びて、苺のシフォンサンドと缶コーヒーを差しだした。麻友は長い髪を揺らして、
すみません、と受け取り、

「あたしも沙良のことは気になってたんですけど、いまお父さんはどうしてるんですか？」

先に沙良の父親のことを聞いてきた。

「とりあえず沙良ちゃんと電話は通じるみたいだけど、居場所を教えてくれないらしくて」

「ああ、そうなんですね。あたしは携帯を着拒されちゃって」

「何かあったの？」

「ていうか、あたしが悪かったんです。沙良のバイト先をお父さんに教えちゃったから」

勝手に中退してアパートも引き払ってしまった沙良を捜そうと、父親は元のクラス担任に相談して、沙良と親しかった麻友に、心当たりはないか電話してきたという。

「いきなりだったから驚いて、沙良が在学中にバイトしてた回転鮨屋を教えたら、お父さん、店に電話したらしいんですね。そしたら、沙良がまだ働いてたみたいで、なんでチクったの！働けなくなったじゃない！　ってメールで怒られて着拒されちゃったんです」

十八歳未満の未成年を雇うには親の同意が必要になる。なのに確認しないまま雇ってしまう店も多いらしく、その回転鮨店もそうだった。父親から、同意してない、とクレームがつけば雇い続けられないし、沙良も居場所を知られたくないから辞めざるを得なかった。

結果、沙良と父親は電話で繋がっているだけで実質的には行方不明になってしまった。

「だから、あたしも責任感じちゃってるんですけど、どうしようもなくて」

嘆息《たんそく》する麻友に佳代は言った。

「ただ、ひとつ不思議なんだけど、沙良ちゃんって、べたべたのお父さんっ子だったのに、なんでそんな関係になっちゃったのかな」

「え、沙良ってお父さんっ子だったんですか？　あたし、根っからのお父さん嫌いだと思ってました」

意外そうにしている。

「でも昔はそうだったの。両親が離婚したとき、パパについてく、って決めたのは沙良ちゃん自身だし、シングルファザーになったお父さんが、仕事を探しながら料理や家事を頑張ってるときも、一生懸命、手伝ってたし」

事実、パパにはあたしがついてないとダメなの、と健気《けなげ》なことも言っていた。佳代の調理屋という仕事に興味津々だったのも、幼い頃から大好きだった料理でパパを助けたい、という一心からだった。

「そうだったんですか。だとしたら、やっぱ三者面談がショックだったんだと思います」

「どういうこと？」

「沙良から聞いた話だと、中三の三者面談で、進学しないで鮨職人になりたい、って言ったそうなんですね。小学生のときは漠然と料理人になりたいと思ってたらしいんですけど、中学時代、東京に本格江戸前鮨を極めた女性鮨職人がいるってネットで知って、あたしも鮨職人になる、って決めたみたいで」

そもそも沙良の父親は鮨好きで、東京時代によく食べさせてもらっていた沙良も大の鮨好きになった。ところが、父親と福江島に渡ってからは家計が厳しくなり、めったに食べられなくなった。その反動もあって、鮨職人への憧れがますます強くなったらしい。

「なのに三者面談で、お父さんから反対されたんです。沙良は勉強ができるんだし、学費は工《く》面《めん》するから高校、大学に進学しなさい、って」

先生からも同じく反対されて、最後は二人の勢いに押し切られてしまった。

「それが沙良には大ショックだったみたいで。あんなに反対されるとは思わなかったって、いつも愚痴《ぐち》ってました」

「だから高校に入ってすぐに回転鮨のバイトをはじめたのかな」

「そうだと思います。お父さんに負けてしぶしぶ進学したけど、うちの高校は入学直後から大学受験一直線って感じなんです。だから沙良は絶望したみたいで。回転鮨のバイトをはじめたときも、お金を貯めたら中退して、ちゃんとした鮨屋の修業に入るって言ってて」

「やっぱ夢を諦めきれなかったのね」

「そうみたいです。あたしは芝居が好きで、上京して劇団に入りたいと思ってたのに、寝ぼけたこと言うな！　って父親に怒鳴りつけられて諦めちゃったんですけど」

麻友は苦笑いして肩をすくめた。

そんな似た者同士だったことから沙良と親しくなったそうで、いずれにしても、沙良は諦めかけた夢を再び追いはじめた。

「なんか応援したくなっちゃうね」

思わず佳代が漏らすと、

「あたしも応援したいです。だから、これは絶対お父さんに言わないでほしいんですけど」

言葉を止めて佳代を見る。

「絶対に言わない」

即答した。それがよかったのか、麻友が意を決したように言った。

「沙良は熊本にいると思います」


凪《な》いだ海原に海苔篊《のりひび》が浮かんでいる。木や竹の枝で組んだ海苔の養殖筏《いかだ》だ。

その向こうから一艘の小型漁船が近づいてきたかと思うと、漁師が海苔篊に身を乗りだし、生育状況を確認している。

九月も半ばとはいえ、有明海《ありあけ》に照りつける陽射《ひざ》しはきつい。あの漁師たちのおかげでイタリアン鉄火も巻けたんだ、と思うと、冷房の効いたフェリーの客室からぼんやり眺《なが》めている身としては頭《こうべ》を垂れたくなる。

午前八時二十五分に島原《しまばら》港を出航したフェリーは、対岸の熊本港へ向かっている。長崎から熊本へは有明海の北側の国道経由だと四時間半かかるが、西側の島原からフェリーで有明海を横断すれば三時間半で着く。そこで朝六時に長崎を発って島原ルートを辿ってきたのだが、時間短縮以外の意味でも正解だった。

島原市内ではキリシタンゆかりの島原城を望み、水の都と呼ばれる島原の水頭《みずがしら》の井戸で雲仙《うんぜん》山系の伏流水を汲み、そしていまは日本最大の干潟《ひがた》がある有明海の海苔箕を目《ま》の当たりにしている。

これだから風来坊の旅はやめられない。旅情に浸っているうちにもフェリーは進み、島原港を発って三十分後、早くも熊本港が見えてきた。島原と熊本は思いのほか近い。船内放送に急《せ》かされるように車両甲板《かんぱん》に降りた佳代は、再び厨房車のハンドルを握った。

「沙良は熊本にいると思います」

昨日の午後、そう打ち明けてくれた麻友に、

「何で熊本なの？」

佳代は問い返した。麻友は長い髪を掻《か》き上げながら慎重に答えてくれた。

「熊本市内に『鮨たかはま』っていう高級鮨の店があるんですけど、そこの高濱《たかはま》親方は、あの東京の女性鮨職人と一緒に修業した人なんですね」

鮨の話になるたびに、沙良が話していたことだという。

「その熊本の親方も女性なの？」

「いえ、男性です」

「うーん、だったら東京に行った可能性のほうが高くない？」

一途《いちず》な沙良のことだ、どうせなら憧れの女性鮨職人のもとに飛んでいく気がした。

「あたしも最初はそう思ったんですけど、実は沙良って大の東京嫌いなんですね」

東京を追われるようにして移住してきた彼女は、自然に恵まれた福江島でのびのびと育った。それだけに、二度と東京になんか戻りたくない、という強い嫌悪感を抱いていた。女性鮨職人に憧れてはいても、東京では修業したくない。それだけは、はっきりしていた。

「でも高濱親方のところなら、女性鮨職人と同じ本格江戸前鮨の技を身につけられるじゃないですか。だから高濱親方のもとでみっちり修業して、将来的には福江島に自分の店を開いて〝福江前〟の鮨を握りたい、って口癖のように言ってたんです」

江戸前鮨の技で島の地魚を握るから福江前。すでに沙良はそこまで考えていた。

「ちなみに、その熊本の店には連絡したの？」

「いえ、それは」

ネットで調べて場所はわかっている。でも、沙良に着拒されているだけに、うっかり踏み込めないでいるそうで、いずれにしても彼女は熊本にいる、と麻友は言い切る。

そこまで言われたら熊本へ行くしかない。沙良の携帯番号は一応教わったが、いきなり電話したら佳代だって着拒されかねない。まずは鮨たかはまを皮切りに熊本市内を捜してみる。見つからなかったら東京へ行って女性鮨職人の店を訪ねてみようと思った。

熊本港に降り立って三十分。午前九時半には、熊本市の中心部に広がる繁華街、下通《しもとおり》商店街に到着した。

まずはコインパーキングに厨房車を置いて、ショッピングモールや洋品店、ドラッグストア、カフェなどが軒《のき》を連《つら》ねるアーケードを散策した。この時間、まだ人通りは少ないが、午後には賑《にぎ》やかになりそうだ。隣接する新市街や上通《かみとおり》商店街もまた人気の商店街らしく、以前、通りすがりに立ち寄った仙台《せんだい》のアーケード街にどこか似ている。

途中、アーケードから外れて、飲食店やクラブが軒を並べる紅葉《もみじ》通りに入った。まだシャッターを閉じている店が大半の中、看板を見上げながら歩いていくと、煉瓦《れんが》模様の飲食店ビルの二階に、麻友が教えてくれた『鮨たかはま』の看板があった。営業は午後六時から。電話番号は携帯に入れてあるが、店の様子を見るついでに直接予約しようと思った。

二階に上がると、飲食店が並ぶ廊下の先に白木の引き戸が見えた。近づいてみると店内は仕込みの真っ最中らしく、物音が聞こえる。ホームページには、おまかせコースで二万円から三万円とあった。佳代が気軽に出入りできる店ではないが、意を決して引き戸をノックした。

すぐに顔を覗《のぞ》かせた坊主《ぼうず》頭の若い衆に、

「あの、いつでもいいので直近で一人、予約をお願いしたいんですが」

緊張しながら尋ねると、店に直接予約しにくる客はめずらしいのだろう。戸惑い顔の若い衆は引き戸を開けたまま引っ込んだ。その隙に店内を観察してみると親方らしき人は見当たらない。

　やがて若い衆が戻ってきて、

「明日の午後六時でよろしければ、一席、ご用意できますが」

　と告げられた。星つきの店だけに、なかなか予約が取れないらしいが、たまたまキャンセルが入ったそうで、幸運だった。三万円近い出費はかなり痛いものの、佳代自身が食べておかなければ沙良に向き合えない。

「じゃ、明日六時でお願いします」

　腹を括《くく》って名前と電話番号を伝えた。


　再び厨房車に戻った佳代は、車中泊できる場所を探して繁華街の周辺を走り回った。

　ほどなくして市街を流れる白川《しらかわ》沿いで格安の二十四時間駐車場を見つけた。美しい芝生広場が広がる白川公園に隣接している。

　厨房車を駐《と》めてしばらく休憩し、夕暮れどきを待って今度は歩いて電停まで行き、熊本市電で新市街のアーケードへ向かった。

　本場の〝一文字《ひともじ》のぐるぐる〟を食べておきたかったからだ。その発祥は二百年以上前、財政難だった熊本藩の倹約令《けんやく》がきっかけらしいが、アーケードの近くで見つけた郷土料理店で注文すると、佳代と同じやり方で細ネギを巻いて酢味噌《すみそ》を添えたものが出てきた。

　やはり絶妙なつまみだった。地元の焼酎《しょうちゅう》と、たまらなく合う。つい酒が進んで〝特撰馬刺《とくせんばさ》しコース〟も追加注文し、明日は高級鮨で散財するのに散財に輪をかけてしまった。

そろそろ明日の予習をしとかなきゃ。ふと我に返った佳代は携帯を取りだし、改めて鮨たかはまについてネット検索をはじめた。

鮨たかはまの高濱親方は、もともと地元熊本市の出身らしいが、高校卒業後に上京。町場の鮨店を経て、東京浅草《あさくさ》に端を発する正統派江戸前鮨の流れを汲む虎《と》ノ門《もん》の高級鮨店に弟子入りした。それから七年間、修業に打ち込み、店の二番手まで昇り詰めたところで熊本に帰郷し、念願の独立を果たした。

以来、マグロだけは東京の豊洲《とよす》市場から取り寄せているものの、それ以外は熊本近海で獲《と》れる魚だけを使ったおまかせコースを開発。江戸前仕事を生かした〝熊本前〟の高級鮨店として開店二年目に有名ガイド本で星を獲得するなど、熊本を代表する店として名を轟《とどろ》かせている。

そんな高濱親方が、かの女性鮨職人と交流を深めたのは虎ノ門の修業先だったようだ。一年遅れで弟子入りしてきた彼女とは切磋琢磨《せっさたくま》し合った仲らしく、グルメサイトのインタビューでも二人の交流ぶりをこう語っている。

『世間には、女が握る鮨なんて、と小馬鹿にする人もいますが、とんでもないですね。彼女もその後、東京の西麻布《にしあざぶ》で独立しましたが、二人で飲んだくれながら熱く鮨を語り合い、腕を競い合った弟子時代があったからこそ、いまの自分があると思っています』

なるほど、麻友が言った通りだった。このエピソードを読んだだけでも、沙良が高濱親方に弟子入りしたくなって当然だと思える。

それにしても、あの幼気《いたいけ》な沙良が、と思うと、いまさらながら時の流れとは早いものだ。こうして地焼酎の酔いに身をゆだねていると、ツインテールの髪を揺らしてはしゃいでいた六歳の沙良が目に浮かぶ。

すっかりいい気分になった佳代は、再び市電に揺られて白川公園の駐車場に戻り、そのまま一夜を過ごした。

翌日は早朝から、湧水が汲める水場と、調理屋の営業場所の下見に出掛けた。この街に沙良がいる可能性は高いとはいえ、熊本市は七十四万人都市。そう簡単に見つかるものではない。ここは腰を据えて調理屋仕事も頑張らなければ、ささやかな蓄《たくわ》えも底を突く。

まずは湧水だが、熊本も島原と同じく水の都として有名で、水道水はほぼ地下水だという。下通商店街から十五分ほどの場所には『五丁《ごちょう》の妙見《みようけん》さん』という名の共同水場もあるらしく、そこで汲ませてもらうことにした。

営業場所も思ったほど苦労しなかった。熊本県は弁当消費量が全国でも上位にくるほど中食《なかしょく》需要が高い。熊本地震の際もキッチンカーが被災者支援に大活躍しただけに、

「調理屋さんやると？　よかよか」

気さくに受け入れてくれる人や地域がけっこう多い。だったら今回は、毎日場所を変えて日替わり営業にしよう、と思いついて、上通商店街、下通商店街、新市街のほか、繁華街を外れた住宅街もローテーションに組み入れて場所を確保した。

さらに今回、営業スタイルもいつもと変えて、魚介めし弁当に加えてイタリアン鉄火弁当も

売ることにした。長崎で女子高生に人気だったことに加えて、鮨を売っていれば鮨屋の情報が舞い込みやすいかもしれない。そんな淡い期待も抱いたからだ。

沙良が鮨たかはまで修業しているなら気配はなかったが、熊本市内にいるなら鮨関係のバイトをしているはずだ。ただ調べてみると、熊本市中央区だけで鮨屋は五十店以上もある。調理屋仕事の合間に聞き込むとなるとかなり日数がかかりそうだし、イタリアン鉄火といえども話の接《つ》ぎ穂《ほ》になればと考えたのだった。

一日かけて段取りをつけたところで、今日も白川公園の駐車場に厨房車を置いて、市電に乗って下通商店街の鮨たかはまへ向かった。

暖簾《のれん》をくぐったのは午後六時ちょうど。高級鮨店らしい分厚い白木のカウンター、いや鮨マニアが言うところの〝つけ台〟に案内されると、全十席は満席。指定された右隅の席に腰を下ろすと、

「いらっしゃいませ」

精悍《せいかん》な顔つきの、頼れる兄貴、といった風情《ふぜい》の高濱親方が挨拶《あいさつ》してきた。ほかに男の弟子が三人いるが、やはり沙良はいない。

お飲み物は？　と聞かれて地酒を頼んだところで、高濱親方が包丁を手にして、おまかせコースがはじまった。ブリに似たツムブリ、地元では真鯛《まだい》より旨いと言われるレンコ鯛、ガラカブと呼ばれるカサゴ、といった地魚を手際よく切りつけながら丁寧《ていねい》に説明してくれ、つまみに続いて流れるような手捌《てさば》きで握ってくれた。

素晴らしかった。東京ではまず味わえない熊本ならではの鮨に酔いしれていると、口福のひとときは瞬《またた》く間に過ぎた。〆《しめ》に出された有明海産のアオサを入れたお椀を飲み干し、ふう、と余韻《よいん》を楽しんでいると、

「東京からお越しで？」

高濱親方から声をかけられた。言葉遣いで察したようだ。

「スカイツリーがある押上《おしあげ》の出身です」

「ほう、奇遇ですね、私の兄弟子も押上です」

相好《そうごう》を崩している。初めて見せてくれた柔和《にゅうわ》な笑顔にほっとして、昨夜の二倍以上にもなる会計をすませて、思いきって尋ねた。

「こちらに、佐々野《ささの》沙良っていう弟子入り志願の女の子が伺っていませんか？」

「え、佐々野？」

「ご存じですか？」

「いや、その、うちには弟子入り志願の方が、たくさんお越しになるものですから」

口ごもりながら答える。

「実は彼女、親方に弟子入りしたくて高校を飛びだしちゃいまして。もし伺ったときは、すみませんが、ご一報いただければと」

改めて携帯番号をメモして差しだした。

「あ、はい、本日はありがとうございました」

親方は当惑した面持ちのまま頭を下げた。

やっぱり沙良は熊本にいる。

そんな思いを強くしながら白川公園の駐車場に戻った。

おそらくは根が正直な親方なのだろう。沙良を知っているとしか思えない態度から察したのだが、あの場で踏み込みすぎても営業の妨《さまた》げになる。やり方を変えて再度アプローチしようと決めて、佳代は早々に寝る準備をはじめた。

明日も朝から忙しくなる。念のため携帯のアラームをセットしようと手にすると、着信が入っていた。

宍倉酒造の吟香さんだった。また何か起きたんだろうか。心配しながら折り返すと、

「佳代さん、どこにおるん?」

明るい第一声が返ってきた。

「九州の熊本。いま熊本前のお鮨を食べてきたとこなんだけど、兄貴は罪滅ぼししてる?」

冗談めかしてマサの近況を尋ねた。

「それがもう、あれから人が変わったみたいに酒の営業に飛び回っとってね。コロナも収まってきたことやし、これからが正念場や、って言うて今日は東京に出張しとります」

「へえ、彼もその気になれば頑張るじゃない」

「これも佳代さんのおかげです。で、ぜひ報告しようと思て電話したんやけど、あたしも兄に

負けんよう、佳代さんから教わった料理をうちの酒と合わせて、いろんな外国人に味わってもろてるんですね。その一環で、昨日は兄と小豆島に日帰りしてきて」

「ああ、確かオリーブ油とか酒米とか小豆島の産品とコラボしてるのよね」

「そうなんです。そのオリーブ農園にイタリア人やフランス人がおる言うんで、うちの酒に佳代さんの〝プーレ・ドゥ・宍倉〟を合わせて味おうてもろたら、もう大好評で」

このマリアージュならヨーロッパでも受け入れられる、と絶賛してくれたという。あるフランス人は、母国の飲食関係の友人知人も紹介してくれたそうで、

「気いようした兄が、来年は海外営業や言うて、張り切ってます」

佳代さんには本当に感謝です、と弾《はず》んだ声で礼を言われた。

こんなかたちで佳代のおせっかいが実を結ぼうとは、なんだか嬉しくなって鼻歌気分で携帯を置いた直後に、また着信があった。

吟香さん、何か言い忘れたかな、と着信表示を見ずに、はいはい、と応答した。

「夜分に申し訳ありません、高濱と申します」

一瞬、だれかわからなかったが、

「ああ、今夜はご馳走《ちそう》さまでした」

高濱親方だった。びっくりしていると、

「こちらこそ、ありがとうございました。先ほどは、ほかのお客さんがいらしたので詳しくお話しできなかったのですが、失礼ながら佐々野沙良さんとは、どのようなご関係で？」

慎重な口調で問われた。

「あ、いえ、こちらこそ失礼しました」

慌てて佳代は、沙良と知り合った経緯から熊本に来た理由まで順を追って話した。

「そういうことでしたか。実は沙良さん、うちに食べに来られた折に弟子入りを希望されましてね。お若いのに鮨への情熱は人一倍だったんですが、ただ、十八歳未満の弟子入りは親御さんの同意が必須なんですね。何か事情がありそうだったので、焦ることはないから出直しなさい、とお伝えしました」

「あ、そうだったんですね」

わざわざありがとうございます、と佳代がお礼を口にすると、

「とんでもないです。もしまた沙良さんから連絡がありましたら、お電話しますので」

夜分にすみませんでした、と親方は言い添えて電話を切った。

やはり、ちゃんとした親方だった。おかげでまた一歩、沙良に近づけた。安堵《あんど》した佳代は、やれやれとハンモックに横たわった。

翌朝は、いつになく心地よく目覚められた。多少とも希望が見えてきたこともあり、手早く身づくろいして、熊本駅の南西にある熊本地方卸売市場、通称『田崎市場《たさきいちば》』へ向かった。

高濱親方の店で食べたとき、うちの魚は、ほぼ田崎市場で仕入れてます、と言っていた。聞けば、場内には一般人も買える鮮魚店があるらしく、そこで魚介めしとイタリアン鉄火用の魚を調達しようと思った。

午前七時過ぎには田崎市場に辿り着いて、まずは場内を一周した。東京の豊洲市場に比べれば小さな市場だが、この時間、市場ならではの活気に溢れている。卸売市場や仲卸鮮魚売場の建物の合間に、高濱親方の言葉通り一般人も入れる鮮魚店や青果店、調理用品店、食堂などがあり、なかなか使い勝手がよさそうだ。

さて、どの店にしよう。市場の真ん中できょろきょろ見回していると、向こうから走ってきた白髪《しらが》まじりの角刈り頭のおじさんに声をかけられた。

「ねえちゃん、探しものかい？」

「あ、あの、地元の魚を買いたいんですけど」

「だったら『魚晴《うおはる》鮮魚店』だな」

ぴしりと言って角刈り頭をぞろりと撫《な》で上げ、そんじゃな、と走り去っていった。

親切なおじさんに感謝しつつ魚晴鮮魚店を覗いてみた。鮨たかはまで食べたツムブリ、レンコ鯛、ガラカブといった魚がふつうに並んでいる。ここで買おうと決めて、店先にいるチリチリパーマ頭にゴムエプロンを着けたおばちゃんに今日のお勧めを聞くと、

「ガラカブがよか」

トロ箱を指さし、こっちもよか、とレンコ鯛も勧めてくれる。

ガラカブは魚介めしのメインに使える。レンコ鯛は魚介めしにもイタリアン鉄火にもいけそうだ。

「両方ください」

トロ箱ごと即買いした。

「あら、あんた商売やっとると？」

「移動調理屋をやってるんですけど、しばらく熊本で営業するのでよろしくお願いします」

顔つなぎも兼ねて挨拶すると、

「そんなら、これも持っていき」

傍《かたわ》らのシャコをひと摑《つか》み、おまけでくれた。

「ありがとうございます！」

気前のいいおばちゃんのおかげで、初日から気持ちのいい仕入れができた。

続いて五丁の妙見さんで湧水を汲み、市街を横断し、東区の住宅街にある食品スーパーの出入口付近に厨房車を駐めた。

ここを含めて今日から市内の四か所に出向いて、日替わりで営業していくことになる。その初日とあって魚介めしの仕込みにも力が入ったが、佳代の気合いが通りすがりの人たちにも伝わったのか、いざ開店したら思いのほか好調な滑りだしになった。

基本的には、ほかの地域と同じく煮物や揚げ物、ハンバーグといった定番料理の注文が多かったが、ときには豚汁に小麦粉団子を入れた〝だご汁〟、ご飯に炒《い》り卵と高菜を混ぜ込んだ〝高菜めし〟といった地元の料理もけっこう注文された。

地魚をふんだんに使った魚介めし弁当とイタリアン鉄火弁当も予想以上の売れゆきだった。とりわけイタリアン鉄火は長崎の女子高前にも増して売れた。熊本県民は保守的だと聞いていたが、一方で新しいもの好きでもあるらしく、みんなが面白がってくれたようだ。

午後六時過ぎには店仕舞いして手早く片づけ、今夜も繁華街へ向かった。沙良がバイトしている鮨屋を探さなくてはならない。

初日の今日は、下通商店街の回転鮨店、持ち帰り鮨店、チェーンのカウンター鮨店など六店を聞き込んで歩いたが、成果はなし。

でも、まだまだ序の口だ。一朝《いっちょう》一夕《いっせき》で見つかるものではないし、腰を据えて捜すしかない。そう自分に言い聞かせながら白川公園の駐車場に戻ってきた。


こうして五日が過ぎた。

当面のルーティンと決めた調理屋の日替わり営業と沙良捜しを連日繰り返し、財布のことも考えて晩酌《ばんしゃく》はコップ酒一杯、と決めてストイックに過ごしてきた。

晩酌を断たないで、どこがストイックなんだよ、と弟の和馬に知られたら笑われるかもしれない。それでも、呑《の》ん兵衛《べえ》を自称する佳代にとっては節制の日々といっていい。

いつまでこれが続くんだろう。五日連続の空振りはやはりこたえるし、ついめげそうになる。でも、ここで諦めたら元も子もない。熊本市内の鮨屋をすべて聞き込み終えるまで続けるしかない。今夜もコップ一杯の酒で我慢しつつ、もっと違うやり方はないものか、と考えはじめたら眠れなくなった。

仕方なく中古ショップで買った文庫本を読みはじめると今度は止まらなくなって、ふと時計を見ると午前二時半。ストイックも考えものだな、と改めて寝床に入り、何度か寝返りを打っているうちに眠りに落ちた。

ヤバっ、と跳《は》ね起きたのは翌朝の八時半過ぎだった。アラームを入れ忘れて朝寝坊してしまった。慌てて駐車場を飛びだすと、朝の市街はかなり混雑している。水場より先に田崎市場だ、と直行したものの到着したのは午前九時。もういい魚はないかもしれない。心配しながら魚晴鮮魚店に駆けつけると、いつものおばちゃんがいなかった。

店の奥を窺《うかが》っても初老の店主が伝票整理をしているだけで、店先には、ざんぎり頭風の短髪にゴムエプロンを着けた、男子のような若い女性がぽつんと立っている。

どこかで見覚えがある。だれだったっけ、と考えていると、

「いらっしゃいませ」

若い女性が挨拶してきた。その瞬間、声を上げそうになった。

沙良だ。あの頃は髪をツインテールに結んだ幼い少女だったのに、あまりにも変貌《へんぼう》していてすぐ気づけなかった。

「沙良ちゃん、だよね」

無意識に、ちゃん付けしてしまった。ざんぎり頭の女性もそれで気づいたらしく、

「佳代さん、ですね」

昔は〝佳代ねえちゃん〟だったのだが、さん付けで問い返してきた。言葉遣いも女子高生の年頃にしては大人びている。

それでも、十年の歳月を飛び越えるのに時間はかからなかった。瞬時にして当時の感覚に戻った佳代は、

「ちょっと時間、もらえないかな」

無意識に姉貴分めかした口を利《き》いていた。思わぬ再会を喜ぶより先に、みんなに心配かけて、という気持ちになっていた。

「でも、まだ仕事が」

沙良が戸惑っている。なぜ佳代がここにいるのか。父親から何か聞いたのか。あれこれ思いをめぐらせているのだろうが、

「仕事は何時に終わるの？」

佳代はたたみかけた。

「昼の二時」

「携帯番号、教えてくれる？」

「え？」

「教えてよ」

姉貴分の口調で迫ると、あ、はい、と教えてくれた。麻友に聞いたのと同じ番号だった。

「じゃあ、午後二時に迎えにくるね」

そう言い添えると、売れ残っていたツムブリとマグロを見繕《みつくろ》って会計してもらい、

「逃げちゃダメだよ」

と言い置いて店を後にした。

厨房車に戻った佳代は、ふう、と息をついた。こんなかたちで沙良に出くわそうとは思わなかった。といって、感慨に浸っている時間はない。厨房車を飛ばして水場に立ち寄り、今日の営業場所、上通商店街へ駆けつけた。

ただ、この時間から調理の注文を受けても、昼に間に合わせられない。午後は沙良と約束したから臨時休業せざるを得ないし、どうしたものか。考えた末に、今日はイタリアン鉄火だけ売ろうと決めて魚を捌きはじめた。

弁当パックに詰め終えたのは正午直前だった。すぐに〝お昼限定！　イタリアン鉄火スペシャルデー〟と手書きして厨房車のボディに貼りつけた直後に、ふと思いついて〝二百円均一〟と書き添えた。

熊本の街で営業させてもらったおかげで、何の偶然か沙良と再会できた。そのお礼と、沙良との〝対決〟に備えたゲン担ぎも兼ねて大盤《おおばん》振《ぶ》る舞《ま》いしようと思った。いや、もとい。三十人前しか巻けなかったから小盤振る舞いだけれど、心ばかりの感謝を込めて店開きした。

瞬く間に売り切れた。四日前に営業した佳代を覚えてくれていたおばちゃんがやってくるなり、

「あら二百円？」

目敏《めざと》く気づいて近所に触れ回ってくれたおかげで、最後の一パックを売り終えるまで三十分とかからなかった。

「ありがとうございます、完売です」

厨房車の貼り紙を剝《は》がして、後片づけもそこそこに上通商店街を離れた。

さて、どうしよう。市電に沿った電車通りを走りながら考えた。あれからずっとバタバタしていたため、沙良に何を話して、父娘の問題をどう解決すればいいのか、まだ考えをまとめていなかった。

話の流れによっては決裂する可能性だってある。沙良に圧をかけて迫るべきか、あえて柔和に語りかけるべきか、佳代の物腰によって、どう展開するかわからない。

場所の問題もある。田崎市場の周辺やカフェのような人目のある場所だと、揉《も》めた場合に厄介だから避けたい。のびのびと話せる場所があればいいんだけど、と思い悩んでいると、一昨日、お客さんから言われた言葉を思い出した。

「あんた、白川河川敷のイベントに出店せんの？　喜ばれると思うと」

その河川敷は、佳代が車中泊している白川公園より下流の熊本駅の近くにあるらしい。サッカーコートが何面も取れそうなほど広く、ときに地元の植木市や夜市などのイベントも開催されているようだが、ふだんは市民の憩《いこ》いの場として開放されている。

意外といいかも、と急いで下見に行った。川沿いの駐車場から河川敷に下りてみると、この時間、人影はない。原っぱの向こうの川面《かわも》には、にわかに秋めいてきた陽射しが降り注いでいる。

ここにしよう。即決した。

考えてみれば河川敷は、東京でも山形でも大泉町でも、幾度となく一夜を過ごしたり、だれかと語り合ったり、調理屋を営業したりしてきた佳代にとってはお気に入りの場所だ。心地よく晴れ上がった秋空のもとで沙良に向き合えば、きっと通じ合える気がした。

午後二時。魚晴鮮魚店に戻ってくると、約束通り、バイトを終えた沙良が待っていた。

聞けば魚晴は、鮮魚売場の裏手で海鮮食堂も営んでいて、ふだん沙良は食堂で魚の仕込みをしているという。ただ、朝の仕入れ客が引きはじめる午前八時半を回ると、鮮魚売場のおばちゃんが休憩に入る。その間だけ沙良が店番に立っているそうで、つまり佳代は朝寝坊のおかげで沙良と再会できたのだった。

早速、沙良を市場の駐車場に連れてくると、

「ああ、昔のまんまだ」

厨房車を見るなり声を上げた。その表情にはツインテールだった当時の面影が覗いていて、佳代もまた懐かしい気分になった。

沙良を助手席に乗せて田崎市場を後にしたところで、

「麻友に会って、いろいろ聞いたわよ」

穏やかに切りだした。沙良は一瞬、言葉に詰まったものの、すでに大方の事情は伝わっていると悟ったらしく、

「あたし、鮨職人になります」

宣誓するように言った。

「それでざんぎり頭にしたの？」

微笑《ほほえ》みながら問い返した。

「やっぱ生ものを扱う仕事だし、髪に手間をかけてる時間が修業の邪魔だと思って」

憧れの女性鮨職人も同じような短髪だそうで、自分の手でばっさり切ったという。

そこまで本気でいるなら話したほうがいいだろう。

「そういえば、高濱親方に会ってきたよ」

思いきって告げると、

「親方に？」

途端に沙良は表情を硬くして口を閉ざしてしまった。

会話が途切れたまま白川の畔《ほとり》に到着した。厨房車を置いて沙良を促《うなが》し、河川敷に下りていくと、さっきはいなかった子どもたちが遊んでいる。その無邪気な歓声を背に受けながら川辺まで歩を進め、肩を並べて腰を下ろすと、待ちかねたように沙良が口を開いた。

「やっぱ佳代さん、あたしを捜しに来たんですよね」

強張《こわば》った声だった。

「それは捜すでしょう。久しぶりに福江島を訪ねたら、沙良ちゃんが行方不明になってたんだから」

なだめるように説明すると、沙良が気色《けしき》ばんだ。

「父に頼まれたんですか？　あたしを連れ戻せって」

「ううん、そうじゃない」

「じゃあ何で熊本に来たの？　あたしをどうしたいの？」

詰問《きつもん》する口調だった。佳代は静かに息を吐いて沙良に向き直った。

「わたしは沙良ちゃんを応援したいだけ」

「応援？」

眉根《まゆね》を寄せている。佳代は続けた。

「私ね、沙良ちゃんと初めて会った日のことが忘れられないの。東京を離れて福江島へ行くフェリーのデッキで、沙良ちゃんったら、はしゃいで転んで頰《ほ》っぺと鼻の頭を擦《す》り剝《む》いてた。私が島で調理屋の巡回営業をはじめたときは、小さな手で包丁を握って一生懸命手伝ってくれたし、仕事を失くしたお父さんがうなだれてるときは、泣きじゃくりながら励ましていた。そんな沙良ちゃんを見てたら、応援しないではいられなくなったのね」

言葉を切って沙良の目を覗き込み、

「いまの私は、あのときと同じ気持ち。とにかく沙良ちゃんを応援したいの」

わかってくれる？　と問いかけると、沙良が膝を抱えて顔を埋《うず》めた。嗚咽《おえつ》を堪《こら》えているのか、丸めた背中をさらに丸めて荒い息をついている。

その背中に佳代はそっと手を伸ばして、やさしく撫でた。沙良の気持ちに寄り添うように、やさしくやさしく撫で続けた。

やがて沙良の息が鎮《しず》まってきた。ここが気持ちの切り替えどころかもしれない。佳代は背中を撫でる手を静かに離して、あえて違う質問をした。

「魚晴には、どうやって雇ってもらったの？」

沙良が白川のせせらぎに目をやった。そのまましばらく見つめていたかと思うと、

「あたし、高濱親方に出直しなさいって言われたとき、だったら、いまから魚の勉強をしておこうと思ったの」

かすれた声で言った。

最初は鮮魚を扱っていればどの店でもいいと思っていた。でも考えてみれば、チェーン居酒屋や回転鮨屋よりは、魚市場の店のほうが間違いなく勉強になる。高濱親方の仕事ぶりを大枚《たいまい》払って目の当たりにした沙良はそう判断して、バイト先を田崎市場の店に絞った。あとはもう当たって砕《くだ》けろとばかりに仲買店から小売店、食堂まで片っ端から飛び込み、

「鮨職人を目指してます。時給はいくらでもいいので魚の勉強をさせてください」

と売り込んで歩いた。

その熱意に応えてくれたのが魚晴だった。もちろん、親の同意についても聞かれたが、応援してくれてます、とやむなく答えると、わざわざ魚の勉強がしたいと飛び込んできた沙良の情熱を信じてくれたのだろう。あえて確認せずに、鮮魚食堂の調理補助要員として雇ってくれた。

正直、後ろめたい気持ちもあったけれど、働きぶりで恩返しするしかない。そう割り切っ

て、以来、全力で仕事に打ち込んできたこともあり、いまや店主も先輩店員も目をかけてくれている。沙良自身も魚を相手に充実した毎日を過ごしているだけに、

「当分は魚晴で勉強させてもらって、十八歳になったら改めて高濱親方のところに弟子入りをお願いしにいこうと思ってます」

と目に力をこめる。

「じゃあ、東京に行く気はないの？」

憧れの女性鮨職人には師事しないのね、と念のため確認した。

「ていうか、あたし、東京で暮らしたくないんです。都会より島暮らしのほうが性《しょう》に合ってるし。もちろん、女性鮨職人の店には一度でいいから食べに行きたいと思ってるけど、福江前の店を目指すからには九州の魚を知り尽くしてる高濱親方の店で修業したいんです」

麻友が言っていた通りだった。そこまで腹を括っているのであれば、これまた麻友が言ったように、今回の件は父親の佐々野さんの勇み足じゃないかと思えてきた。

となれば、もうひとつ気になることがある。

「じゃあ、お父さんにはもう会わないつもりなの？」

すると沙良は、ふと空を見上げ、

「そうじゃないけど」

言葉を濁《にご》した。

「てことは、いろいろあったけど、お父さんが嫌いになったわけじゃないのね」

野暮《やぼ》な聞き方になってしまったが、沙良は素直に、うん、と小さくうなずき、

「なんて言っていいかわからないけど、結局、こういうことなんです」

と前置きして胸の内を語りはじめた。


沙良と別れたあと、急遽《きゅうきょ》、沙良の父親、佐々野さんにショートメールを入れた。ふだんはアポを取らない佳代も、こうなったら話は別だ。

『明日の晩、福江島に行きます。ぜひお話しさせていただきたいです』

しばらくして返信がきた。

『沙良のことなら、ぼくがどこへでも行きますけど』

『いえ、お気遣いなく。私が伺います』

ここはあたしが動かなければ、と押し切って、すぐに菓子折を買いに走った。先日、快《こころよ》く営業を許可してくれた四か所の日替わり営業場所に、菓子折持参でお詫びしなければならない。

「こちらから頼んでおきながら申し訳ありませんが、長崎に急用ができたので、しばらく熊本を離れます。また戻って営業しますので、どうかよろしくお願いします」

神戸の魚崎での失敗を教訓に、丁寧に事情を話して詫びたところ、

「そら大変なことたい、また来なっせ」

逆に励ましてもらえた。

その夜も白川公園の駐車場で過ごし、翌朝八時二十五分のフェリーで熊本港を発った。

ふだんはふらりふらりの佳代だが、こうなると一転、せっかちになる。晴天の有明海を愛《め》でる余裕もないまま島原港に到着。雲仙普賢岳《ふげんだけ》を横目に一般道を辿って西へ飛ばし、昼前には長崎市に入った。

正午過ぎには、かつて沙良と出会ったフェリーに厨房車とともに乗船し、長崎港から五島灘《なだ》へ向けて出航した。有明海と違って、五島灘は外海だから波が高い。ゆらりゆらり揺られること四時間。午後四時半近くにようやく三度目の福江港に到着した。

再び厨房車に乗り込んで下船すると、佐々野さんが埠頭《ふとう》で待っていた。傍らには佳代の愛車より大きい普通車ワゴンの厨房車が駐まっている。今日も島内を巡回営業していたそうで、いつもより早く引き揚げてきてくれたのだった。

「わざわざすみません」

佳代が恐縮して頭を下げると、

「こちらこそ、ありがとうございます」

五分刈《ごぶが》り頭に陽焼け顔の佐々野さんも恐縮している。

もともと福江島出身の佐々野さんは、東京の大学を経てアメリカに留学し、外資系企業のエリートとしてスーツ姿で働いていた。離婚して沙良ちゃんと島にUターンした際、佳代と出会って島の調理屋に転身したのだが、あれから十年。いまや、漁を終えたばかりの漁師といった風貌《ふうぼう》で、すっかり島の住人に戻っている。

「とりあえず、うちに行きましょう」

挨拶もそこそこにワゴン厨房車に乗り込み、自宅まで先導してくれた。

福江港から山間へ向かって十分ほどで、佐々野さんが生まれ育った実家に到着した。両親はすでに他界して、トタン葺《ぶ》き屋根の木造平家の玄関には〝佐々野のキッチン〟と書かれた表札が掲げられている。

「今夜は、ぼくにご馳走させてください」

家に上がると茶の間の座卓を勧められ、福江産の鮮魚料理と芋焼酎《いもじようちゆう》を配膳してくれた。

先日、アポなしで訪ねたときは佳代が手料理を振る舞った。その返礼として気合いを入れてくれたようだが、

「ありがとうございます。でも、お酒の前に、ちょっとお話しさせてください」

佳代はそう告げて、佐々野さんが腰を下ろしたところで続けた。

「実は沙良ちゃんと熊本で再会できました」

「え、元気でしたか?」

佐々野さんが身を乗りだした。

「ええ、夢に向かって元気に頑張ってました」

「夢って、その、鮨職人ですか」

訝《いぶか》しげに問い返された。

「もちろんです。ただ、修業を志願した店の親方から、親御さんの同意が得られていないなら出直しなさい、と言われて、いまは市場の海鮮食堂でこっそりアルバイトしています。アパー

トが借りられないので、ネットカフェに寝泊まりしながら」

　途端に佐々野さんは、

「だから言わんこっちゃない」

　眉間《みけん》に皺《しわ》を寄せた。すかさず佳代はたしなめた。

「佐々野さん、言葉が過ぎると思います。彼女には彼女の志《こころざし》があるんです。親御さんの目からは、若気《わかげ》の至りでもがいているように見えるでしょうが、本人は真剣です。彼女の情熱をわかってあげてください」

　それでも佐々野さんは収まらない。

「いやもちろん、そもそもはぼくのせいだと自覚してます。離婚して会社を追われて、沙良を島に連れてきてしまった。それについては本当に可哀想《かわいそう》なことをしたし、謝っても謝りきれません。だからこそ沙良には、ふつうの娘に育ってほしいと願ってきました。幸《さいわ》い、佳代さんから調理屋という仕事を授かって、どうにか暮らせるようになった。それをきっかけに、子どもの頃から料理や家事の手伝いで苦労させてきた沙良を高校、大学に進ませて、ふつうの女の子の生活をさせてやろうと頑張ってきたんです。なのに沙良は、まだまだ世間では認知されてない女性鮨職人になると言いだした。正直、愕然《がくぜん》としました。なぜわざわざ茨《いばら》の道を歩もうとするのか。もちろん、彼女をそこまで追い込んでしまった張本人はぼくですから、内心、忸怩《じくじ》たる思いもありますし、そんな彼女がますます不憫《ふびん》になります。その意味でも、沙良をふつうの女の子に戻してやりたいんです。それが父親のぼくにとって、精一杯の罪滅ぼしですから」

わかってください、と目で訴えかけてくる。

佳代は奥歯を嚙《か》み締めた。いまの言葉でやっとわかったが、佐々野さんは大きな勘違いをしている。これでは沙良とすれ違って当然で、そこに気づいていてくれなければ何も解決しない。

「佐々野さん、改めて伺いますけど、沙良さんは不憫なんでしょうか。東京を離れてお父さんの故郷で育ったことが、可哀想なことなんでしょうか。私はそう思いません。ぎすぎすした都会を離れて、この素晴らしい島にやってきた沙良ちゃんは、大好きなお父さんを支えていこう、と幼心《おさなごころ》に誓って健気に生きてきた。それって、けっして不憫でも可哀想でもないじゃないですか」

「しかし」

「聞いてください。この際、沙良ちゃんが打ち明けてくれた胸の内をお伝えします。彼女が目指しているのは、この福江島に東京や全国各地からわざわざ食べにきてくれるような鮨屋を開いて、お父さんと福江島に恩返しをすることなんですね」

「恩返し？」

きょとんとしている。

「沙良ちゃんは、お父さんを助けたい一心で料理に打ち込んできたおかげで、料理の素晴らしさに目覚めた。そして、自然に恵まれた福江島に移住したおかげで、東京で疲弊した心を癒して、のびのびと成長できた。そんな育ち方ができたことに沙良ちゃんは感謝しているんです。だから将来的には、お父さんと二人で切り盛りできる鮨屋を福江島に開いて一緒に暮らしていきたい。福江前の鮨を通じて多くの人に福江島の素晴らしさを知ってもらって、過疎《かそ》化が進んでいる島を盛り上げていきたい。それこそが、お父さんと福江島への恩返しだと考えて、ざんぎり頭で頑張っているんです」

佐々野さんが目を瞬かせている。初めて知った娘の本音に、驚きを隠せないでいる。

佳代は言葉を繋いだ。

「ああ見えて沙良ちゃんは、ちゃんと考えて行動しているんです。娘を心配する親心もわからなくはないですけど、父親として彼女の気持ちを汲み取ってあげられないものでしょうか」

佐々野さんが何か言いかけた。それを牽制《けんせい》するようにたたみかけた。

「ふつうの女の子の生活ってなんでしょう。大学まで進学して会社に入って、伴侶《はんりよ》を見つけて家庭に入る。それがふつうの女の子の生活だとお考えでしょうか。でも、お父さんのふつうと沙良ちゃんのふつうは違うんです。お父さんのふつうを押しつけて、沙良ちゃんのふつうを潰《つぶ》してどうするんですか。実際、よかれと思って高校に進ませたのに、結果的には思いがすれ違って、あんなに仲がよかった父娘に亀裂《きれつ》が入ってしまった。こんなこと、風来坊の私が言っても説得力がないかもしれませんが、いまどき、あんなしっかりした十六歳はいません。佐々野さん、もっと沙良ちゃんを信じてあげてください」

最後は声を震わせて思いの丈をぶつけてしまった。

喉《のど》が渇《かわ》いて目が覚めた。

うう、と唸《うな》りながら起き上がると頭が重い。

どこだろう。

寝ぼけ眼《まなこ》で見回すと、昨日の服を着たままベッドにいた。傍らには、くまモンのぬいぐるみがころんと転がり、花柄のカーテンが引かれている。左手には学習机、その壁には写真がコラージュ風に貼ってある。

髪をツインテールに結んだ制服姿の女子中学生だった。同じ制服の友だちに囲まれてはしゃいでいる。

そうか、沙良の部屋だった。熊本で再会したざんぎり娘とは別人のような写真を前に、ようやく記憶がよみがえった。

ゆうべ、佳代に詰め寄られた佐々野さんは、いったんは黙り込んでしまったが、腹を括って思いの丈をぶつけたのがよかったのだろう。しばらく思い詰めた表情で考え込んでから、ふと居住まいを正し、

「佳代さん、ありがとうございます」

両手を突いて深々と頭を下げた。

「いえ、あの、頭を上げてください」

佳代が慌てていると、佐々野さんは静かに面《おも》を上げた。目に涙が滲《にじ》んでいた。言葉はなくとも、それですべてが伝わった。

「私のほうこそ、ありがとうございます。いろいろと生意気を言ってしまって、すみませんで

した」

佳代もまた頭を垂れた。佐々野さんがふと立ち上がった。

そのまま涙を拭《ぬぐ》いながら台所へ行って冷蔵庫から氷を取ってくると、二つのグラスにカランカランと入れて芋焼酎を注いだ。

「飲みましょう」

芋焼酎を飲むならロックに限るそうで、ぎこちない笑みを浮かべてグラスを掲げた。

佳代もグラスを手にして乾杯すると、あとはもう一転して、二人きりの和《なご》やかな宴《うたげ》になった。

「この小魚は福江で〝キビナ〟って呼ばれてるキビナゴ。他所《よそ》のものとは、ぜんぜん違うから、さあ食べてみて」

佐々野さんに勧められて箸《はし》を伸ばすと、

「こっちのカンパチとウチワ海老《えび》も福江産の地魚。東京なんかには、まず出回らない上物なんだよねえ」

とお造りの皿も差しだしてくる。

さっきの緊迫したやりとりが嘘のように和気藹々《わきあいあい》とグラスを傾け合った。佳代が旅のエピソードを披露すれば、佐々野さんが島の調理屋の楽しさを語り、おたがいの近況を掘り下げたり笑い合ったりしている合間にも、

「これは近海の海水を汲んできて作った〝潮どうふ〟ってやつ。こいつも芋焼酎に合うんだよ

なあ」

と佐々野さんがマメに芋焼酎を注ぎ足してくれる。

それやこれやで飲みも会話も自然と長引き、いつしか佳代の呂律《ろれつ》が怪しくなってきた。お酌されるままにロックでくいくい飲んでいたのがいけなかったのだろう。酒には強いはずの佳代がへろへろに酔っ払ってしまい、今後のことはまた明日話しましょう、と言い置いてふらふらと厨房車に戻りかけると、

「今夜はうちに泊まってください」

と沙良の部屋に連れてこられたところまでは覚えている。あとはもう服のままベッドに倒れ込み、ことんと寝入ってしまったようだ。

時計は午前七時を指している。すでに佐々野さんは起きているようだ。慌ててベッドを整えて洗面所でザバザバっと顔を洗い、

「おはようございます」

照れ笑いしながら茶の間に出ていくと、

「よく寝られました?」

佐々野さんは微笑みを浮かべ、冷たい水をコップに注いでくれた。

「ゆうべはすみませんでした」

水を一気に飲み干し、ほっと息をついていると、佐々野さんがふと真顔になった。

「あれからいろいろ考えたんですけど、今日、熊本へ行きます」

午前八時発のフェリーに乗るので、すぐ出発するという。え、と驚いていると、

「いえ、佳代さんはゆっくりしていてください。明日には帰ってきますから」

巡回営業を待ってくれている島のお客さんには申し訳ないが、いまは沙良の大事な岐路《きろ》だ。彼女の真意がわかったからには、早々に会って父娘で話したいという。

「あたしも行きます」

佳代は言った。父娘二人きりで会ってまた話がこじれてもいけない。でしゃばるつもりはないが、三人で会ったほうがいい気がした。

「いや、そこまで佳代さんのお世話になっては」

「あたしは大丈夫です。佐々野さんとお話ししたら、また熊本に戻って調理屋を再開するつもりでしたし」

すぐ出ましょう、と逆に佐々野さんを急《せ》かして福江港へ向かった。

出航二十分前にフェリーターミナルに到着すると、

「さっと朝めしにしちゃいましょうか」

佐々野さんの提案で、待合室の近くで朝から営業している立ち食いうどん屋で五島うどんを食べた。

そういえば、初めて佐々野さん父娘に出会ったときも、三人で同じうどんを食べたものだった。今日を境に、また仲良し父娘に戻ってくれますように、と祈りつつ、五島ならではのアゴ

出汁《だし》がきいたうどんを啜《すす》ったところで、佐々野さんの厨房車に続いて乗船した。

長崎港から島原港、熊本港と昨日と同じルートを逆に辿った。途中、フェリーの中から、

『もう一度、話したいことがあるの』

と沙良にメールして、今夜七時に会う約束を取りつけた。熊本駅の近くがいい、と言われたが夜の河川敷というわけにもいかない。佐々野さんと相談して熊本駅前のシティホテルのロビーラウンジで待ち合わせた。

佐々野さんも一緒だとは言わなかった。事前に拒《こば》まれたら厄介だ。ただ、はからずもサプライズになってしまうため、佐々野さんが心配して、

「念のため、高濱親方にお目にかかってから沙良に会いたいです」

と言いだした。親方は沙良に、出直しなさい、と告げただけで弟子入りを断ったわけではない。父親の口から直接同意を伝えれば受け入れてくれる気がするし、そうなれば沙良とも和解しやすいと言うのだった。

なるほど、と思った。すぐに佳代が親方に電話すると二つ返事で会えることになった。いい流れになってきた。わくわくしながら熊本港に上陸して、午後三時過ぎには下通商店街に着いた。

その足で紅葉通りへ向かい、煉瓦模様の飲食店ビルの二階に上がった。

「お忙しいところ、申し訳ありません」

白木の引き戸を開けて親方に挨拶すると、

「こちらこそ、ご足労いただいてすみません」

仕込みで忙しい中、つけ台の椅子《いす》を勧めてくれて、お茶まで淹《い》れてくれた。

その対応に佐々野さんは恐縮しながら、

「先般は娘が大変失礼いたしました」

丁重《ていちょう》に詫びて、もし娘の弟子入りが許されるようでしたら、びしびし鍛えてやってくださ い、と頭を下げた。

「そうですか、それはよかったです。いまどきは男だって、そこまで志を貫ける若者はなかな かいませんから、いやほっとしました」

親方は破顔《はがん》して、

「いまのアルバイト先の都合もあるでしょうから、区切りのいいときに入店していただければ と思います。ただ、修業に男女は関係ないので、その点はよろしくお伝えください」

最後にそう念押しされて、呆気《あっけ》ないほど、あっさり話が決まってしまった。

あとは沙良と会うだけだ。すぐさま待ち合わせたホテルに乗りつけて駐車場に車を置き、約 束の時間まで佐々野さんとは別行動にした。

佳代は駅ビルをぶらついて、沙良に手土産を買った。まずは食品フロアのベーカリーでデニ ッシュやバゲットなど若い女子のお腹の足しになるもの。ついでにファッションフロアで実用 的なTシャツと三足セットの靴下を見繕った。

約束の十五分前にはシティホテルのロビーラウンジに入った。佐々野さんは駐車場のワゴン厨房車で待機している。最初に佳代が沙良と話して、頃合いを見て佐々野さんを電話で呼び込む段取りだ。

ほどなくして沙良が現れた。

「ごめんね、明日もバイトなのに」

最初に手土産を渡して、佳代は紅茶、沙良はカフェラテを注文した。そして、いよいよ話を切りだそうとしたそのとき、

「沙良！」

突然、声が飛んできた。

え、と振り返ると佐々野さんがロビーラウンジの入口にいた。事前の打ち合わせと違う。どうしたのか、と佳代が慌てていると、そのまま佐々野さんは沙良に歩み寄るなり、

「高濱親方に会ってきたぞ」

いきなり告げた。

沙良が固まっている。なぜ父親がいるのか。なぜ高濱親方を知っているのか。当惑している娘に、佐々野さんはたたみかけた。

「区切りのいいときに入店していい、と親方が言ってくれてね。娘をよろしく、とお願いしてきたからな」

途端に沙良が弾かれたように立ち上がり、

「ほんとに？」

やっと言葉を発した。

「本当だ。佳代さんからもいろいろ聞いたが、一人でよく頑張ってたな。これまでいろいろと申し訳なかった、パパを許してほしい」

佐々野さんが頭を下げると、沙良は顔をくしゃくしゃに歪《ゆが》め、

「パパ」

声を詰まらせ、両手で顔を覆った。指の間から涙が滴《したた》っている。それは白川河川敷で嗚咽《おえつ》を堪えていたときとはまるで違う、溜まりに溜まった澱《おり》を洗い流すような熱い涙だった。

店内の人たちが訝しげに見ている。それでも、くぐもった声で泣き続ける沙良の肩を佐々野さんがそっと抱いてソファに座らせ、ごめんな、本当に馬鹿なパパだった、ごめんな、と囁《ささや》きかけるように詫びている。

沙良がうんうんとうなずいている。うなずきながら何度もしゃくりあげている。

佳代は無言のまま席を立った。ここは父娘二人にしてあげよう、と気を利かせたつもりだったが、

「佳代さん」

佐々野さんに呼びとめられた。

「実は、さっき三人部屋が取れたんです。同部屋で失礼がなければ、三人でディナーを楽しんで、今夜はゆっくり過ごしませんか」

いいよな、と沙良にも問いかける。すると沙良が泣き濡れた頬を拭いながら、

「佳代さん、ありがとう。あたしも今夜は〝佳代ねえちゃん〟と一緒にいたい」

甘えた声でねだられた。その人懐こい瞳は、六歳だった頃とまったく同じだ。

これには佳代もこみ上げて、涙を堪えながらこくりとうなずいた。


親子というものは、つくづく面倒臭い。

神戸の宍倉家と関わったときも思ったものだが、あれとはまた別の面倒臭さが佐々野家には横たわっていた。

おたがいに思いやっているつもりでも、気がつけば気持ちがすれ違っている。一度すれ違うと、他人同士にも増して意地になり、底なし沼のように亀裂が深くなる。

たった二人の家族でも、いや、たった二人の家族だからこそ、なおさら思いやる気持ちの強さが仇《あだ》になるのだから本当に面倒臭い。

ただ、その面倒臭さが家族なのかもしれない。面倒臭さの積み重ねが、家族という共同体の絆《きずな》をより太く深くしていく。佐々野父娘が亀裂を修復できたのも、結果的には面倒臭さから逃げなかったからだし、きちんと向き合ったからこそ再び嚙み合えたのではないか。

不思議なもので、いったん歯車が嚙み合うと物事というものは一気に好転するものだ。早速、沙良が魚晴の店主に弟子入りの話をして、親の同意がなかったことも謝罪すると、店主は寛大に許してくれたばかりか、

「沙良は筋がいいから立派な鮨屋になれるぞ」

とまで言ってくれたという。

ほんとに沙良は人に恵まれていると思う。当人が一途に頑張っているからこそ周囲の人たちも親身になってくれるのだろうが、いい娘に育ったものだ、と佳代は親戚のおばさんのような気持ちになる。

その後、高濱親方とも話がついて、だったら早いほうがいい、と二週間後に弟子入りする段取りになった。ここまでくれば報告しても大丈夫だろう。そう見定めた佳代は、元同級生の麻友に電話を入れた。

「マジですか？　やっぱ沙良ってすごいです。あたし、いまからでも東京の劇団のオーディション、受けちゃおうかな」

いたく刺激を受けたらしく、着拒も解けたよ、と佳代が言い添えると、すぐ沙良に電話します、と喜びの声が返ってきた。

ほっとした佳代は、再び熊本市内で調理屋をはじめた。一度はお詫び行脚《あんぎゃ》した四か所の営業場所の人たちも快く迎え入れてくれて、気分一新、連日休みなしで日替わり巡回営業に励んだ。

そうこうするうちに瞬く間の二週間が過ぎ、沙良が弟子入りする前日、早朝一番で当人から電話があった。

仕入れに出掛ける直前だっただけに、また何かあったのか、と緊張したが、

「今日のお昼、料理を注文していいですか？」

思わぬことを聞かれた。

「んもう、びっくりさせないでよ。料理の注文は大歓迎だけど、慌てちゃったわよ」

「ごめんなさい。食材も含めておまかせでお願いしたかったので、仕入れに出掛ける前のほうがいいと思って」

明日弟子入りしたら仕事漬けの日々になる。その前に佳代の料理を食べておきたいという。

「ああ、そういうことなら喜んで作るけど、どんな料理がいい？」

「佳代さんのお気に入り料理を二人前」

「二人前？」

「佳代さんと食べたいの。お昼過ぎだったら時間あるでしょ」

嬉しい話だった。

「だったら天気もいいことだし、また河川敷にしよっか」

料理はいまから考えてみる、と応じると、

「了解！」

元気のいい声が返ってきた。

そうとなれば何を作ろうか。考えをめぐらせながら、水場経由で田崎市場へ向かった。

今日の営業は新市街だ。小料理屋の女将《おかみ》から昼間だけ軒先を借りているのだが、午前中の注文が多い場所だ。となれば沙良の料理は、別の調理をしながらコトコト煮込めるものがいいかもしれない、と食材を買い揃《そろ》えた。

予想通り午前中は慌ただしく過ぎ、ひと息ついたのは午後一時過ぎだった。

ちょうど煮込み終えた琺瑯鍋《ほうろう》とライ麦パン、紅茶を入れたミニポットと食器を籐《とう》製のバスケットに入れて白川河川敷へ急いだ。

沙良は川辺に佇《たたず》んでいた。すっかり見慣れたざんぎり頭が川風に揺れている。その面差《おもざ》しはきりっと引き締まり、午後の陽を浴びて輝いている。念願の鮨職人への道へ踏みだす喜びと決意に満ちたその立ち姿に惚《ほ》れ惚《ぼ》れとしながら、

「おまたせ」

佳代は声をかけた。二人で川辺に腰を下ろして、早速、琺瑯鍋の蓋《ふた》を開けた。

「おいしそう！」

沙良が湯気の香りを嗅いでいる。

「でしょう。これ、フランス人に教わった家庭料理で〝ママンのプーレ〟って呼んでるの。明日から沙良は魚漬けになっちゃうだろうから、肉料理がいいと思って」

もちろん、今日は神戸で作った和風アレンジのプーレ・ドゥ・宍倉ではなく、かつてアランから習ったレシピで作った。大蒜とハーブを炒めたオリーブ油で玉葱《たまねぎ》と鶏肉を焼き、白ワインでフランベしてトマトの水煮と生クリームを入れてじっくり煮込んである。

「ボナペティ」

召し上がれ、と促してミニポットの紅茶を紙コップに注いだ。いただきます、と沙良はフォ

ークで鶏肉を刺して豪快に頬張るなり、

「おいしい！」

笑顔を弾けさせた。その食べっぷりに佳代は目を細め、

「よかったら、たまには作ってみて」

紙に走り書きしてきたレシピを差しだした。

「ありがとう。実は先週、お父さんからもらったお祝い金で調理道具を買い揃えたの」

落ち着いたら作ってみる、と微笑んでいる。

すでに沙良は、高濱親方が弟子用に借り上げたアパートに入居している。小さなキッチンもついているそうで、十年前、佳代と別れるときにもらった『いかようにも調理します』の木札を壁に掛けたという。

「あら嬉しい。そんなキッチンがあれば、彼氏の胃袋も、いかようにも摑めそうね」

佳代がからかうと、

「彼氏なんて、まだまだ早いですよ。一人前になるまでは鮨が恋人だし」

川面を見つめながらきっぱり言う。そんな台詞《せりふ》を衒《てら》いなく言える沙良が眩しくて、ほっこりした気分で紅茶を口にしていると、

「けど、そういう佳代さんこそ彼氏はいるんですか？」

唐突な問いかけに噎《む》せそうになったが、

「そうねえ、一度だけプロポーズされた人はいるけど、それっきり」

さらりと応じた。

「へえ、どんな人だったんです？」

沙良が目を輝かせている。

「ママンのプーレのレシピを教えてくれたフランス人。もうとっくに国に帰っちゃったけど、魚介めしも大好きって言ってくれたの」

「なのに、なんでプロポーズを断ったの？」

「さあ、なんでだろうね。いまの生き方を貫きたいから、とか言って断ったんだけど、うん、なんでだろう」

自分でもわからなくなって空を仰《あお》いだ。

鳥が飛んでいた。白い翼を羽ばたかせているから白鷺《しらさぎ》だろうか。ぼんやりと考えながらその行方を見つめていると、

「未練はないんですか？」

沙良に問い返された。

どきりとした。考えてみれば、このところの佳代は、何かにつけてアランを思い出していた。函館の温泉ではアランと混浴した照れ臭い記憶に思いを馳《は》せ、アランと出会った下関を通過したときは切ない思いに駆られ、ママンのプーレは、ここにきて二度も作って人に勧めてしまった。

彼のことは割り切ったつもりでいた。懐かしい過去にすぎないと踏ん切りをつけたはずだっ

た。なのに、まだ心の奥底に未練が残っていたんだろうか。

空を見上げたまま自問していると、沙良が続けた。

「あたしが言うのもなんだけど、なんか、もったいないです。佳代さんって、あたしが子どもの頃から、いつも人の幸せばっかり考えてたじゃないですか。そろそろ佳代さんの幸せも考えたほうがいいと思います。ていうか、あたし、佳代さんがパートナーと一緒に調理屋さんをやってるところを見てみたいです。あたしの大好きな佳代ねえちゃんが、愛する人と幸せに暮らしてるところを」

佳代はまだ空を仰いでいた。なぜか沙良の言葉が刺さっていた。

愛するだれかと暮らしている自分の姿など想像すらしなかったけれど、そろそろ支え合えるだれかが必要な時期なのかもしれない、と素直に思えてきた。

「ありがとう。そんなことを言ってくれたのは沙良ちゃんが初めて。でも、そうだよね、私もそろそろ変わらなきゃね」

いつになく照れながら感謝の言葉を返すと、佳代はバッと両手を広げ、身も心も成長した沙良を十年ぶりにギュッと抱き締めた。

最終話
トンボロの島

女が一人で混浴温泉に浸《つ》かっていると、どうも居心地がよくない。それでなくても勇気を奮《ふる》って入ったのに、周囲の微妙な空気が、ひしひしと伝わってくる。

五十代と思《おぼ》しきおばちゃんたちはあっけらかんと入浴しているから、それに倣《なら》って佳代も平静を装《よそお》っているのだが、まだ三十代の独身女には照れと羞恥心《しゅうちしん》が漂《ただよ》っているのだろう。素知らぬ顔をしているおじさんたちも、露骨な視線は向けないまでも好奇の目で窺《うかが》っている気がする。

眼福《がんぷく》とばかりに喜んでいる目。若い女一人で混浴か、と呆《あき》れている目。おれの自慢の一物《いちもつ》を見ろ、とばかりにギラついている目。佳代が意識しすぎなのかもしれないが、せっかく大分県別府市の明礬《みょうばん》温泉を訪れたのに、どこか落ち着かない。

アランがいればなあ、と思った。

かつて彼と入浴したときは、いたずら心が高じて佳代のほうから混浴に誘い、欧米人らしく恥ずかしがっているアランを見て楽しんでいられる余裕があった。でも、やはり女一人で入るところじゃなさそうだ。せっかく思い出の温泉を訪れたのに急に寂しさに駆られて、佳代は早々に湯から上がった。

熊本で沙良と別れの食事をして以来、佳代はアランのことばかり考えている。それ以前も、函館を皮切りに日本を縦断《じゆうだん》している折々に、アランのあれこれを思い出していたものだが、沙良から突然、

「未練はないんですか？」

と問われたことが大きい。

それをきっかけに忘れていた恋心を揺さぶられ、アランのことが頭から離れなくなった。その後もしばらく熊本市内で調理屋を営業していたが、彼からプロポーズされた佐賀関《さがのせき》を再訪したくてたまらなくなった。

もちろん、いまさら訪ねたところでアランはとっくに帰国している。それでも、思い出の地に身を置きたい気持ちが抑えられなくなり、お世話になった熊本の人たちに別れを告げて佐賀関へ向けて出発。道中、アランゆかりの明礬温泉に立ち寄ったのだった。

いまアランは、どこで何をしているんだろう。混浴温泉を後にした佳代は改めて、かつての彼を振り返る。

初めて出会ったときのアランは、かなり大人びて見えたが、実際は、ひと回り近く下の二十一歳だった。生まれは南仏プロヴァンスの港町で、リヨンの大学に進んだものの、異国の港町を見てみたい、と一年間休学。興味を抱《いだ》いていた日本を訪れてヒッチハイクで港町をめぐり歩いているうちに、下関のパーキングエリアで佳代と出会った。

二人とも料理と食べることが大好きだったから、意外なほど馬が合った。会話はブロークンな英語だったから意思疎通《そつう》には時間がかかったが、そのもどかしさも逆によかったのだろう。アランが港町めぐりの最終目的地と決めていた佐賀関に滞在中、二人の恋心が燃え上がった。

恋の舞台は、佐賀関名物〝うす焼き〟と大分名物〝とり天《てん》〟を売っている『まさえ屋』だった。佳代の調理屋商売を面白がってくれた店主の正枝《まさえ》さんが、

「うちの店の前でやらん？」

と言ってくれて、佳代は魚介めし、アランは母親の味〝ママンのプーレ〟を作って売り、夜は正枝さんが自宅の二階に泊めてくれたことから二人は急接近した。

アランからプロポーズされたのも、その二階の部屋だった。ただ、当時の佳代は結婚に踏み切れず、後ろ髪を引かれながらもアランと別れて佐賀関を後にした。

一方のアランは正枝さんのもとに残り、その後、母国フランスに帰ったはずだが、あれから八年以上。すでにアランはリヨンの大学を卒業しているはずだし、結婚している可能性だってある。

「一緒にフランスに来てほしい。佳代と結婚して二人で調理屋ビジネスをやりたいんだ」

あのときアランから望まれた通りフランスに渡っていたら、あたしはどうなっていただろう。当時の判断は正しかったんだろうか。

振り返るほどに切なさに見舞われる。といって、いまさら渡仏しても捜《さが》しようがないし、なにより遅すぎる。なのに、ここにきて胸が疼《うず》いてるあたしって、どうしちゃったのか。

自分の気持ちがわからなくなった佳代は、ひとつ嘆息《たんそく》して湯煙が立ちのぼる別府の街を発《た》った。甘酸っぱさと悔恨《かいこん》に背中を押されるようにして、十月下旬、佐賀関へ向けてアクセルを踏み込んだ。

別府湾沿いの一般道を辿《たど》って午後三時過ぎ、豊予《ほうよ》海峡に面した佐賀関に到着した。途中、道の駅に立ち寄ったため、別府から二時間もかかってしまった。

ここは関あじ関さばで全国に知られる漁港と、巨大な煙突がそびえ立つ銅の製錬《せいれん》所が並ぶ小さな町で、正枝さんの店は両者の真ん中あたりにある。

まだ彼女は店をやっているだろうか。例によってアポなしだから着くまでわからないが、昔の記憶を頼りに走っていくと当時と変わらない赤錆《あかさ》びたプレハブ平屋建ての店が見えてきた。お好み焼きを二つ折りにしたようなうす焼きと、鶏肉の天ぷら、とり天の看板を掲げた店頭には〝営業中〟の札が下げられている。

ほっとして店先の駐車場に厨房車《ちゅうぼうしゃ》を駐《と》め、

「お久しぶりです！」

サッシ戸を開けて声をかけると、

「あらま、佳代ちゃん」

店内の調理場で正枝さんが目を瞬《しばた》かせている。かつてはパーマ頭に三角巾《さんかくきん》を被ったおばさんだったが、いまや三角巾から覗《のぞ》く髪はすっかり白くなり、額《ひたい》にも目尻にも何本もの皺《しわ》が刻まれている。

「しばらく熊本に滞在してたんですけど、正枝さんに会いたくなっちゃって」

照れ笑いしながら佳代は言った。アランのことは恥ずかしくて口にできなかった。

「へえ、熊本から来たっちゃ。そら大変じゃったねえ」

隣県とはいえ熊本からは車で三時間半、電車だと五時間以上かかるだけに遠方に感じるようだ。

「まあゆっくり座っちょれ」

カウンターの丸椅子《いす》を勧《すす》めてくれると、

「いまお茶を淹れるけん、うす焼きととり天、どっちがええ？」

小首をかしげて聞く。

「えーと、どっちも」

冗談っぽく答えたが、実際、正枝さんが作ると絶妙なおいしさで両方食べたくなる。

「あら嬉しいっちゃ。ようけ食べて今夜は泊まっていき。一人暮らしには慣れたつもりやったけど、還暦を超えると寂しゅうてなあ」

急に弱気なことを言って笑ってみせると、鶏肉に衣をつけて揚げ鍋に投入し、鉄板には小麦粉の生地《きじ》を薄く広げていく。

もともと正枝さんは漁師の夫と長男の三人家族で、高校を卒業した息子は父親の跡を継ぎたいと漁師になった。以来、父子二人で出漁するようになったが、これが悲劇に繋がった。それから三年後、息子の漁師姿が板についてきたある日、悪天候を押して出漁した父子もろとも波に呑《の》まれたのだ。

陸《おか》に一人残された正枝さんは茫然自失《ぼうぜんじしつ》。気も触れんばかりの悲しみに暮れたものの、それでも生きていかなければならない。一人で切り盛りできるまさえ屋を立ち上げて、今日まで頑張ってきたのだった。

「けどまあ、寄る年波いうやつには抗《あらが》えんちゃ。そろそろ店を閉めようか思うとる」

鉄板の上でコテを動かしながら正枝さんが弱音を漏らす。

「まだまだお元気じゃないですか、もったいないですよ」

なだめるように佳代が言うと、それには答えないまま、

「はい、まずはうす焼き」

ひょいと皿を差しだしてきた。さらっといなされてしまったが、佳代は両手を合わせて、いただきます、と食べはじめた。

相変わらずおいしかった。鉄板で焼いて二つ折りにした生地の中には、千切りキャベツ、もやし、薄切り肉、中華麺、いりこ粉が入っているのだが、お好み焼きより軽い食べ心地で、薄い生地のところどころがパリッとした食感で楽しい。

「こっちも揚がったっちゃ」

もう一品のとり天も皿に盛りつけてくれる。これまた絶妙な揚げ上がりで、さくっと嚙《か》み締めた瞬間、思わず口角が上がる。

「やっぱ正枝さん、この味がなくなっちゃうなんて、もったいないですよ」

さっきの話を蒸し返すと、

「そういえば佳代ちゃん、まだ独り身？」

またいなされてしまった。

「まあ、相変わらずですね」

頭を掻《か》きながら答えた。

「そらいけんねえ。早《はよ》う結婚して子ども産まんと。産むならいまのうちやけん」

「それはそうなんですけど、相手がいなきゃどうしようもないし」

風来坊《ふうらいぼう》をやってると、なかなかチャンスがなくて、と佳代が苦笑いすると、ああ、それで思い出した、と正枝さんが声を上げた。

「この前、アランが来たっちゃ」

「え、アランが？」

佳代も声を上げてしまった。二、三か月ほど前のことだそうだが、ふらりと店に立ち寄ってくれたという。

「でも彼、フランスに帰ったはずじゃ？」

「そうなんやけど、久しぶりに日本に来た言うて挨拶《あいさつ》にきてくれてな。佳代ちゃんに会いたそうやったなあ」

簡単な英単語と身振り手振りでしかやりとりできない正枝さんだけに、詳しい事情まではわ

からなかったそうで、

「佳代ちゃんも、あと二、三か月早くうちに来とったらアランに会えたのに、それこそ、もったいなかったねえ」

慰《なぐさ》めるように言われたが、佳代は胸がときめいていた。まさか再びアランと接点が生まれようとは思わなかった。

「で、その後、アランはどうしました？」

いまも日本にいるんだろうか。

「さあ、わからん。泊まっていきって言うたのに、どこやらの島に行かなならんちゅうて」

「どこの島？」

「どこやったかなあ、ど忘れしたっちゃ」

「コルシカ島とか？」

フランスの島といったら、それぐらいしか思い浮かばない。

「違う違う、日本の島っちゃ。瀬戸内海《せとないかい》の、ほれ、『二十四の瞳《にじゆうしのひとみ》』に出てきたやつ」

古い邦画の舞台になったことがある島だそうで、携帯で検索してみると、

「ああ、小豆島ですか？」

「そうそう、小豆島っちゃ」

正枝さんが大きくうなずいた。

その晩は、佳代が道の駅で買ってきた関さばの一夜干しを焼いたり、佐賀関産の海藻《かいそう》、クロメをサラダにしたりして、正枝さんと大分の地酒を酌《く》み交わした。

「せっかくやけん、うちに泊まっていき」

そう促《うなが》されて、遠慮なく自宅にお邪魔したのだが、いざ飲みはじめたら、正枝さんが瞬《また》く間に酔っ払ってしまった。

佳代が立ち寄ったのが本当に嬉しかったのだろう。最初は、楽しかあ、とおしゃべりして大はしゃぎだったのに、佳代を上回るペースで飲んでいたのがいけなかったのだろう。しだいに目つきが怪しくなってきたかと思うと、食卓に着いたまま居眠りをはじめた。

「正枝さん、そろそろ布団《ふとん》で寝ましょ」

佳代は声をかけ、正枝さんの肩を支えて奥の座敷へ連れていき、布団に寝かしつけた。

このまま一緒に住んであげようか。正枝さんの寝顔を見ているうちに、ふと思った。考えてみれば、佳代の母親も生きていれば正枝さんぐらいの歳になっている。

〝寄る年波いうやつには抗えんちゃ〟

さっき漏らしていた言葉を思い出し、昔はお酒も強かったのに、とやるせなくなった。

食卓を片づけて食器を洗い終えたところで、懐かしの二階に上がった。佳代も今日は移動続きで疲れた。とりあえず布団を敷いてから、神戸で宍倉酒造を営んでいる吟香さんに電話を入れた。昼間から気にかかっている小豆島のことを聞きたかった。

佳代が熊本にいるとき、吟香さんが高揚した声で電話してきたことがあった。彼女は小豆島のオリーブ農園や酒米農家とコラボして、海外向けの宍倉政宗を開発してきた。その自信作を佳代が教えた〝プーレ・ドゥ・宍倉〟と一緒に小豆島在住の外国人に味わってもらったところ、素晴らしいマリアージュだ、と絶賛されたそうで、とりわけ、宍倉政宗に惚《ほ》れ込んだフランス人が、母国の飲食関係者を紹介してくれたと大喜びしていたという。

そのフランス人こそアランじゃないのか。正枝さんの話を聞いたとき、ふと思ったのだ。アランが本当に小豆島に行ったのだとすれば、吟香さんと出会っていてもおかしくはない。何の目的でアランが来日したのかわからないが、こんな偶然があるんだ、と正枝さんと飲んでいるときもドキドキしていただけに、

「あ、吟香さん？　夜分にごめんね。ひとつ確認したいことがあるんだけど」

のっけから声が上ずってしまった。

「どないしました？」

「いえ、あの、この前、小豆島でフランス人の世話になったって言ってたわよね」

「ああ、海外進出の件ですね」

「そう、そのときのフランス人なんだけど、何ていう名前の人？」

「あら、佳代さんも海外進出しはるの？」

「違う違う、ひょっとしたらあたしが知ってるフランス人かもしれないと思って」

「マジですか。マチアスさん言うて小豆島に長期滞在してるんやけど」

もともとは世界各地を放浪していた人で、たまたま立ち寄った日本で出会った小豆島が気に

入って住んでいるという。

「ちなみにフルネームは？」

「マチアス・ボネ。パリ郊外の出身言うてた」

「ああ」

思わず腑抜《ふぬ》けた声をだしてしまった。アランは南仏出身で、フルネームはアラン・アロシュ。アロシュはモロッコ系の姓だと彼が言っていたから、まったくの別人だ。

がっかりしていると、

「佳代さん、どないしたん？」

吟香さんが気遣ってくれた。

「ごめんね、人違いだったみたい」

「その知り合いの名前は？」

なんなら捜してみる、と言ってくれた。途端に恥ずかしくなって、

「いいえ、大丈夫。夜分にごめんね」

また神戸に立ち寄ったら飲もうね、と言い添えて電話を切り、ひとつため息をついてから布団に潜り込んだ。

やっぱ簡単に見つかるもんじゃないな。一筋の光明《こうみょう》が射《さ》した気分でいただけに落ち込んだ。

アランは小豆島へ行ったと正枝さんが言っていたことも、急に怪しく思えてくる。

だったら小豆島へ行って確かめてみようか。そうも思うのだが、最近のあたし、妙な熱に浮

かされてるのかも、という懸念《けねん》も頭をもたげて、どうしていいかわからなくなる。

悶々《もんもん》とした思いを抱えたまま朝を迎えた。

相変わらず気持ちは晴れなかったが、床を上げて一階に下り、朝食を作りはじめた。

これぐらいのお礼はしなきゃ、と出汁《だし》巻き卵、小松菜の煮浸《にびた》し、茄子《なす》の即席漬けの三品を仕上げたところに、おはよう、と正枝さんが起きてきた。

「ゆうべは、ごめんなさいね。いい歳して酔っ払っちゃって」

久しぶりに楽しかったから、と照れ笑いしている。

「とんでもない、ゆっくり寝てください。いま豚汁も作ってますから」

ゴボウを笹《ささ》がきにしながら言ったものの、

「あらおいしそう。相変わらず佳代ちゃんは料理上手っちゃねえ」

子どもを褒《ほ》めるように目を細めている。

「やだ正枝さん、これでもプロなんですよ」

佳代がわざとふくれてみせると、

「せやったねえ」

正枝さんは嬉しそうに笑ってから、

「で、今日はどうするね？　小豆島、行くんかね？」

唐突に聞く。

「は？」

「とぼけなくてええっちゃ。ゆうべは気もそぞろやったもんね。恋する乙女《おとめ》いうやつや」

「そんなことないですよ」

豚肉を炒めながら受け流したが、正直に言えば、いまも小豆島が頭にチラついている。

「なあ佳代ちゃん、アランのことが気になるんやったら、すぐ行ってみたらええっちゃ」

佳代の思いを見透かしたように言う。

「でも、いるかいないかわからないし」

「そんなこと行ってみなわからんちゃ。佳代ちゃんは他人の面倒ばっか見とるけど、たまには自分の面倒も見てやらないけんよ。せっかく自由気ままな風来坊やっとるんやし、おるかおらんか確かめに行ったらええじゃろが」

本気で諭《さと》された。

言われてみれば、マチアス・ボネというフランス人がアランに出会っていないとも限らない。二、三か月前の話だけに帰国した可能性は高いが、連絡先を知っているかもしれない。

ふと手をとめて考えていると、

「さあ佳代ちゃん、早いとこ豚汁をこさえて朝ご飯っちゃ。とっとと食べて小豆島へ行かんと」

急《せ》かすようにたたみかけられた。

佐賀関を発つのは、結局、午後にした。

正枝さんには急かされたものの、あれから調べてみると、佐賀関から小豆島まではフェリーと一般道を乗り継いで、待ち時間も含めて十時間近くかかるとわかった。初めての島に夜中に着いても行き場に困るだろうし、途中一泊してのんびり行こうと決めて、午前中は正枝さんの店を手伝った。

食材の下拵《したごしら》えや洗い物といった雑用ばかりだったが、正枝さんは恐縮して、

「ありがとね。これ、バイト代」

午後の出掛けにお金を包んでくれた。

「そんな、ちょっと手伝っただけなのに」

「ええのええの、佳代ちゃんがいてくれて楽しかったから、餞別《せんべつ》代わりっちゃ」

無理やり手渡され、またゆっくり遊びにおいでな、と送りだしてくれた。

午後一時のフェリーで豊予海峡を横断して四国に渡り、愛媛県の三崎《みさき》港に上陸した。そこからは瀬戸内海沿いの一般道を辿って伊予《いよ》市、松山《まつやま》市を通り抜け、夕暮れどきには新居浜《にいはま》市の手前にある西条《さいじょう》市に到着した。

まずは地元のスーパーで食材を買い込み、街のあちこちに自噴《じふん》している名水〝うちぬき〟を汲《く》ませてもらい、市内を流れる加茂川《かもがわ》の河川敷《かせんしき》で一夜を過ごすことにした。西条市の地酒を開けて、西日本ではアコウと呼ばれるキジハタとサザエの刺し身をつまみに毎度の晩酌《ばんしゃく》に身をゆだねたのだが、明日は小豆島だと思うと、どうも落ち着かない。

この際、和馬から情報収集しとくか、と思いついて携帯を手にした。

「ねえ、小豆島のことって何か知ってる?」

「え、今度は小豆島かよ」

「そう、明日行くから敏腕《びんわん》記者から情報を仕入れとこうと思って」

「おれ、今夜は当直で、いま社のデスクにいるんだよな。のんきに晩酌してんだったら、ネットで観光案内でも見りゃいいじゃん」

「そうじゃなくて、この前、宍倉酒造のこと話したよね。あそこがいま、小豆島の外国人を介して海外進出を狙ってるんだって。だから、その外国人に会ってみようと思って」

「また例の酒蔵に首を突っ込んでんだ。やっぱ根っからのおせっかい女だなあ」

「いいじゃん。お酒はあたしの命の水だし、頑張ってる蔵元には海外進出してほしいし」

「しょうがねえなあ。だったら、うちの社のデータベースで調べてやるよ」

経済記者として興味を惹《ひ》かれたのか、自社の過去記事を検索してくれるという。

「ありがと、やっぱ和馬はやさしいね」

ほろ酔いにまかせて甘えた声を返すと、しばしカタカタカタカタとキーを叩《たた》く音がしてから、

「ああ、確かに小豆島には外国人が増えてるみたいだな」

と過去記事を拾い読みしてくれた。

淡路島《あわじしま》の半分ほどの大きさの小豆島は人口減少が年々続いていて、いまや二万八千人ほどにまで落ち込んでいる。しかも、その四割以上が高齢者とあって過疎《かそ》化は深刻で、島内の空き家の増加も問題になっている。

そこで近年は、官民を挙げて外国人観光客の誘致《ゆうち》に力を注《そそ》いでいる。瀬戸内国際芸術祭という現代アートの祭典に参加したり、百年以上前に日本初のオリーブ栽培をはじめた農園や四百年続く醤油蔵をアピールしたりして、事あるごとに海外との交流を深めてきた。

「コロナの時期こそ交流が途絶えたけど、いま再び空き家対策として逗留《とうりゅう》客や移住者を増やそうとしてるみたいだから、早い話が」

「あ、あのさあ、そういうニュース情報的なことを知りたいわけじゃないの」

和馬の言葉を遮《さえぎ》ると、じゃあ何を知りたいんだよ、と不機嫌に問い返された。

「どんな外国人が住んでるか知りたいの。調べられる？」

「そんなのダメに決まってるだろ。公人や有名人はもちろんだけど、一般の個人情報もダメ。ましてや欧米人はプライバシーに厳しいから絶対ダメ」

「新聞記者でも？」

「新聞記者だからこそ下手なことできないの」

「そっかあ」

だったらどうしたらいいのか。ふと考えていると、

「姉ちゃん、ひょっとしてあのフランス人を捜してんのか？」

不意に問われた。勘のいい弟に虚をつかれて言葉に詰まった。

「そういえば姉ちゃん、いつだったか酔っ払ったとき言ってたもんな、フランス人のいい男に出会って満更《まんざら》でもなかったって」

「そんなこと言った？」

「ほら図星だ。相変わらず嘘《うそ》がつけねえ女だよな。ただ、新聞記者は色恋の手助けまではできないから、小豆島の恋は陰ながら応援してるよ。いつも姉ちゃんは他人《ひと》助けに入れ込んじまうけど、そろそろ自分助けをしなきゃいけねえしな」

からかうように言われて、はっとした。

思い返せば沙良も、そろそろ佳代さんの幸せも考えたほうがいいと思います、と言ってくれたし、正枝さんも、たまには自分の面倒も見てやらないけんよ、と諭してくれた。

これって偶然だろうか。かつて自分探しなんて言葉が流行《はや》ったことがあったけれど、そうか、自分助けか。


新たな思いを胸に、翌日の午後二時、目指す小豆島に上陸した。

朝一番に西条市を発って二時間半。香川県高松《たかまつ》市からまたしてもフェリーに乗って一時間。島の西南にある土庄《とのしょう》港に着いたのだが、島というものは、それぞれに違う表情を覗かせているものだと思った。

四方を海に囲まれた自然の宝庫、という点では共通しているものの、五島列島の福江島は〝懐かしい昭和の田舎《いなか》〟っぽさが好きだった。日本海の佐渡島は〝ほどよく都会を紛《まぎ》れ込ませた農村〟の匂いが心地よかったし、オホーツクに浮かぶ礼文島《れぶんとう》からは〝北海《ほっかい》の試練を全身で受けとめる覚悟〟が伝わってきた。

もちろん茶化しているわけじゃない。これまで全国の島々を訪ね歩いてきた佳代の勝手なイメージなのだけれど、小豆島の第一印象は〝手作り尽くしの郷《さと》〟だろうか。

土庄港のフェリーターミナルで最初に目に留まったのが小豆島特産の〝手摘み一番搾《しぼ》りオリーブ油〟と〝手延《ての》べ素麺《そうめん》の郷〟の幟旗《のぼりばた》だった。ほかにも島の東には〝醤《ひしお》の郷〟と呼ばれる醤油蔵が軒《のき》を連《つら》ねる地区があるそうだし、独自のオリーブ牛やオリーブサーモンも育てられているらしい。

また港に隣接する海辺には、佳代が愛用している胡麻《ごま》油の瓶の大きなイラストが描かれた貯蔵タンクが立っている。それは製油工場というより製油場といった趣《おもむき》の施設で、近くへ行ってみると胡麻油の芳《こう》ばしい香りが漂っている。もちろん、これは手作りとは言えないかもしれないが、初めて訪れた佳代には手作り感が満載の島に思えた。

ただ、そうした手作り食材に興味がないわけではないが、今回は何よりもアランのことだ。思いばかりが先走ってやってきたものの、アランが本当に来島したかどうかは、いまだわからない。すでに離島したのだとすれば、その足跡をどう追えばいいのか。

とりあえずは聞き込みだろう。人口二万八千人ほどの島なら、熊本で沙良を捜したときよりはハードルが低い気がする。

まずは土庄港周辺からはじめよう。一般人が島に入るにはフェリーしかない。この島には土庄港のほか池田《いけだ》港、草壁《くさかべ》港、坂手《さかて》港、福田《ふくだ》港、大部《おおべ》港と六つのフェリー港があり、高松、岡山、姫路《ひめじ》、神戸などと行き来できるのだが、もっとも発着便が多いのは土庄港だという。

聞き込み自体は、以前、千葉県の船橋港でやったから慣れている。地道に聞き込めば何かわかるかもしれない、と早速、土庄フェリーターミナル内の軽食コーナーへ向かった。

「アランっていうフランス人、ご存じないでしょうか」

昼食がてら名物の手延べ素麺を注文し、さりげなく店員のおばさんに聞いた。

「さあ、外国人はいっぱい来るからねえ」

嫌々をするように首を振られた。

続いて同じ館内の観光案内所と土産《みやげ》物店、港周辺のホテルやコンビニ、レストラン、レンタカー店、ガソリンスタンドといった店々を一軒一軒、聞き歩いたが、

「接客中は、いちいち覚えてらんないの」

「ガイジンさんに名前を聞くなんて、まずしないしねえ」

「あたしらには、フランス人もアメリカ人も区別がつかないのよ」

といった反応ばかり。土産物店で宍倉政宗を見つけたときには、吟香さんが売り込んだのかも、と嬉しくなったものだが、結局、夕暮れどきまで何の成果も得られなかった。

思ったより簡単ではなさそうだ。わかったことは、それだけだった。アランへの思いと勢いだけで来島してしまったが、沙良を捜したときよりハードルが低いどころか、見つからない公算のほうが高い気がしてきた。

今日は、ここまでにしよう。すっかり陽が落ちたところで初日の聞き込みを切り上げ、土庄港から程近い大型スーパーに立ち寄って、島の西にある道の駅へ移動した。

瀬戸内海を望める駐車場に腰を落ち着けた。今夜はここで過ごそう、と決めて、土産物店で買った宍倉政宗を開けて、さっき大型スーパーで手に入れた小豆島産太刀魚《たちうお》の刺し身と、早生《わせ》の芽キャベツをつまみに晩酌をはじめた。

シチューに入れがちな芽キャベツは〝ペペロンチーノ焼き〟にした。塩とチリペッパーを振り、小豆島産の手摘み一番搾りのオリーブ油をかけてオーブンで焼く。それだけで表面はカリッと香ばしく、芽キャベツ特有の甘みにチリの辛みが合いの手になって驚くほどおいしい。久々の宍倉政宗がどんどん進む。

二日がかりの移動疲れもあって早々にほろ酔い気分になったところで、ふと、マチアス・ボネという名前を思い出した。そうだ、彼のことを忘れていた。今日はやっと小豆島に辿り着けた高揚感から、後先考えずに土庄港の周辺を聞き込んでしまったが、吟香さんがオリーブ農園で知り合ったマチアスさんを捜すほうが先じゃないか。

姉ちゃん、相変わらずボケ倒してるよな。和馬がいたら笑われそうだが、実際、明日は池田港と草壁港を聞き込もう、と本気で考えていたのだから我ながら情けない。

となれば、明日はオリーブ農園を訪ねよう。アポなしで飛び込んで、それでもわからなかったら長期戦だ。調理屋を営業しながら池田港と草壁港を手はじめに、島内を片っ端から聞き込んで歩くしかない。

翌朝、オリーブ農園を訪ねる前に、昨日立ち寄った大型スーパーへ向かった。ゆうべの太刀魚がおいしかったこともあり、調理屋の営業に備えて朝の鮮魚売場を下見しておこうと思った。

午前九時過ぎ、開店直後の売場へ直行すると、真鯛《まだい》、カサゴ、カレイ、甲イカといったぴかぴかの地魚がお手頃価格で勢揃《せいぞろ》いしていた。いい食材を見ると料理人の血が騒ぐ。せっかくだから試しに魚介めしを作ってみよう、と品定めしていると、ポケットの中の携帯が振動した。

正枝さんかもしれない。まだ小豆島に着いたことを知らせてないから、心配しているのかも、と思いながら着信を見ると、吟香さんからだった。

「朝からすみません。あれから何度もマチアスさんに連絡してたんやけど、ずっと携帯が切れとって連絡がつかへんのです。せやから昨日、オリーブ農園に問い合わせたら、彼、一時的に小豆島を離れとるいう話で」

ほんま役立たずですみません、と謝られた。

「え、わざわざ連絡してくれてたの？　こっちこそごめんね、心配させて。実はあたし、いま小豆島にいるの」

「あらら、そうやったんですか。そんなら、あたしの紹介や言うてオリーブ農園の大沼《おおぬま》代表を訪ねてみてください。あの人やったら島にいるほかのフランス人のことも知っとると思うし」

「ありがとう！　実は今日、その農園を訪ねるつもりだったの」

嬉しくなって声を弾ませていると、吟香さんがふと声のトーンを落とし、

「佳代さん、だれを捜してるのか知らへんけど、きっと佳代さんの大切な人やと思う。見つか

るとええですね」

　穏やかに励ましてくれた。

　元気づけられた佳代は、再び魚を選びはじめた。わざわざ吟香さんが問い合わせてくれた農園の代表を訪ねるからには、手土産ぐらいは持っていきたい。こうなったら魚介めし弁当にしようと思い立った。

　厨房車に戻ると急いで魚を捌《さば》き、魚介めしを炊きながらオリーブ農園の大沼代表に電話を入れた。応答した女性スタッフに、宍倉酒造の吟香さんの紹介なんですが、と伝えると、

「申し訳ありません、いま大沼は出掛けておりまして」
　一、二時間で事務所に戻るという。
「でしたら、農園を見学しながら待たせていただいてていいですか?」

　大沼オリーブ農園は、観光農園を兼ねていると聞いている。

「もちろんです。なんなら私がご案内します」

　吟香さんの紹介だったからだろう、収穫体験もできますから、と言ってくれた。

「ありがとうございます!」

　ちょっと得した気分で、炊き上がった魚介めしを弁当パックに詰め終えるなり出発した。

　晴れ上がった秋空の下、島内唯一の国道を東へ辿り、途中から緩い坂道を登って二十分。小高い丘の中腹に『大沼オリーブ農園』と書かれた看板が見えてきた。

　道路に面した大きな駐車場に乗り入れて丘を仰ぎ見ると、斜面一帯にオリーブの木が整然と

立ち並んでいる。いつだったか雑誌で見た南仏のオリーブ畑とよく似ている。木々の合間には、農園事務所や加工場のほか、観光客向けの土産物店やカフェなどの建物が点々と覗き見える。

佳代は出来立ての魚介めし弁当を紙袋に十個入れると、駐車場から続く斜面の階段を上って農園事務所に声をかけた。

「ああ、先ほどの電話の方ですね」

作業着姿の若い女性スタッフがデスクから立ち上がった。辻村《つじむら》という名札をつけている。

「これ、みなさんで召し上がってください」

佳代は魚介めし弁当の紙袋を差しだした。

「あらこんなに？　申し訳ありません」

辻村さんは恐縮しながら弁当を受け取ると、近くにいた同僚に預けて、

「では、行きましょうか」

作業用の脚立《きやたつ》を手にして事務所を後にした。

佳代も後に続くと、辻村さんは慣れた口調で農園の沿革を説明しながら、オリーブの木が並ぶ斜面を軽《かろ》やかに登りはじめる。

小豆島のオリーブ栽培は明治四十一年にはじまり、温暖で雨が少ない気候のおかげで、現在、この農園だけで五千本ほど栽培しているという。それでも三千年以上も前から栽培している地中海沿岸地域にはとても及ばない規模だそうで、

「でも、規模で負けても品質では負けない、とスタッフ一同、気合を入れて頑張ってます」

と辻村さんは微笑《ほほえ》み、オリーブの加工場や観光客向けの土産物屋などを順に案内してくれてから、さらに斜面を登っていく。

息が切れはじめた頃合いに、ようやく収穫現場に辿り着いた。肩から布袋を下げた収穫スタッフたちが脚立の上に立ち、緑のオリーブの実を手際よく摘んでいる。

背後を振り返ると、眼下には碧《あお》く静謐《せいひつ》な瀬戸内海が広がり、ところどころに近隣の島々がぽっかりと浮かんでいる。その絶景に目を奪われている佳代をよそに、辻村さんはオリーブの木の傍《かたわ》らに脚立を立てて昇り、

「ここのオリーブは、十月上旬から十一月上旬ぐらいまでが収穫期なんです。機械でガシャガシャッと揺《ゆ》すって実を落とすやり方もありますが、うちは手摘みにこだわっていて、摘んだ実はすぐに、さっきの加工場で〝搾油《さくゆ》用〟と〝浅漬け用〟に選別して商品化しています」

そう説明しながら枝に手を伸ばして摘んでみせる。そのコツは、長く伸びた枝を片手で引き寄せ、鈴なりの実を爪《つめ》で傷つけないよう、もう片方の手の中に二つ三つ落とす感覚で摘むのだという。手の中が満杯になったら布袋に実を入れて、またテンポよく摘んでいく。

「さあ、やってみてください」

辻村さんに促され、佳代も脚立に昇って摘んでみた。思ったより繊細な作業だった。ゆうべ使ったオリーブ油もこの一粒一粒から搾ったんだ、と思うと愛《いと》おしい気持ちになる。

「では、しばらく収穫を楽しんでくださいね」

代表が戻ったら呼びにきます、と言い残して辻村さんは斜面を下っていった。

佳代は再びオリーブの実を摘みはじめた。こういう作業は意外と好きなほうで、脚立を昇り降りしながら没頭していると、

「あんた、筋がええなあ」

収穫スタッフのおばさんに声をかけられた。

この時期には毎年、臨時スタッフを都合百人近く雇っているそうだが、初めてにしては手際がいいから来年もおいで、と褒められた。

お世辞でも嬉しくて、布袋に満杯になった実を運搬用のコンテナ箱に移し替えながら夢中で摘んでいるうちに、

「お待たせしました！　大沼です！」

下から呼びかけられた。

「ああ、初めまして」

予定より早めに戻れたそうだが、脚立から降りて驚いた。てっきり年配の人かと思っていたら、パーカーにキャップを被った風貌《ふうぼう》は三十代後半といった雰囲気で、お若いんですね、と思わず漏らしてしまった。

「いや実は、父から農園を継いだ三代目の馬鹿息子なんですよ」

大沼代表は軽口を飛ばし、佳代が使った脚立を手にして丘を下り、園内にある観光客向けのカフェへ案内してくれた。

大きな窓ガラス越しにオリーブ畑を望めるテラス席に着くと、スイーツが運ばれてきた。

「さっきお土産の魚介めし弁当をつまみ食いしてきたんですけど、いやおいしかったです。そのお返しと言ったらあれですけど、うちの人気メニューをどうぞ」

勧められたのは黄金《こがね》色のエクストラバージンオリーブ油をかけたソフトクリーム〝オリーブソフト〟だった。変わった組み合わせだったが、早速食べてみると思いのほか合う。

「こういうの初めて食べましたけど、いろいろと応用が利《き》きそうですね」

感心しながら、ぺろりと食べてしまった。

「さすがは調理屋さん。食べっぷりもいいですねえ」

大沼代表が破顔《はがん》した。佳代のことは吟香さんの試飲会で聞いて覚えていたそうで、

「佳代さんは宍倉酒造の恩人なんですってね」

いや素晴らしい、と持ち上げてくれる。

「とんでもない。通りすがりの呑《の》ん兵衛《べえ》が、偶然、正宗くんと知り合っただけの話です」

「いやいや、おかげで正宗くん、大活躍だそうじゃないですか。あと何年もしないうちに宍倉正宗は世界的なブランドになってますよ」

「ああ、そうなってくれたら、あたしも嬉しいですけど、ご縁って不思議なものですよね」

「いやほんとに。ひょっとして佳代さんがマチアスさんを捜しているのも、その関連で？」

「いえ、それとは別件なんです、あたしが捜してるフランス人を、マチアスさんがご存じかもしれないと思って」

「そういうことですか。彼はうちの仕事を手伝ってくれてるんですけど、いまちょっと岡山へ出掛けてましてね」

「出張ですか」

「まあいろいろとありまして。ちなみに佳代さんがお捜しのフランス人というのは？」

一瞬、迷ったが、思いきってアランの名前を口にすると、

「ああ、アランですか。プロヴァンス出身のアランで間違いなければ、彼もうちの収穫スタッフとして働いてくれてます」

「ほんとですか！」

飛び跳ねるように腰を浮かせてしまった。

「ただ、アランも岡山に用事がありまして。帰りは明後日《あさって》になると思うので、いま電話しましょうか？」

「い、いえ、それは」

途端に佳代は口ごもった。


思いのほか早くアランの消息がわかったのは、飛び上がりたいほど嬉しかった。ただ、まだ独身だと確認できたこともあり、事前の電話は勘弁してほしかった。いまさらなんだ、と電話口で拒《こば》まれるのだけは嫌だからだ。

正枝さんの家で面と向かってプロポーズを拒んだのは、佳代のほうだ。もし今回アランに拒

まれるにしても、面と向かって拒まれたいし、そのほうが踏ん切りがつく。

「すみません、サプライズで会ったほうが楽しいと思うので、アランが帰るまで待ちます」

大沼代表にはそう答えた。すると、佳代の様子から察してくれたのだろう。

「でしたら、アランが帰るまで、うちの駐車場で調理屋さんをやってくれませんか。あの魚介めし弁当、ほんとにおいしかったので」

願ってもない話だった。喜んで、と明日と明後日の午前中限定で営業することにした。

その晩は農園から見下ろせる海辺の公園で車中泊し、翌早朝から営業の準備にかかった。調理用の水は大沼代表に教わった山沿いの〝清水《しみず》の湧水《わきみず》〟で汲んだ。魚の仕入れも、

「ぼくの紹介だと言えば、いい魚を安く買えますから」

と言ってくれた卸売を兼ねた鮮魚店に出向いて、昨日にも増していい魚を入手できた。

これには嬉しくなって、農園の駐車場に入るなり鼻歌気分で魚を捌いていると、大沼代表が軽トラで出勤してきた。

「これ、友人が養殖《ようしょく》してる〝オリーブサーモン〟なんだけど、調理してくれませんか」

差しだされた保冷袋には、サーモンの大きなフィレが入っていた。オリーブの実の搾りかすで作った餌《えさ》を食べて育ったものだという。

「どんな料理がいいでしょう」

「いかようにも調理してください」

大沼代表は、にやりと笑って事務所に上がっていった。サーモン料理の注文は、一年前の函

館に続いて二度目になる。さて、どう調理しよう、と考えながら『いかようにも調理します』の木札を掛けると、待ちかねたように農園のスタッフたちがやってきた。

佳代の手土産を食べたスタッフからは、

「おいしかったので今日は大盛りで」

と魚介めし弁当を注文された。大沼代表から伝え聞いて食材を持参したスタッフも多く、豚生姜《しょうが》焼き、かつ丼、カレーといったガッツリ系の注文がつぎつぎに入った。

やがて観光客も姿を見せはじめたが、もともとオリーブ目当てだからあっさり素通りしていく。観光客は園内の施設にまかせて、受注した料理を手際よく仕上げたところでオリーブサーモンの調理にかかった。

このサーモンには、とろっとした舌触りの上品な旨みがあり、刺し身でもいけると言われたことからミキュイにしようと思った。ミキュイとは低温でゆっくり火を入れて半生に仕上げる調理法だ。低温調理器を使うプロも多いが、佳代は密封ポリ袋でやる。

水に塩と砂糖を混ぜた液にサーモンを漬け、水気を拭いたら密封ポリ袋に入れて四十三℃のお湯で三十分ほど湯煎《ゆせん》する。半生になったら、ヨーグルトにおろし大蒜《にんにく》、レモン、オリーブ油、塩胡椒《こしょう》を和《あ》えたソースをかければ〝サーモンのミキュイ　ヨーグルトソース〟の出来上がり。

端っこを試食すると、オリーブサーモンのとろっとした旨さがより引き立ち、ソースの酸味と相まって、ワインにも宍倉正宗の大吟醸《だいぎんじょう》にも合いそうだ。

大沼代表にも大好評で、

「カフェのメニューに追加していいですか？」

と聞かれ、もちろんです、とレシピを書いて託した。

こうして初日の営業は無事に終わり、翌日も午前中だけ調理屋を開いた。アランは午後のフェリーで帰ってくる予定になっている。岡山港で乗船したら大沼代表に電話が入るそうで、

「佳代さんのことは内緒にしときますからね」

サプライズの配慮も忘れないでいてくれた。

午後のフェリーを楽しみに開店準備を終える頃には、今日も農園のスタッフが顔を見せた。ほどなくして、スタッフから噂《うわさ》を聞きつけた近隣のおばさんたちも、思い思いの食材を手にやってきた。漁師の奥さんは売れ残った魚で煮つけやフライ、農家の奥さんは朝採りの規格外野菜で煮物や炒め物、と地産地消の注文が相次いだ。

あとはいつものようにテキパキ調理を進めて正午までにすべての注文をこなし、遅い昼ご飯を食べていると、待ちに待った携帯電話が鳴った。

「三時十分着のフェリーだそうです」

大沼代表からだった。三時半には白い車で農園事務所に帰ってくるはずだという。

「ありがとうございます！」

感謝を伝えて残りのご飯を食べはじめた直後に、なぜか不安が押し寄せてきた。いざ会えるとなったら喜びより先に、どの面《つら》下げて会いにきた、と突っぱねられるシーンばかりが頭に浮

かんで会うのが怖くなった。

急遽《きゅうきょ》、厨房車を駐車場の隅っこに移動した。目立たない場所からこっそりアランの様子を観察し、大丈夫そうだったら出ていこう、と姑息《こそく》な作戦に切り替えた。

午後三時半過ぎ、いよいよそのときがやってきた。一台の白い車が走ってきたかと思うと、農園の前でスピードを落とし、ゆっくりと駐車場に入ってくる。

慌てて運転席に身を屈めて窺っていると、アランの姿が見えた。髪は黒に近いグレーで無精髭《ぶしょうひげ》を生《は》やしている。その以前とほぼ変わらない風貌にほっとしたが、ただ、アランが座っているのは助手席だった。

運転席には日本人女性がいた。佳代と同年代だろうか。ショートヘアに化粧っけのない顔。パーカーを着たラフな格好で、アランと会話しながらハンドルを回している。女性に話しかけているアランは厨房車に気づかない。

白い車が駐車場の入口付近に停まった。その瞬間、アランが運転席の女性に両手を伸ばし、愛おしそうに抱き締めた。え、と二度見してしまった。やけに情感がこもった長い長い抱擁《ほうよう》だった。

佳代は固まっていた。いま目撃している現実を受け入れられないまま拳《こぶし》を握り締めていると、やがてアランは抱擁を解き、女性の頰《ほお》にキスして助手席を降り、ドアを閉めた。

運転席の女性は片手を上げて挨拶し、白い車を発進させて走り去っていった。

大沼代表から電話があったのは、五分ほど経ってからだった。まだ呆然《ぼうぜん》としながら応答すると、

「サプライズ、失敗しちゃいましたね」

冗談っぽく言われた。

「は？」

「ああ、やっぱ気づきませんでしたか。アラン、もうここにいますよ」

「え、あ、そうでしたか」

とっさにとぼけて、目を離した隙に通り過ぎちゃったのかも、と空笑いしてみせた。

「でもアランは、ちゃんとびっくりしてましたよ。すぐ会いたいって言ってます」

とりあえず拒絶はされていないようだったが、あの抱擁シーンが瞼《まぶた》に焼きついているだけに佳代は動揺した。といって大沼代表の手前、行かないわけにもいかない。

「いま行きます」

気まずさを押し隠して農園事務所に上がり、恐る恐るドアを開けた。

「佳代！」

満面笑顔のアランが飛んできた。

「久しぶり」

引き攣《つ》った作り笑いを返すと、

「会いたかったよ、佳代」

さっきの女性のことなどおくびにも出さず日本語でたたみかけてくる。まだ拙《つたな》いものの、いつのまにか言葉を習得したらしい。

傍らの大沼代表は微笑ましそうに見ている。懐かしの再会に役立てたと満足しているのか、

「じゃ、ぼくは仕事があるので、ゆっくり旧交を温めてください」

気を利かせたように言って事務所から出ていった。さすがに焦った。スタッフが働いている中、いきなり二人きりにされても困惑するばかりで言葉に詰まっていると、

「佳代、調理屋さんのカー、まだある？」

アランが聞く。厨房車のことらしい。

「駐車場に駐めてある」

不愛想《ぶあいそう》に答えた。

「ドライブしよう」

にっこり笑いかけてくる。

どういうつもりだ、と呆れながらも、うなずいてしまった。スタッフがいる事務所から離れたかった。と同時に、あの抱擁をどう釈明《しやくめい》するつもりか問い詰めたい気持ちもあった。

二人で駐車場に下りた。すぐに厨房車を見つけたアランが、

「懐かしい！」

と声を上げた。さっきは気づかなかったくせに、と内心毒づきながらアランを助手席に乗せてエンジンをかけ、どこ行くの？　と聞いた。

「モンサンミッシェル」

「え、フランスに行くの？」

「違うよ、小豆島のモンサンミッシェル」

わけがわからなくてぽかんとしていると、

「その道を右」

と指示された。仕方なく駐車場を出てハンドルを右に切った。あとは道なりに二十分ほどだというから、徐々に問い詰めようと腹を決め、

「いつ日本に来たの？」

と切りだした。

「オーガスト」

この八月、コロナ禍《か》の渡航制限の緩和を待って再来日したという。ややこしい内容になると日本語と英語のチャンポン会話になるが、どうにか意思疎通できる。

「じゃあ、三か月近くになるんだ」

「うん。アルバイトしながら佳代を捜してた」

なのに、こんなに早く会えるなんてびっくりだよ、と微笑んでみせる。

嘘ばっかり、と苛《いら》ついた。それでも黙って聞いていると、帰国後はリヨンの大学を卒業し、調理屋ビジネスの起業に向けてパリの飲食店チェーン、日本のファミレス的な会社に就職したという。経営ノウハウを学びながら資金を貯《た》めるつもりだったそうだが、

「でも、佳代に会いたくて会いたくて」

年を経るごとに愛しさが募《つの》り、再度の日本行きに備えて会社勤めしながら独学で日本語を覚えているうちに、世界が新型コロナに席巻《せっけん》されて国を離れられなくなった。

それでも二年後、ようやくコロナが落ち着いたところで、いまこそ日本に行かなければ、と焦燥《しょうそう》感に駆られて会社を退職して再来日。まずは佳代が昔、調理屋を営業したと言っていた東京、金沢、京都を訪ねて歩き、思い出の佐賀関にも足を延ばして佳代の痕跡を捜したが、結局、何もわからなかったという。

それはそうだ。そう簡単にあたしの痕跡など見つかるわけがない。

「で、なんで小豆島に来たの？」

訝《いぶか》りながらも先を促した。

「ワーキングのため」

当初は飲食店でバイトするつもりだったが、コロナ後の飲食業界は瀕死《ひんし》の状況だった。日本語が拙いアランを雇ってくれる店などなく、バイト先を探し回っているときに思い出したのがオリーブ畑の仕事だった。

アランの故郷、プロヴァンスにはオリーブ畑がそこら中にある。幼少期に父親を亡くしたアランは家計を助けるため、子どもの頃から収穫や選別の仕事を手伝っていた。そこで日本のオリーブ畑を検索すると、すぐに大沼オリーブ農園がヒットした。写真を見るとプロヴァンスに雰囲気が似ているし、畑仕事なら言葉が覚束《おぼつか》なくても雇ってもらえそうだ。

ここだ、と決めて電話を入れて、アルバイトしたい、と拙い日本語で頼み込んだところ、うちではフランス人も働いているからいらっしゃい、と言ってくれた。しかも、いざ島にやってきてオリーブ農園で働いていたら、何の偶然か愛しい佳代に再会できた。

「これは神のお導きだよ。佳代、いまボーイフレンドはいるの？」

不意に問われた。無言で首を横に振ると、

「ああ、やっぱり神のお導きだ」

一人で興奮している。冗談じゃない。なにが愛しい佳代だ、と白《しら》けた気持ちで、

「けどアラン」

意を決して問い詰めようとした途端、

「そこ右」

言葉を遮られた。かちんときたが奥歯を噛み締め、海辺の道を右折して脇道を進んでいくと駐車場があった。

「ここ駐めて」

指示された通り駐車して車から降りると、〝天使の散歩道〟と記された案内板があった。

アランに導かれて案内板の奥にある砂浜まで歩いた。すると海を挟んで二百メートルほど先に小さな島があった。傍らの看板に〝弁天島《べんてんじま》〟と記されている。

ふと足を止めた佳代に、アランが言った。

「ここはモンサンミッシェルと同じトンボロなんだ」

「トンボロ？」

「海の中に道ができるんだ」

意味がわからなくて携帯で検索すると、正確にはトンボロ現象と言うらしい。海で隔《へだ》てられた陸地と島の合間に、干潮《かんちょう》時だけ砂州が現れて砂の道で繋がる現象で、そういえばモンサンミッシェルもそんな島だった。ここでは午前と午後の毎日二回、弁天島に歩いて渡れるようになるため、天使の散歩道、エンジェルロードと呼ばれているようだ。

そういうことか、と周囲を見回すと、今日二回目の干潮は午後五時頃から十一時頃まで、と表示されている。あと十五分ほどで弁天島に渡れるようになるらしく、

「ほら、海が減ってる」

アランが海面を指さした。確かに潮が引きはじめている。今日は平日とあって数少ない観光客も、みんな待ちの態勢に入っている。

「ぼくたちも待とう」

砂浜に腰を下ろし、佳代は両膝を抱えた。アランは両手を後ろについて、

「小豆島はミラクルの島だよ」

と笑みを浮かべた。この島に来たおかげで佳代と再会できたなんて夢のようだ、と薄緑色の瞳で目を見つめてくる。

とっさに目を逸《そ》らした。こうやって、あの女性も口説《くど》いたんだろうか。佳代に会いたくてま

た日本に来た、と思わせぶりに語りながらも、実は、いろんな日本人女性と遊んで帰るつもりじゃないのか。そんな浮ついた男に恋心を再燃させて、のこのこ小豆島までやってきたあたしって何なんだろう。

悔しさに駆られながらも、なぜか突き放せなかった。あの女性の影がチラついているというのに、二人で海を見ていると満更でもない気持ちになってくるから不思議だった。

やっぱあたしってチョロい女なんだろうか。プロポーズを拒まれた腹いせに、ひょっこり再会できた佳代とも遊んでやれ。そんな下心を露《あら》わにしている男の前で、過去の未練に引きずられてるあたしって、いわゆる都合のいい女なんだろうか。

自分がわからなくなって黙っていると、

「ぼくは親切でジェントルな日本が大好きだ」

アランがまた口を開いた。初来日してヒッチハイクの旅をしたときもそうだったが、今回、ますます実感したという。

佳代を捜しているときも、通りがかりの人がわざわざ歩いて道案内してくれたり、置き忘れた荷物を車で追いかけてきて渡してくれたり、どこの町にも親切な人がたくさんいて、ときには自宅に泊めてくれる人までいた。

オリーブ農園で働きはじめてからも、周囲の人がお裾分《すそわ》けしてくれたり、仕事中に日本語を教えてくれたり、飲みに誘ってくれたり、親切でやさしい人ばかりだったそうで、

「日本にいるとほっとするんだ。いまのフランス人はインディビジュアリズムだからね」

と吐露《とろ》する。携帯で翻訳すると、インディビジュアリズムは個人主義。母国で働いているときは、自分さえよければ他人のことは気にしない人ばかりで、うんざりしていたという。とりわけアランは移民の子として育っただけに、いつも差別的な言動にさらされていて、それは大人になっても変わらなかった。

「だから、もうフランスはどうでもいい」

これからは日本を心の拠《よ》り所に世界の国々をワンダリング、放浪して歩きたいという。

「けど、フランスで調理屋ビジネスをやる夢はどうなるわけ？」

「小豆島に来てから、調理屋はビジネスにしないって決めたんだ。ぼくも佳代と同じワンダリングな調理屋になる」

決意表明のごとく言う。

素直には受け取れなかった。これも口説き文句の一環じゃないのか。日本にも世界の国々にも個人主義者や差別主義者はたくさんいる。そこまで美化して語られると、ますます引いてしまうが、それでもアランは続ける。

「去年、ぼくのママンがヘブンに行っちゃってね」

かのママンのプーレを作ってくれた唯一の身内が病気で他界したこともあって、本当に母国へのこだわりはなくなったそうで、

「だからぼくは、ますます佳代に会いたくなった。佳代に会いたくて仕方なかったんだ」

この気持ち、わかってほしい、とまた佳代の目を見つめる。その視線を避けて佳代は海を見

やった。

「あ、道ができてる！」

思わず声を上げてしまった。

いつしか陽は落ち、小豆島と弁天島の合間の海は観光客向けにライトアップされ、そこに砂の道が生まれている。まだ潮が引き切っていないから幅一メートルもないが、早くも歩いて渡れそうだ。

「行こう、佳代」

アランが砂浜から立ち上がり、さりげなく佳代の右手を取った。一瞬、払い除《の》けようとしたもののアランの力は強く、そのまま手を引かれて砂の道を歩きはじめた。

奇妙な感覚だった。モーゼの奇跡さながらに、海を左右に割った道を一歩一歩踏み締めるほどに、別世界へ向かっている気分になってくる。ぽわんと宙に浮いた感覚のまま弁天島まで辿り着いたところで、

「ホールドハンドしてエンジェルロードを渡った二人は、どうなるか知ってる？」

アランが聞く。佳代が首をかしげると、

「エンジェルが願いを叶えてくれるんだ。そして、ぼくの願いは佳代と結婚すること」

甘えるように言って不意に抱き締めようとする。とっさに佳代はアランを突き飛ばし、

「あの女性も、こうやって口説いたわけだ」

皮肉たっぷりに吐き捨てた。

「あの女性？」

ぽかんとしている。

「とぼけないで。あたし、駐車場で見たんだから」

それでようやく気づいたのか、

「違う！　あの人、恋人違う！」

大きな身振りで首を左右に振る。まだとぼけるつもりらしい。

「恋人でないなら何なのよ」

語気を強めて詰め寄った。アランはすっと目を伏せ、

「いま言えない」

ぽつりと呟《つぶや》いた。

「ほら、やっぱそういうことだ」

もういい、と踵《きびす》を返しかけると、

「トラストミー、佳代。いま言えないけど、ワンウィーク待って」

「どうして一週間も待たなきゃならないわけ？」

すかさず問い返したものの、

「それも言えない」

アランは眉根《まゆね》を寄せて唇を噛んだ。

一人で夜景を眺めるのは、函館の屋上露天風呂以来になるだろうか。

小豆島の中心部にある標高七百七十七メートルの〝四方指《しほうざし》・大観峰《だいかんぼう》展望台〟。うねうねと県道を登坂《とはん》して到達した山頂に厨房車を駐車し、石積みの展望台に上がると、本州側の姫路と備《び》前《ぜん》、四国側の高松と鳴門《なると》に至るまで、ぐるり三百六十度、瀬戸内の街々をパノラマのごとく見渡せる。

夜のこの時間も、眼下に街灯りが浮かび上がり、夜空には無数の星が瞬いている。

「素敵ね！」

「マジすげえなあ！」

先客の若いカップルが、腕を絡ませ合いながら声を上げている。

でも佳代は、そこまで入り込めないでいた。函館のときは海星と由香さんの復縁に安堵《あんど》した直後だけに、漁火《いさりび》を眺めながらくつろいだものだが、今夜は違う。展望台に上がった直後こそ夜景に見とれたものの、気がつけばアランのことに意識が向いている。

あの女性は恋人じゃない。そう弁明しておきながら、じゃあ何なの？　と問い詰めると、いま言えない、と口を閉ざす。なぜ一週間も待たなきゃ言えないのか。その煮え切らない態度に憤《いきどお》りと不信感を覚えるとともに、嫉妬《しっと》心まで湧き上がった。

それほど午後の出来事は衝撃だった。恋心を再燃させて、あり得ないほどの幸運に恵まれて奇跡の再会を果たした直後に、あのハグとキスだ。その決定的な事実をはぐらかされたら、だれだって平常心でいられるわけがない。

それでも、いったんは引き下がった。一週間後、アランがどう釈明するつもりなのか。それがわかるまでは騒ぎ立てても疲弊《ひへい》するだけだ。そう自分に言い聞かせて、気晴らしのつもりでこの絶景ポイントにやってきたのだが、いまもって胸の奥はざわついている。

気がつけば、さっきのカップルがいなくなっている。山の頂で一人きりになってしまった。そう気づいた瞬間、発作《ほっさ》的に叫んでいた。

「もうやだー！」

我知らず涙声になってしまったが、虚しい叫び声は夜空の闇《やみ》に吸い込まれていった。

あたし、何やってんだろう。自分が馬鹿な女に思えてきた。あたしって、こんな惨《みじ》めな気持ちになるために小豆島へ来たんだろうか。

情けなさにまみれながら、とぼとぼと展望台の駐車場に戻ってきた。といって下山する気にもなれず、厨房車に乗り込むなりハンモックを吊って寝そべった。

しばらくぼんやりしていた。寝る気にも晩酌する気にもなれなくて、投げやりな自分を持て余していた佳代は、ふと携帯電話を手にした。

だれかと話したくなった。今回の旅をはじめて以来、心乱れるたびにだれかに救いを求めてきた佳代だけれど、ただ今夜は、だれと話していいかわからなかった。弟の和馬。宍倉酒造の吟香さん。大泉町のラウラ。船橋の眞鍋芳子さん。さまざまな人の顔が浮かんだものの、どの人も違う気がする。

迷った末に電話を繋いだ相手は、アラン捜しの背中を押してくれた人だった。

「正枝さん、今日、アランと会えました」

自分でも驚くほど淡々とした口調になってしまったが、

「あらま、それはよかったたっちゃ。小豆島に行って正解じゃったろ？」

正枝さんは心から喜んでくれた。

「でも、いまちょっと悩んじゃってて」

正枝さんだったら話せる、と気負いを捨ててアランとの一件を打ち明けた。

抱擁シーンを目撃した直後に、知らんぷりして口説かれた。腹が立って突き放したら、信じてほしい、一週間待ってほしい、と懇願《こんがん》された。こんなの信じられます？　と。

正枝さんは、ふんふん、ふんふん、と相槌《あいづち》を打ちながら耳を傾けていたが、話を聞き終えるなり笑い飛ばした。

「そんなん考えすぎっちゃ。あたしにはわかるけど、アランは真っ当な男っちゃ。アランがそこまで言うなら、のっぴきならないわけがあるはずやから、ごちゃごちゃ考えとらんと黙って待っとればええ」

あっさり言い切る。

「でもあたしは」

口答えしかけると言葉を遮られた。

「佳代ちゃん、自分の面倒を見てやるんやなかったと？　これだけは言うとくけど、自分の面倒をちゃんと見るコツは、意中の人を信じる勇気を持つことっちゃ。ここでブレたらいけん。

アランを信じてやらないけん」

ええな、と母親のごとく諭された。


翌朝、佳代は再び四方指・大観峰の展望台に上がった。

昨夜とは一転、朝陽に照らされてくっきり見渡せる瀬戸内の絶景を愛《め》でながら、澄み切った山頂の空気を思いきり吸い込んでいると、頭の中に渦巻いていた迷いがみるみる浄化されていく気がする。

もちろん、アランを百パーセント信じたわけではないけれど、正枝さんの言葉は信じようと思った。耐えがたき人生を耐えてきた正枝さんの言葉には突き抜けた重みがあった。彼女がそこまで言ってくれたのだ。とにかく一週間待ってみよう。そう自分を諌《いさ》めながら厨房車に戻ってくると、携帯に着信があった。

大沼代表からだった。急いで折り返してみると、

「昨日は旧交を温められました？」

真っ先に聞かれた。

「おかげさまで、ありがとうございました」

いまの心境はさて置き、仲介の労をとってもらったお礼を伝えた。

「ああ、それはよかった。ちなみに、今日は調理屋さん、やらないんですか？」

農園の駐車場に厨房車がなかったから電話したという。

「え、あたしは昨日までのつもりでいました」

もともと、アランが岡山から帰ってくるまで、という話だった。

「それは困るなあ。ぼくもスタッフもすっかり気に入っちゃったんで、もうしばらくやってくれませんか」

正直、迷った。といって、お世話になりっぱなしの大沼代表の頼みだけに無下《むげ》には断れない。

「ありがとうございます。では、あと六日ほどなら大丈夫ですので、それでよろしければ」

「おお、よかった。六日と言わず一か月でも二か月でもやってほしいところだけど、佳代さんもつぎの予定があるでしょうから」

よろしくお願いします、と念押しされた。

そうとなれば急がなければならない。すぐに髪をお団子《だんご》に結び、うねうねと山道を下った。清水の湧水を汲み、魚を仕入れ、昨日より一時間遅れで農園の駐車場に到着すると、休む間もなく仕込みをはじめた。

開店準備が整う頃には辻村さんをはじめとする農園のスタッフがやってきて、つぎつぎに注文をもらった。しばらくして大沼代表も顔を見せ、来客用にと魚介めし弁当を十二人前も注文してくれた。そればかりか戻り際に、

「吟香さんが試飲会で振る舞ってくれた〝プーレ・ドゥ・宍倉〟っていう料理、佳代さんのオリジナルなんでしょ？　あれを明日、注文したいんだけど、大丈夫？」

と打診された。

「もちろん、お受けできますけど、あれはあたしのオリジナルじゃなくて、アランのお母さんのレシピをアレンジしたものなんです」

「へえ、そうなんだ。そのアランとここで再会できたなんて、いやロマンチックだなあ」

思わせぶりに微笑む大沼代表を前に、居たたまれない気持ちになった。

これまでの流れからして、大沼代表だって二人の関係を察していないわけがない。だからといって、今後の展開が見えない佳代としては、どうにも反応しようがない。

「じゃあ明日、準備しておきますね」

さらりと受け流して微笑みを返し、さっき注文された料理の下拵えをはじめた直後に、当のアランが何食わぬ顔でやってきた。

島のどこに住んでいるのか、ふだんは自転車通勤らしく、ペダルを踏んで厨房車に近づいてくるなり、

「おはよう！」

にこやかに挨拶してきた。どんな顔をしていいかわからなくて、仕込みに集中しているふりをしながら、

「おはよう」

無表情に返すと、しれっと魚介めし弁当を注文された。すぐ弁当パックに詰めて、ありがと、と手渡した。

「トラストミー」

アランはそう言い残して農園事務所に上がっていった。

たまらず、ふう、と息をついた。正枝さんの言葉を信じよう、と一度は割り切ったはずなのに、いざ当人を前にするとやはり動揺する。もう約束の日まで来ないで！　とアランの背中を見やりながら胸の内で罵《ののし》った。

ところが、そんな佳代の心を逆撫《さかな》でするかのように、その後も毎日、アランは魚介めし弁当を買いにきた。そのたびに佳代の気持ちは揺れ動いたが、黙ってアランに弁当を売り、農園スタッフのために営業を続けた。魚介めしはもちろん、大沼代表に注文されたプーレ・ドゥ・宍倉も評判になったことから、二つの料理を中心に、地魚の煮つけから麻婆《マーボー》豆腐、肉野菜炒め、ハンバーグまで、いかようにも調理した。

こうして六日間が過ぎ、待ちかねたその日がやってきた。

約束の午前九時。今日はお団子頭には結ばず、長い髪をさらりと流したヘアスタイルで農園の駐車場で待っていると、ちょっと遅れて白い車が駐車場に入ってきた。

ハンドルを握っているのは、あの日本人女性だった。ラフなパーカー姿だった先週とは違って、シックなテーラードジャケットを着ている。助手席には、あのときと同じくアランが座っている。

てっきりアランが一人で来ると思っていただけに意表を突かれた。いったい何が起こるのか、と慌てたが、こうなったら受けて立つしかない。気合いを入れて車から降りて待ちかまえていると、白い車は佳代の傍らに停車し、女性が窓を開けて声をかけてきた。

「佳代さんですね。急なことで恐縮ですが、日帰りで岡山へ同行していただけませんか？」

「は？」

「私、春乃《はるの》と申します。詳しいことはフェリーの中でゆっくり話しますので、乗ってください。一台で行くほうが安上がりですし」

後部座席を指さす。すかさずアランが助手席から降りて後部ドアを開けてくれる。さすがに困惑したが、ここで拒むわけにもいかない。後部座席に乗り込むとアランが再び助手席に収まり、女性は車を発進させた。


岡山港行きフェリーの車両甲板に車を置いて、瀬戸内海を望める展望デッキに上がった。何人かの乗客が舳先《へさき》の鉄柵にもたれて海を眺めているが、ちょっと離れた場所のベンチは空いている。あそこで話しましょう、と促されて三人横並びに座ると、

「島のだれかに聞かれたくないので、こんな場所ですみません」

潮風を浴びながら春乃さんは頭を下げて続けた。

「実は、アランが信頼している佳代さんだから打ち明けるんですが、私の夫が岡山の病院に入院しています」

唐突な話だった。うまく相槌を打てないでいる佳代の目を見て春乃さんは言葉を繋ぐ。

「夫の名前は、マチアス・ボネといいます」

「え、あのマチアスさん？」

驚いて問い返すと春乃さんはうなずいた。

吟香さんゆかりのフランス人、マチアスさんが、ここで登場するとは思わなかった。二人の出会いは五年前。マチアスさんがオリーブ農園を見学にきたとき、農園スタッフの春乃さんが片言英語で案内したことがきっかけだったという。瞬く間に惹かれ合った二人は、ほどなくして島内で同棲《どうせい》をはじめ、一年後には結婚して夫婦ともに農園で働いてきた。

「ところが先月、私の提案で夫婦揃って初めて人間ドックを受診したら、夫の体に病気が見つかったんです」

自覚症状があまりないために発見も治療も難しい膵臓癌《すいぞうがん》。しかも末期だった。

ただ、日本語が拙い夫に代わって医師から宣告された春乃さんは、夫に癌のことは伏せた。カトリック信者が多いフランスでは、日本に比べて癌の告知率が低いと医師から助言され、同国人のアランにも相談した結果、夫には告知しないと決めたのだ。以来、万が一でも夫に悟られては、と周囲の人にも内緒にしてきたという。

「そんな状況だったので、アランには本当に助けられました。アランは半年ほど前、うちの農園にやってきたんですが、夫がとても気に入って、それはもうかわいがってまして」

住まいがないアランのために、マチアス夫婦が暮らす一軒家に同居させたほどだという。

「じゃあ、いまも春乃さんと一緒に？」

「そうなんです。夫と母国語で話せるアランは頼れる存在なので」

実際、一週間前にはアランが、念のため追加の検査が必要だ、とマチアスさんに言い含め、岡山の病院で生存の可能性を見極める精密検査を受けさせた。それに伴い、大沼代表にだけは事実を打ち明け、マチアスさんは岡山出張、という体《てい》になっているそうで、

「その検査結果が、今日、わかるんです」

春乃さんは遠くを見た。

佳代は言葉を失っていた。佳代の知らないところで、まさかの事態が起きていた。トラストミー、とアランが言い続けていた重い理由がようやくわかって、疑念に凝り固まっていた自分が恥ずかしくなった。

大沼代表がアランとの再会に便宜《べんぎ》を図ってくれたのも、そうした裏事情があったからこそで、何も知らない佳代を温かく見守ってくれていたのだった。

あのハグとキスについても、アランに代わって春乃さんが釈明してくれた。

「フランスでは親愛のハグと頬へのキスは、恋人のハグと唇へのキスとは、まったく別ものなんですね。日本人はそこを勘違いしがちで、佳代さんが誤解したのも無理ないと思いますが、アランはあくまでも親愛の情を示してくれただけなんです」

その点は理解してください、と春乃さんは両手を広げて佳代に親愛のハグをしてくれた。

「ごめんなさい、あたし、何も知らなくて」

佳代は謝罪した。そうとも知らず嫉妬心まで燃やしていたなんて。自己嫌悪に苛《さいな》まれて下唇を噛んでいると、展望デッキの向こうに港が見えてきた。

岡山港だった。土庄港を出航して七十分。すべてのわだかまりが解けたところで、再び三人で車に乗り込み、岡山市に上陸した。

そこからは市街地を四十分ほど走って、昼前には岡山中央医療センターに到着した。ここは県内でも最大の医療施設だそうで、春乃さんは駐車場に車を駐めるなり、小走りで院内に入っていく。

待合室のソファに落ち着いたのは、外来の予約時間の十分ほど前だった。ただ、診察が押しているのだろう。三十分ほど待たされて、やっと春乃さんの名前が呼ばれた。

「アルノさん、ぼくもいく?」

アランが尋ねた。アルノさんとは春乃さんのことだ。片言の日本語が話せても、アランの発音は仏語訛《なま》り。日本人が英語のRが苦手なようにフランス人はハヒフヘホが苦手で、アイウエオになってしまう。

「大丈夫、一人で聞いてくるから」

春乃さんはアランを制して診療室に入っていった。

アランと二人、じりじりしながら待っていると、二十分後、春乃さんが診療室から出てきて手招きした。アランとともに待合ソファを立って後に続くと、春乃さんは人けのない外廊下まで行って足を止め、淡々とした表情で言った。

「全身に転移していて手術は無理だって」

もはや抗癌剤治療で延命するしか手はなく、余命は長くない。それが医師の見解だった。

「オーモンデュ！」

アランが首を大きく左右に振った。英語でいうオーマイゴッド！　と嘆いたのだった。

それでも春乃さんは、

「ダメよアラン、そんな悲しい顔しちゃ」

いまから病室に行くんだから、約束通り明るくね、と気丈に告げた。

「あ、あの、本当にあたしも面会して大丈夫なんですか？」

佳代は尋ねた。初対面の人間が立ち会っていいものか心配になった。

「ぜひ面会してほしいの。彼、吟香さんから調理屋さんの話を聞いて、すごく佳代さんに会いたがってたから、喜ばせたいの」

楽しくおしゃべりしてリラックスさせてあげてほしい、とお願いされた。

病棟のエレベーターで五階の病室に上がった。春乃さんはナースステーションに声をかけ、廊下を進んだ先の四人部屋に入ると、窓際のベッドに歩み寄った。

「ボンジュール、マチアス。アランと一緒に佳代さんもお見舞いに来てくれたわよ」

笑顔で呼びかけると、ぼんやりと横たわっていた白人男性がのっそりと体を起こし、

「おお、カヨさん、会いたかったです」

かすれ声の日本語で微笑みかけてきた。


病室はまだ昼食の時間らしかった。

点滴の管をつけたマチアスさんのベッドテーブルにも、すでに食事が配膳されているのだが、ちょっと箸《はし》をつけただけでテーブルごと脇に退《ど》けてある。

マチアスさんには病院食が合わないらしく、

「アランのプーレとカヨさんのプーレ、両方食べたい」

と肩をすくめた。小豆島の家では、アランがよくママンのプーレを作ってくれたという。佳代がアレンジしたプーレ・ドゥ・宍倉も吟香さんを通じて食べて、いっぺんでお気に入りになったそうで、

「光栄です。今度、ご馳走《ちそう》しますね」

佳代が微笑み返すと、

「あと、シシクラのサケも飲みたい」

お猪口《ちょこ》で飲む仕草をしてみせる。

「だったら宍倉正宗を点滴してもらおっか」

春乃さんが軽口を飛ばし、それはいいね、とみんなで笑った。

マチアスさんは四十代半ばと聞いていた。でも、目の前にいる当人は顔全体がくすんだ黄色に染まり、青い瞳の周りの白目も黄ばんでいる。膵臓癌は末期には黄疸《おうだん》になると春乃さんが言っていたが、そのせいなのだろう。六十代と見まごう病み疲れた顔つきだ。

それでも、面会に訪れた三人は終始明るく振る舞い、マチアスさんもウィットに富んだ会話を楽しんでいる。そんな夫に寄り添う春乃さんの心境を察するほどに切なくなったが、そのと

き女性看護師がやってきた。そろそろ食事を片づけて血圧などの測定をするという。

「じゃ、あたしたちは行きましょう」

春乃さんが気を利かせてベッドから離れ、

「マチアス、またあとで来るね」

と微笑みかけて佳代たちにも退室を促した。

するとマチアスさんが突如《とつじょ》、アランに仏語で声をかけ、二人で何か話しはじめた。思ったより長い会話になったが、女性看護師も口を挟めないでいる。見かねた春乃さんが、どうもすみません、と看護師に謝り、

「マチアス、あたしたちそろそろ行かないと」

二人の話に割って入った。それでマチアスさんも諦《あきら》めたらしく、オールボワール、と弱々しく手を振ってアランに別れを告げた。

三人で病室を後にして廊下を歩きだした。そのとき、春乃さんがふらりとよろけた。気丈なようでも疲れきっているのだろう。足をもつれさせて倒れかけた彼女を、とっさにアランが抱きとめた。そのまま肩を支えて廊下の隅にある長椅子まで連れていき、そっと腰掛けさせ、慰めるように背中をさすって頬にやさしくキスした。

佳代は立ちすくんだまま二人を見ていた。農園の駐車場で目撃したのは、これだったのだ。映画とかで観て知っているつもりでも、いざ目《ま》の当たりにするとあらぬ誤解をしてしまう。異国の文化習慣は一筋縄ではいかない、と複雑な気持ちになる。

春乃さんが平静を取り戻すのを待って、三人で病院一階のカフェテリアに入った。それぞれにパスタやサンドイッチなどで遅い昼食をとったところで、春乃さんが言った。

「いろいろとありがとう。もう大丈夫だから、あなたたちはあたしの車で帰って」

今日はこのまま夫に付き添い、夜は病院から近いホテルに泊まることにしたという。

「え、大丈夫ですか？　あんまり無理しないでください」

佳代が気遣うと、

「大丈夫、こっちでゆっくりして自力で帰るから」

春乃さんはにっこり笑って車のキーと家の合鍵をアランに預け、再び病室に上がっていった。

「運転はまかせて。左通行は慣れてないけど、道は知ってるし、ライセンスも持ってるから」

アランがウインクしてハンドルを握った。

「ごめんね、いろいろと誤解しちゃって」

助手席に収まった佳代は改めて謝った。

「ぼくも、ごめんなさい。どうエクスプレインしていいかわからなくて」

アランも困ったような顔で詫《わ》びてから車を発進させた。今日も日本語と英語に携帯翻訳を加えた会話だけれど、話すほどにスムーズに通じ合えるようになっている。

「だけどマチアスさんって、まだ四十代なんでしょ？　なんかもう可哀想《かわいそう》になっちゃった」

岡山港に向けて走りはじめたところで佳代は言った。異国の地で余命いくばくもないなんて

哀しすぎると思ったからだが、

「佳代、それは違う」

アランにたしなめられた。四十代の若さで死を目前にしていることは確かに哀しい。でも、彼が日本で生涯を終えようとしていること自体は幸せだという。

「え、そうなの？」

「マチアスは世界中をワンダリングしてきた人だけど、日本にめぐり会えて本当に幸せだったって、いつも言ってたんだ」

もともとマチアスさんはパリの大学を卒業後、金融機関で投資の仕事をしていたという。数年後には個人投資家として独立して相場の世界を渡り歩き、若くして金融資産を億単位で増やしていった。

「でも、あるとき、満たされていない自分に気づいたって言うんだ」

人との出会いも触れ合いもないまま、日夜数字の増減に神経をすり減らしている生活って何なんだろう。どれだけ金融資産が増えようと生きている実感などまるでなかった、と。

日々の生活に本当に必要な金など、たかが知れている。なのに、金を増やすためだけに目の色を変えて走り続けている自分は、〝回し車〟の中を走り続けているモルモットと何も変わらない。ただひたすら虚しいだけで心は荒《すさ》んでいくばかりだった。

そんなある日、葛藤《かっとう》に耐え切れなくなったマチアスさんは、衝動的にフランスを飛びだした。当初はヨーロッパ各国やアメリカをめぐり歩いた。ただ、そのときはファーストクラスで移動して、三つ星レストランで食事して、高級ホテルのスイートルームを泊まり歩く虚飾《きよしよく》の旅だったから、相変わらず心の安定は得られなかった。

　これじゃダメだ、と悟ったマチアスさんは生き方を大胆に切り替えた。莫大な金融資産の九割九分を難民支援のＮＰＯ基金に寄付し、バックパッカーのような旅をはじめたのだ。

「大胆ねえ」

「そう、ぼくもびっくりした」

　でも、もはやマチアスさんにとって金融資産などあぶく銭だった。だれかの役に立ってくれればいい、と割り切り、それからは行き当たりばったりの旅を満喫《まんきつ》したという。

　思いつくままに南米から東欧、中東、アフリカ、東南アジアとアルバイトしながら放浪して歩き、コロナが世界を席巻する直前に、日本に辿り着いた。そして九州を皮切りに瀬戸内の街々を散策しているとき、たまたま開催していた瀬戸内国際芸術祭を見にいった小豆島で春乃さんと出会った。

　当時、春乃さんは亡き両親が遺《のこ》した古民家で一人住まいをしていた。平日は農園のオリーブ畑で働き、休日には自宅前の小さな畑を耕して野菜を育てる慎ましい生活だったが、そんな春乃さんに寄り添うことでマチアスさんは初めて心の安定を得た。この女性と一緒に生きていくことが定めだったんだ、と運命を感じた。

「だからマチアスにとって日本とアルノさんは、やっとめぐり会えた心の拠り所だったんだ。だから日本で死ぬことは本望《ほんもう》だ、っていつも言ってたんだけど、ただ、そのときがこんなに早く来るなんて」

そこで言葉を呑み込むと、アランはハンドルを大きく切って車を停車させた。

気がつけば岡山港のフェリーターミナルに着いていた。


タイミングよく出航直前だったフェリーに車ごと搭乗し、午前中と同じ展望デッキに二人で上がった。

午後の瀬戸内海は穏やかに凪《な》ぎ、鏡面のごとく輝いている。その美しい海を舳先《へさき》の鉄柵にもたれて眺めている乗客が何人かいるが、離れた場所のベンチは今回も空いている。

肩を並べて腰掛けたところで、再びアランがマチアスさんの話をはじめた。

「そんな彼に出会ったことで、ぼくは大きなものを得たんだよね」

何だかわかる？　と佳代を見る。黙って小首をかしげると、

「彼のおかげで、ぼくは間違ってた、と気づかされたんだ」

と呟いて海を見やる。

八月に再来日した当初は、もし佳代と再会できたら二人で調理屋ビジネスを起業しよう、と考えていた。パリの飲食店チェーンで学んだノウハウを生かして調理屋を企業化し、ビッグビジネスに育て上げる。そんな夢をまだ捨てていなかった。

ところが、マチアスさんが辿ってきた誇り高きワンダラー、放浪者の軌跡《きせき》に触れたことで、佳代がやっていることはビジネスじゃない、と気づかされたのだという。

「じゃあ、あたしは何をやってるわけ？」

「佳代のキッチンは、ビジネスじゃなくて生き方なんだ」

「生き方？」

「だって佳代は、マチアスと同じようにワンダラーとして生きてきたじゃないか。その生き方が佳代の素晴らしさなんだ」

「そんなんじゃないよ。あたしは、ただ調理屋稼業で小銭を稼ぎながら日本のあちこちをうろついてきただけだし」

「それこそが誇り高き放浪者なんだ」

「ふらふらうろついてただけなのに？」

「そう、そこに佳代のキッチンの存在意義がある」

「ねえ、マジで言ってる？」

からかわれている気がしてきた。

「もちろんマジだよ。この世には放浪者っていうものが必要だし、放浪者には放浪者の存在意義があるんだ」

実際、旅空に暮らしながら有形無形の足跡を遺してきた放浪者は数多《あまた》いる。詩人のランボーしかり、革命家のガリバルディしかり、日本にも僧侶で歌人の西行《さいぎょう》や俳人の松尾芭蕉《まつおばしょう》といった時代を超えて語り継がれている放浪者がいっぱいいるじゃないか、と強調する。

何事も定住者だけでは及ばないことがある。その綻《ほころ》びを縫《ぬ》い合わせているのが放浪者であっ

て、

「マチアスも佳代も、その一人だとぼくは思ったんだ」

と目を輝かせる。

「それは言いすぎだよ。ランボーとか西行とか、あたし、そんなエラい人間じゃないし」

首を横に振りながら笑うと、

「いや、そういうことじゃないんだ」

アランが表情を引き締めた。偉人やレジェンドに限らず、世の中には自由奔放《ほんぽう》な生き方をする人がいてていいし、自由奔放な生き方の人がいてこそ世の中の風通しもよくなる。佳代もまた、その生き方を選んだ一人だからこそ、人助けをしたり人を変えたりできたわけで、それこそが存在意義なんだ、と力説する。

「だから、ぼくは思ったんだ。佳代と同じ生き方をしたいって」

「うーん」

正直、佳代は当惑していた。フランス人は理屈っぽいと言われるけれど、ここまで理屈を振りかざされると、どう答えたものかわからなくなる。言葉に窮《きゆう》しているとアランがふと話を変えた。

「実はね、病院で佳代がトイレに行ったとき、アルノさんがこう言ってくれたんだ。今夜、私の家に二人で泊まっていいわよって」

「二人で?」

「そう。ただし、もし二人で泊まったら、そのときから、ぼくたちは同じ生き方をすることになる。そしてぼくは、そうなりたいと心から望んでいる」

わかるかい？　と佳代を見つめる。

やけに回りくどい言い方だったが、早い話が、またもやプロポーズだった。二度も拒まれたから理屈で攻めてきたのかもしれない、と申し訳なく思いながら、

「それって三度目のプロポーズ？」

あえておどけた調子で確認すると、アランは深々とうなずき、

「だけど佳代、返事はちょっと待って。もうひとつ聞いてほしいことがある」

と前置きしてから続けた。

「本当のことを言うと、マチアスは自分が癌だとわかってるんだ」

「え、どこからバレたの？　あんなに内緒にしてたのに」

「バレたんじゃない。それぐらい気づかないわけないだろう、ってマチアスから言われたんだ」

病室を後にする直前、仏語で会話したときだという。

「しかも、マチアスはこう付け加えたんだ。アルノには、ぼくが癌に気づいていないことにしておいてほしい、って」

あえて告知しないでいる春乃さんのやさしさに寄り添いたい、という気遣いだった。

「すごいね」

佳代が目を瞬かせていると、

「でも話はそこで終わらない。さっきアルノさんからも言われたんだ。マチアスは癌に気づいてると思う、って」

要は、おたがいに気づいていながら、あえて触れないでいる。

「素敵な夫婦だね」

佳代は感じ入った。

「ほんと、素敵すぎるよ。なのにアルノさんは、ぼくたちにも気を遣って二人で家に泊まっていいって言ってくれた。だからそのとき思ったんだ。佳代と二人で、マチアスとアルノさんみたいな夫婦になりたいって」

改めて佳代を見る。今度は返事を求める目だった。そこまで言われたら答えはひとつ。

「だったら泊まるしかないね」

さらりと応じると、

「いいの？　これで二人の生き方も決まるんだよ」

野暮《やぼ》な念押しをされた。言葉で返すのが照れ臭くなった佳代は黙ってうなずき、潮風で乱れた長い髪を掻き上げて空を仰いだ。

途端に涙がこみ上げ、空が滲《にじ》んだ。するとアランが静かにベンチから立ち上がり、舳先の鉄柵に歩み寄るなり大きく両腕を広げ、

「ふつうだったら、ここは『タイタニック』をやる場面だけど、どうする？」

佳代を振り返っていたずらな目で聞く。

「やらない」

涙声で答えた。

「だよね」

アランはにっこり笑い、両腕を広げたままベンチに駆け戻り、ほかの乗客の目を憚《はばか》ることなく佳代を抱き締めてきた。

佳代も黙って応じた。それは親愛のハグでも、恋人のハグでもなかった。はからずも、夫婦のやさしいハグになっていた。


「あ、和馬？　いまいいかな？」

「なんだよ姉ちゃん、あれからずっと心配してたんだぜ」

「ごめんね、いろいろあったもんだから」

「いろいろって」

「あたし、結婚する」

「おお、それでめずらしく乙女の声してんだ」

「めずらしくってことはないでしょ」

「ちなみに相手は？」

「理屈っぽいフランス人」

「小豆島の恋が実ったたってわけだ」

「まあね」

「それはよかったなあ。でも、これからどうすんだ？　小豆島に定住するつもり？」

「ううん、まずは二人で佐賀関に行って正枝さんに報告してから松江に行く。スミばあちゃんのお墓参りをして、息子の正志さんにも挨拶したら、あたしの戸籍を置いてもらってる和馬んとこに行って入籍の手続きをする」

「じゃあ、そんときに結婚式だ」

「式はしない。あんたたち夫婦と祝杯を挙げるぐらいでいい」

「やっぱ姉ちゃんらしいな。で、二人でフランスに飛び立つと」

「ていうか、いったんはフランスに飛ぶけど、その先はわからない。移動調理屋をやりながら世界の風来坊になろうって二人で決めたから、思いつくまま気の向くままってやつ」

「けど結婚したら子どものこともあるじゃん」

「まあ、子どもがいれば楽しいから、できたらできたで、そのときまた二人で考える」

「相変わらず姉ちゃんはファンキーだなあ、フランス人もそれで納得してんのか？」

「もちろん」

「早い話が、姉ちゃんとくっつく男も変わりもんってことだ」

「そういうことかもね。実はいま、お世話になってたご夫婦たちと一緒に結婚の前祝いをやってるんだけど、変わりもんのフランス人と話す？」

「おお、ぜひぜひ」


携帯をテレビ電話に切り替えてアランに手渡した。ちょっと緊張した面持《おもも》ちのアランが、

「こんばんは」

画面の和馬に日本語で呼びかけ、

「トンボロのエンジェルが願いを叶えてくれました」

早くも惚気《のろけ》ている。佳代のときと同じく日本語と英語を交えた会話ながら二人とも楽しそうで、春乃さんとマチアスさん、そしてゲストの大沼代表も微笑ましそうに眺めている。

春乃さんの家で暮らしはじめて一週間が過ぎた昨日、マチアスさんが春乃さんに付き添われて病院から帰ってきた。この先、何か月の余命かわからないが、抗癌剤治療はしないで、その日が来るまで自宅で一緒に過ごしたい。夫婦でそう決めて医師に相談したところ、二人の思いを察して在宅ケアを許可してくれたのだった。

そんな夫婦の覚悟に接して、佳代とアランも腹を決めた。

「あたしたちも、お二人みたいな夫婦になります」

限りある余生を二人きりで過ごしてもらうためにも、結婚に向けて小豆島を発つことにした、と春乃さんに伝えた。いまどきは結婚というスタイルにこだわらない人たちもいるけれど、区切りだけはつけたい、と付け加えると、

「だったら前祝いをやりましょうよ」

と春乃さんに提案されて、大沼代表も招いて、今夜、ささやかな祝宴を開いたのだった。

料理はマチアスさんにリクエストしてもらい、アランはママンのプーレ、佳代はプーレ・ドゥ・宍倉、春乃さんは小豆島産オレンジを使った〝鴨《かも》のブレゼ オレンジソース〟を作った。ブレゼとは少なめの水とワインで蒸し煮にする調理法で、マチアスさんが春乃さんにレシピを伝授したのだという。

「けど、これじゃ鳥料理ばっかりですね」

大丈夫ですか？　と佳代が確認すると、

「鳥料理は大好きだし、三人の味を食べ比べるチャンスだから、ぜひお願いします」

とマチアスさんに頭を下げられた。

そういうことなら〝鳥三昧《ざんまい》の宴《うたげ》〟にしよう、と調理をはじめたところに、大沼代表がオリーブサーモンを手土産にやってきた。

「こうなったら、オリーブサーモンのミキュイも追加するしかないですね」

佳代が急遽、もう一品作ることにして、結果的にメイン料理だらけになってしまった。

食卓の脇に介護ベッドを置いて、宍倉政宗の特別純米大吟醸を開けて乾杯した。マチアスさ

んが飲酒していいか医師に確認したら、ほどほどなら楽しませてあげてください、と言ってくれたという。

　こうして鳥三昧&リーモンの祝宴がはじまると、料理には人を和《なご》ませる力がある。病床のマチアスさんもリラックスした表情でくつろいでいる。アランと和馬がテレビ電話で談笑している間も、ちょこちょこ料理をつまんで宍倉政宗を舐めるようにして飲んでいる。

「でもよかったわね、弟さんも喜んでくれて」

　春乃さんが言った。

「弟もあたしの生き方を理解してくれてますから」

　佳代は微笑んだ。

　振り返れば、今回は佳代の生き方を問われる旅だった。以前はあまり泣かなかった佳代が、今回ばかりは感情の起伏が大きすぎて何度となく泣いた。何度となく悩み、憤《いきどお》り、追いつめられて、和馬のフォローなしには乗り越えられなかったと思う。

　そして最後はアランが背中を押してくれた。佳代は佳代の生き方のままでいい。その生き方にぼくは寄り添いたい、と言ってくれたおかげで佳代は自分自身を肯定《こうてい》できた。

〝佳代さんがパートナーと一緒に調理屋さんをやってるところを見てみたいです〟

　鮨《すし》職人を目指す沙良の言葉もよみがえり、ここにきてようやく新しい一歩を踏みだす覚悟ができた。

　コロナ禍を境に世の中は大きく変わった。その変革の波に佳代は大きく揺さぶられたけれど、それは佳代だけの話じゃない。函館の海星も、大泉町のラウラも、神戸のマサも、熊本にいる沙良も、小豆島に引き寄せられたアランも含めて、日本中、世界中の人たちが、それぞれに生き方を問われたのだと思う。

この先、あたしはどうなるんだろう。改めて考えた。きっと楽しいことが待っていると信じるしかないけれど、アランと一緒に、あたしはどんな未来を生きていくんだろう。

お酒が心地よく回ってきたこともあって、二人の行く末に思いを馳《は》せていると、

「ねえ佳代、和馬がもう一度話したいって」

アランから携帯を渡された。

何か言い忘れた？　とテレビ電話の画面を見ながら応答すると、いや違うんだ、と和馬は苦笑しながら続けた。

「いまアランと話してるとき、やっぱ姉ちゃんは、おやじとおふくろの子だな、と思ったもんだからさ」

「え？　どういうこと？」

「だって、姉ちゃんがやってることって、おやじたちと似たようなもんじゃん」

「ああ、それ、アランからも言われた。佳代のパパとママが探してた理想郷を、これからは佳代とぼくが探し続けるのかもね、って。何を理想郷とするかは親たちと違うだろうけど」

ふふっと笑ってみせると、

「やっぱ血なのかなあ」

画面の向こうの和馬が遠い目をしている。

「それはどうかな、だって和馬はふつうに生きてるわけだし」

「そんなのわかんないよ。おれもそのうちに、ふらっと旅立つかもしれないし」

「ダメだよ、和馬はふつうのままでいいの。もうじき子どもも生まれるんだし、奥さんを大事にしてあげて」

「へえ、そこは意外とふつうじゃん」

「そりゃそうよ。これでもあんたの育ての親なんだし、親の立場になるとまた違うの」

笑いながら言い添えた途端、

「そういう姉ちゃん、おれ、好きだ」

真顔で告げられた。

「あら、ありがと。そんな和馬も、あたし、大好き」

アランを横目に見やりながら、へへっ、と照れ笑いした。

本書は、月刊『小説ＮＯＮ』（小社発行）令和三年四月号から令和三年八月号まで連載されたものに、著者が刊行に際し、加筆・訂正したものです。

なお、この物語はフィクションであり、実在の人物や店、企業、団体等には一切関係ありません。

——編集部

切りとり線

あなたにお願い

この本をお読みになって、どんな感想をお持ちでしょうか。次ページの「１００字書評」を編集部までいただけたらありがたく存じます。個人名を識別できない形で処理したうえで、今後の企画の参考にさせていただくほか、作者に提供することがあります。

あなたの「１００字書評」は新聞・雑誌などを通じて紹介させていただくことがあります。採用の場合は、特製図書カードを差し上げます。

次ページの原稿用紙（コピーしたものでもかまいません）に書評をお書きのうえ、このページを切り取り、左記へお送りください。祥伝社ホームページからも、書き込めます。

〒一〇一―八七〇一　東京都千代田区神田神保町三―三
祥伝社　文芸出版部　文芸編集　編集長　坂口芳和
電話〇三(三二六五)二〇八〇　http://www.shodensha.co.jp/bookreview/

◎本書の購買動機（新聞、雑誌名を記入するか、○をつけてください）

＿＿新聞・誌の広告を見て	＿＿新聞・誌の書評を見て	好きな作家だから	カバーに惹かれて	タイトルに惹かれて	知人のすすめで

◎最近、印象に残った作品や作家をお書きください

◎その他この本についてご意見がありましたらお書きください

100字書評

佳代のキッチン　ラストツアー

住所

なまえ

年齢

職業

原 宏一（はら こういち）
1954年生まれ。早稲田大学卒業後、コピーライターを経て『かつどん協議会』で作家デビュー。『床下仙人』（祥伝社文庫）は2007年啓文堂書店おすすめ文庫大賞に選ばれ、ベストセラーに。他の著書に、『佳代のキッチン』『東京箱庭鉄道』『天下り酒場』『ねじれびと』（いずれも祥伝社文庫）「ヤッさん」シリーズ、『ファイヤーボール』『閉店屋五郎』『握る男』『星をつける女』などがある。

佳代《かよ》のキッチン　ラストツアー

令和３年12月20日　　初版第１刷発行

著者――原《はら》 宏一《こういち》
発行者――辻　浩明
発行所――祥伝社《しょうでんしゃ》
〒101-8701 東京都千代田区神田神保町3-3
電話　03-3265-2081（販売）　03-3265-2080（編集）
03-3265-3622（業務）
印刷――堀内印刷
製本――積信堂

ISBN978-4-396-63616-6　C0093
祥伝社のホームページ・http://www.shodensha.co.jp/

祥伝社文庫

好評既刊

奇才・原宏一が放つ
はちゃめちゃ夫婦のアメリカ逃避行

ダイナマイト・ツアーズ

借金を背負った夫婦が
土地を売るために自宅を爆破!?

爆破屋・ボブに師事した夫婦は——

原 宏一

祥伝社文庫

好評既刊

28歳、知識ナシ、技術ナシ
そんなおれが「鉄道」を敷く！

東京箱庭鉄道

謎の老紳士に頼まれたのは、
東京に鉄道を敷くことだった——。

夢の一大プロジェクトは成功するのか⁉

原 宏一

ねじれびと

どう転がるか
読み終えるまでわからない

平凡な日常が奇妙な綻びから
意外な方向へと迷走する――

原宏一ワールド全開〝ねじれ小説〟!

原　宏一